香雪文学系列丛书

享海

许锋 著

长江出版传媒

崇文书局

序 言

文化黄埔：又添一抹香雪色彩

江 冰

"怒潮澎湃，党旗飞舞，这是革命的黄埔。"20世纪20年代，黄埔军校的校歌，至今在耳边回响。因为长洲岛，因为黄埔军校，黄埔给我强烈的红色文化印象。捧读了香雪文学系列丛书，我的心目中又铺开了"文化黄埔"新印象。请允许我逐个阐述——

军旅诗人赵绪奎：老兵的乡愁

赵绪奎是一位六次荣立三等功的军旅诗人。从故乡走来，经历军旅生涯，然后转业回到地方。他的诗集《久未谋面》内容可分三类：故乡回望，军旅生涯，中年感慨。

他对故乡一往情深，几乎对每一位亲人都有细致描写。比如，《好想成为小姑的儿子》里写道："只有小姑还一直坚持宠着我，她是上天派来罩着我的神。"小姑写完写大姑，大姑写完写小姑父的单车，还有奶奶，笑容满面，如观音在世；继父也进入了他的诗篇。

值得赞赏的是，赵绪奎诗歌中质朴的情感，与他描述的事物（无核蜜橘、纽荷尔橙子、雁窝菌榨的菌油、雷公屎地衣地脸皮、硬皮菜瓜、扯秆辣椒）保持着零距离。诗中情感恰似老家地里生长的果蔬。

"一个老兵心中的家，永远待在原地，老兵梦里的程序是灵魂的分解与连贯的动作。"可以看到，军旅的家在赵绪奎的人生中有巨大的投影，因此他在《战地黄花》中缅怀先烈，回忆往事，期望与战友再次相遇。

中年的感慨化作《想对儿子说的话》："如果有可能，还想再挖一口塘，方便你饮水或者游泳，养鱼喂虾，与青蛙对话，那是我们当地人的口音与技能，忘了真不好见人，你最好能把它刻在骨子里。"当然，还有《旧相册里看到的灿烂星空》，给人以无尽的遐想。

我们可以看到这样一位诗人，在两个"家"的精神映照下，一直书写着他的人生，书写着他的"幸福的由来与出神的站台"。也许是因为行伍出身，赵绪奎的诗情感质朴，物象真实，语言率真。希望他能够继续从中国古典诗词中汲取营养，始终一贯地运用现代诗歌意象与修辞，写出意蕴更加深邃绵长，更令人回味的优美诗篇。

作家许锋：一只南方天空的候鸟

《享海》这本散文集收入的都是许锋近年在《人民日报》《光明日报》发表的作品。他的文字以及作品的内涵与美的表达，充分展现个人文学的功底与优势。

许锋并没有把自己的视野局限在黄埔、开发区，或者佛山。但空间又确实给予他创作的灵感和生命的体验。像候鸟一样生活，"移民""迁徙"的当下中国——许锋的空间描述颇具典型性。

首先，他是广佛同城的见证者。在《广佛候鸟》《开发区》《佛山的清晨》等文中，他纪实般地表达了作为广佛同城——城市建设进程日常见证者的观察感受。应当说，在作者个人情感的润泽下，一种非虚构的文字平添抒情般的诗意，纪实文字与抒写华章相得益彰。

其次，作者来自北方又居住在南方，南方北方，地域不同，中华之魂却息息相通。来来往往之中，故乡人事与主体精神互为参照，从而构成许锋散文最具风采的一个侧面。如《乡村外婆》《第三十七团》《黄杨河的晨》均表达了作者在南方北方往返的特殊体验。时空交替中的生命，呈现出别样的姿态与风采。

许锋散文浓郁的叙事风格，取胜于抒情中的诗意哲理。比如，《乡村外婆》《黄杨河的晨》《享海》等，就是文字精当的代表。那些避开众口一词同质化、呈现个性化的感悟，正是他作品中最珍贵的元素。

因为古往今来所有经典作品，证明了一个道理：愈是个性化的作品，愈可能传播久远。当然，前提在于你提供了非凡的描述与见解。世界因你而不同，且愈加精彩。

期望许锋在作品格局与视野上有进一步拓展，写出具有中国乃至世界襟怀的作品。

於中甫：为乡愁吹响一支竹笛

"床前明月光，疑是地上霜。举头望明月，低头思故乡。"李白的名篇《静夜思》已然深入骨髓，成为中国人的文化基因。於中甫的散文集《故乡的润泽》就是与李白同一主题的乡愁书写。

开宗明义，於中甫将自己安徽老家摆在读者面前，读他的《故乡的田园》时，刚开始担心缺少重点——深挖一口井。但随之发现，他对故乡的描述相当细致全面：祖母、黄鳝、桑葚、桃花、西瓜、油菜花、捉鱼、粽子……几乎所有的原生态元素一应俱全。乡愁故乡，童年记忆，挥之不去；中年回望，五味杂陈，感慨万千，成为散文中最可贵最耐读也最具有艺术气质的部分。

值得一说的，还有写岭南等地的篇目。青年入粤，中年回望，其实已分出第一、第二、第三故乡，吾心安处是吾乡，足下土地已然是温馨的家园。回望童年之后，中年奋战疆土，亦值得书写。

但如何写得刻骨铭心、荡气回肠，可与故乡祖籍文字一较高下，又是对新客家人写作者的一个考验。

於中甫显然做出了努力。细读《韩愈的阳山》《汕之尾兮》《哦，萝岗香雪》，真挚的情感已将人生轨迹从故乡延伸到岭南，中年历尽沧桑后的思绪更加开阔与深刻。蹚过河流浅滩，目光投向河床深处，探寻源头去向。

21世纪中国，随着城市化推进，记住乡愁，水到渠成地成为一种召唤，成为文学艺术创作的原动力之一。书写乡愁的作品，如何推陈出新，独树一帜，独具匠心？我以为至少有以下几个有效路径：题材新奇，比如李娟、刘亮程的新疆散文；意蕴开掘，比如梁鸿的《中国在梁庄》；艺术手法翻新，比如周晓枫的《有如候鸟》……或可是当下作家们互鉴和不懈探求的。

"雄关漫道真如铁，而今迈步从头越。"说回於中甫的创作，寄望他如以上所说的名家一样，求深求新求变，让创作再上一个新境界。

孙仁芳：文青襟怀，拾花入梦，芬芳自在

孙仁芳的散文集《拾花入梦》有花的芬芳，梦的亦真亦幻。显而易见，这位女作家的文青情怀、细腻情感，化作香雪、青花、荷花、使君子的花瓣，纷纷扬扬，形成自己独有的心理氛围：诗歌般的句子，呈现摇曳多姿之态。

孙仁芳散文以抒情取胜，但总体上仍以叙事散文为主，其中抒情应占多少比例，值得谨慎把握。恰到好处地抒情，可以提升哲理，赋予诗意。若比例过半则有可能导致空泛乃至矫情。同时，散文抒情还需要叙事去铺垫，铺垫愈充分愈厚实，抒情就愈可能达到最佳艺术效果。

作家作为文字的巧匠，还需要将每一个字词稳妥安放：各得

其所，各显光彩，不必牵强，不必过度；寻找字词的合适位置，或许是每一位文字人终身所求的功课。白居易名篇《琵琶行》，值得仔细揣摩品味，其叙事与抒情就有成功的过渡。

这，或许也是修辞的本意。

《父亲》一文，情感真挚，细节丰盈，于多侧面及一些日常细节，写活了闽南一带的父亲形象。通篇读来亲切细腻，文字干净朴实，意境淡雅，作者寄寓之心跃然纸上。《萝岗梅香》《莲塘人家》《弄香》等篇，均有不俗的文字营造，若将文章内涵提升，耐人回味的艺术效果会更好。

除了文字构筑的美丽意境之外，读者还需要汲取作家本人独到的生命体验，以及对外部世界与内心互动之间的独到发现。庸常平凡的日常生活，应当成为艺术提升的基础与跳板。

作者来自闽南，并以新客家人身份融入岭南，因文化差异而获得一份独特的文化体验。远离家乡，会使作家获得两种感受：回望家园，咀嚼童年；寻找新家，吾心安处是吾乡。

这，已然成为孙仁芳散文中最为华彩的片段，亦最具审美价值。若以此进一步深入开掘，将成为她下一步创作的生长点。20世纪80年代以来，移民迁徙已成常态，此文学主题还有很大的作为空间。

学无止境，期望于作者。

吴艳君：湘西歌手，一半唱给都市，一半留在故乡

吴艳君《爱有声音》，大半篇幅为诗歌，小半篇幅为散文。她的诗歌，让人想到山间清风、溪水叮咚。清新，质朴，诚恳，诗句少有象征隐喻，几乎一色民谣般简单、清朗。

《阿妈的演奏》，诗人观察的是阿妈的手——在一行行青葱中穿梭，在一朵朵菜花中翩然。她的想象是在钢琴演奏中，将郎朗比喻成邻家的小孩，用郎朗的手和母亲的手互为观照。对亲爱的外婆，则是"带走了记忆里爆米花的全部香甜"。

她的作品就像"太阳提着月饼，接月亮去了""我散步的时候，只有自己的影子"——故乡在她的心中占有很大的位置，甚至远远超过城市。她也写到爱情，写到少女的情怀，但这些都抵不过她在城乡间的浓重乡愁。比如《今夜，请你陪我跳摆手舞》，此摆手舞，就是湘西土家族的舞蹈。

吴艳君的诗文活画出一位湘西土家族少女，进入广州大都市后，那种都市与乡间往返激荡的情愫。她对城市的认识，从秋葵开始，但乡村却一直拽着她的心："一旦背起行囊，故乡就只有冬季""小背篓，晃悠悠，笑声中妈妈把我背下了吊脚楼"——如此熟悉的旋律，总在字里行间回荡。

假如用现代诗歌的意象、隐喻、象征等艺术手法与标准要求吴艳君，似乎对这位来自湘西土家族的女诗人不太公平，因为，我们可以联想到"城市民谣"的出处与蔓延。

作为城市人笔下的新民谣，保留了质朴清新纯美的传统民谣气质、风格与修辞手法，或许也是当下几代人的乡愁情结的自然流露。恰好传达了如今大批进入城市的人们——漂泊者的身份与尖锐感受：怀念童年与故乡，构成一种挥之不去的理想与情愫，并试图回归简单淳朴的浪漫情怀。

需要特别强调的是，"一闪一闪亮晶晶""月亮走，我也走"——所谓"城市民谣"并非简单的口水歌，亦非直抒胸臆的大白话，而是能够承继传统，延续文脉的"新民谣"。汉语的丰富与价值——其中的内涵与精神——需要在新民谣中探索与坚持。传统民谣仅仅是基础，城市诗人需重构并有所提升。

内心草木丰沛，笔底方可海阔天空；唯有生命体验深刻而独到，方有真正不俗且上乘的文字。古人言"功夫在诗外"；今人说"过于专业的文学生活，一不留神就会画地为牢"。古今高论，值得回味。

千古文章事，得失寸心知。豁达、清醒、热爱、坚定，且终身修炼提升的写作，如琢如磨。愿与诸位文友共勉。

行笔到此，衷心祝愿上述五位广州黄埔诗人作家，立足大湾区写作富矿，从文学语言、文化修养、生命体验等各个方面开拓精进，不断升华，为黄埔文化的出新出彩书写时代的动人华章。

是为序。

2021 年 8 月于广州琶洲

（作者为广州岭南文化研究会会长、文艺评论家、中国作家协会会员、广东财经大学教授）

以情蓄势，情景交融

——《享海》创作谈

许 锋

我也曾很多次去看大海，但都没有写大海。海纳百川，有容乃大。那么大的海，很难找到写作的入口。这也是很多写作者对大海望而生畏、敬而远之的缘由。

这一次，我先是被海的声音征服。海声似乎扶摇直上，在房间游荡，震荡着我的耳膜，震荡着我的心灵。那一刻，我觉得此行要写海，不写，对不起海。因此，写这篇文章已经成了我内心的需要甚至是宣泄。如果内心的情感达到这种程度，我会感觉整个器官都被调动起来，似乎每个毛孔都在接受海的信息。情动于先，写出来的文章必然就是自己的真情实感，这是打动别人的第一步。

正是在这种强烈情感的驱动下，第二天早上四五点我就坐在阳台上了。这时，夜幕尚未褪去，在等待日出的一个多小时的时间里，我不断地思考，想到了巴金的《海上日出》，想到了唐代诗人张九龄的"海上生明月，天涯共此时"。我不知道我要写的海，该从哪个角度切入，但我隐隐约约察觉，那个角度，会随着东方既白如喷薄而出的朝阳出现在我的脑海里。

感谢大海，在那样一个静谧的清晨，为我全方位地呈现她的绚丽、她的壮美、她的神秘、她的博大。我紧张且敏感地捕捉来自天海之间的每一道光芒、每一幅画面、每一种声音。我似乎全身松懈，与海融为一体。

站在高处面朝大海，我觉得离海太远，这样的话，我还只是一个观众，一个过客。于是我迅速下楼，来到海边。我坐在沙滩上，近距离看海，在内心对比站在高处与坐在低处看海的区别。没有想到的是，这时候一个渔民挑着担子，由远及近，出现在朝阳的霞光里，那么生动，与海融为一体。我的心猛烈一跳，我知道，这篇文章，由此有了一个极好的落脚点。

写作是一件非常奇妙的事情。它是一次地地道道的心灵之旅，是来自天地之间的关于心灵的叩问。因此，它始于观察。造物主给人类眼睛，你就要用它来观察世界。伏羲氏"仰则观象于天，俯则观法于地，观鸟兽之文，与地之宜，近取诸身，远取诸物，于是始作八卦，以通神明之德，以类万物之情"。我们，也要用眼睛，观察万事万物，从中找到属于你的"象"。你要相信，你的那个"象"，只有先感动自己，才能感动别人。

我很小的时候，在大兴安岭的风雪中，体验什么是刺骨的寒冷；在温煦的阳光中，端详一只蝴蝶的幸福；在浩渺的河边，看蚂蚁如何搬家。这些生活阅历，给了我丰富的写作源泉，也才有了一篇篇美文进入千千万万的读者心中。但是，正如《享海》的写作，仅有观察，是不够的，还要用心去寻找生活的灵动与别致，你要相信，生活比想象要丰富，要逼真。所有的能感动人的细节，都来自生活，而不是臆想。

气象万千，亘古不变。但不同的人，会看到不同的风景，文章，是写你看到的不同。而不管什么样的文章，落脚点都是人。人是万物的灵长，没有人，风景是静态的；有了人，风景是动态的。静中有动，动中有静，动静融合，文章自然耐读。

目 录

红霞映照云东海

一

从一叠材料里看到"楼长"这个词，我眼前一亮。县有县长，乡有乡长，从未听说过"楼长"。楼长是做什么的？面对我的疑问，广东省佛山市三水区云东海街道映海南社区党委书记、居委会主任邓礼灶说："走，我带你去见楼长。"

楼长是雅居乐雍景园二期的一名业主。楼长有"办公室"，在雅居乐雍景园三期。"办公室"名为"城市党群共享客厅"。我一进去，发现这个"客厅"真大，有一百多平方米。按照功能分为"会邻里""慧书屋""荟展示""汇活动""惠党群"五个区，名曰："五 HUI"空间。

我在"会邻里"见到了楼长。姓温，是一位阿姨。

温阿姨黑白发丝夹杂，说话快人快语。她 2007 年退休，今年 63 岁，是一名老党员。

我开门见山问："您这个楼长'管'着多少人？"

"那可不少，五六百人，相当于一个自然村。"

我暗自一算，两梯六户，楼高 31 层，一户以 3 人计，已五百余人。

温阿姨还有一个搭档，是一位年轻人，职业是公务员。

兼职当楼长，没有任何报酬？我有点不相信。于是"刨根问底"——比如生活补贴、误餐补贴、话费补贴……得到的回答依然是没有。然而，但凡社区有事，温阿姨总是随叫随到。2020年初，为抗击新冠肺炎疫情，映海南社区立即动员分布于各楼的110名党员楼长，进行微信群安抚、上门慰问，同时联合物业小区党支部组建20余人的"代购"队伍，负责为居家隔离的群众采购生活必需品。2020年6月，佛山市文明办发布"2020年抗疫主题美德先进典型名单"，邓礼灶这位管楼长的"大楼长"入选为"佛山好人"。

毕竟也是60多岁的人了，长期做义工，我问温阿姨身体吃得消吗？要知道温阿姨曾患冠心病，几年前，半夜还叫过救护车。

没想到，她喜滋滋地告诉我，自从自己当了社区里的志愿者，又做了楼长，现在能走能跑，能唱能跳，连药都不吃了。

两年来，温阿姨为社会提供志愿服务1000多小时，投入社区工作的时间更是"不计其数"。

老伴很支持温阿姨。温阿姨有时忙得来顾不上家，老伴就自己煮面条，还不时给她打气。"我老伴也是党员，我们一家都是党员。"温阿姨自豪地说。

虽然累，但温阿姨却心甘情愿："可以帮到人是最大的幸福！"

二

听说过白领、蓝领，但第一次听说"红领"。

原来，在云东海街道，一个红领，代表一个党组织；若干红领，就是若干党组织。若干党组织联合起来，就是"红领先锋"。"红领先锋"是将没有隶属关系的企业、社会组织的党组织联合起来，攥成一个拳头。原来党组织开展活动，往往"各自为战"，现在通过"红领先锋"，实现了资源共享、联动。

2019年8月，云东海街道以"红领先锋"的形式共建党组织，将映海南社区等14个单位的党组织连成一体，如同在社区、企业、商圈等不同领域和群体间架起了一座"党心"桥。

"红领先锋"成立后，实行"四联互动"——组织联建、活动联办、服务联抓、经验联学，使"红领先锋"不流之于口号、形式，落地生根，开花结果。

雅湖半岛小区东北角有一片不大不小的空地，有的居民图方便随手丢弃垃圾，影响美观又破坏环境。映海南社区党委经过调研，发现西北角也存在同样的问题，于是召集"红领先锋"几家成员单位坐到一起商议，之后，大家合力对两个"死角"进行绿化改造。如今，垃圾点已经变成"口袋"公园，小小的公园里，绿草如茵，树木葱茏，成为居民窗外一道美丽的风景。

"红领先锋"吸引着越来越多成员单位加入，队伍不断壮大，如今已达 20 个。在各个小区开展的近 90 场次创意插花、青年 AI 启蒙课程、职业生涯规划、读书分享会、党课学习等，不断吸引居民打开家门，进入社区，邻里之声相闻，方言土语混搭。

三

云东海石湖洲邓关村出了一位名人，叫邓培。

1883 年，邓培生于邓关村一个贫苦的农民家庭，14 岁离开家乡到天津一家机械厂做学徒，18 岁到京奉铁路唐山制造厂当旋床工。1919 年，在五四运动影响下，邓培领导唐山制造厂工人并联合开滦煤矿工人，与上海、北京长辛店工人一道，举行了中国历史上第一次政治罢工。1921 年秋，邓培加入中国共产党，成为河北省第一名中共党员。

读至此处，我禁不住心潮澎湃。1921 年秋，中国共产党成立不久。38 岁的邓培，已在革命的熔炉中接受锻炼并迅速成长。1922 年初，共产国际在莫斯科召开远东各国共产党及民族革命团体第一次代表大会，邓培作为中国产业工人代表在会上做报告。

同年 4 月，他创建中共唐山地方委员会，并担任书记。1924 年，当选为全国铁路总工会委员长，次年又当选为中华全国总工会副委员长。1925 年，在周恩来等率领革命军回师广州时，邓培组织铁路工人迅速把火车开到三水、东莞、清远等地，把革命军载回广州。

可惜，一腔热血的年轻的革命者，壮志未酬身先死，1927 年 4 月 22 日，邓培在广州被国民党反动派杀害。

今日之邓关村，目光所及之处是红色标语、红色旗帜、红色宣传栏……革命先烈的家乡，继承宝贵的红色基因，不断完善基础设施建设，活化红色资源，发展红色旅游，加快走在乡村振兴的大道上。

黄昏时分，余晖映照下的邓关村显得静谧而恬淡。年轻的村党支部书记邓宇豪陪着我在村里散步。我看到一栋栋小楼房，一条条宽敞的柏油路，一汪汪碧绿的池塘，一片片碧绿的植物，很是羡慕，你们的生活真不错。他笑了，现在村里环境美，文化氛围浓，很多城里人都喜欢到这里参观。

他指着村子另外一侧说，那是一个工业园，聚集了很多企业，依托这个工业园，农村集体土地释放出了新价值，村民的人均分红逐年增加。

邓关村的发展离不开党员干部的先锋模范作用。邓宇豪聊起一件事，去年，为了乡村生态环境保护，党支部号召村民行动起来"各扫门前雪"，而对于公共绿地的养护，党员们则带头认领，邓宇豪认领了 70 平方米。认领之后，夏日炎炎之时，得每天浇水，每次，他就从家里接两大桶水，装进小轿车的后备厢，再缓缓开到"地头"，当起了园丁。

没想到，邓宇豪还是广东药科大学的毕业生。我逮住这个话题问，你的专业所学发挥了什么作用？

他告诉我，在村党组织的带领下，村里田园综合体刚刚引进了一个中草药种植项目，初期规划 6.8 亩，二期规划 10 亩，大概种植 100 多种中草药。"不光是为了经济效益，也是为了普及中医药知识，弘扬中医文化。"

四

大约 10 年前，云东海街道只有两条像样的路，一横一竖。也没有高楼、城轨、喧嚣的人流。有的只是稻田，泥塘，袅袅的炊烟。

10 年间，路网纵横。三水北站，广佛肇城轨间或风驰电掣驶过，分布于城轨周围的一座座高楼大厦星罗棋布，及至夜晚，华灯初上，显现城市气象。若立于三水北站之上，你会看见，北站两侧，方圆数里，楼盘、购物中心、学校、长途汽车枢纽、医院、图书馆……渐次展开。绿地、公园、湖泊夹杂其中。

喧喧人村，嚣嚣圩里，阡陌交通，四通八达。三水新城的建设让云东海拔地而起。福田村党支部书记徐耀忠最为自豪的是，以前，是村民不断外迁，如今，是村民不断回流。其实，不只福田村，青年大学生钱德健回乡担任了樟山村党支部书记，青年大学生何耀宗回乡担任了流溪村党支部书记。

城市在发展，环境在变美。

云东海其实无海，但近处有江，三江汇流；境内多水，阡陌桑田，池塘水阁。水韵公园里，偶尔，于水草或浓荫之中飞出一只白鹭，在半空划出一道精致的弧线。

我站在田垄之上凝神观望。一群俏皮的禾花雀从田里旋起，呼啦啦齐飞，又呼啦啦落下，隐于田中。田里，长着金鱼草，有的绿叶青翠，有的开了黄花或者红花。

2017 年底，云东海获得试点建设国家湿地公园资格；这一片湿地，总面积401.97公顷，其中湿地面积330.59公顷，湿地率82.24%。

午后的阳光，渐转和煦，暖意熏熏。福田村几位老人正围在一起享受冬日阳光的美好。攀谈间，梁顺友老人，年已90高龄，耳背，听不见我说话。旁人介绍，她19岁嫁入福田，70余载光阴如水，如今颐养天年。更长者如程秋老人，年已九十有五，她刚提着两小袋垃圾不紧不慢地从旁边走过，又不紧不慢地踅回。她22岁嫁入福田，迄今也已70载有余。她们看着我，目光慈祥，神情和蔼。

又一个清晨。一缕霞光渐渐映红天边的云朵。云霞之下，大地之上，云东海如同披上了一件红色的霓裳……

《人民日报》（2021年11月13日）

花城的英雄气质

朋友，你见过广州的木棉吗？假如你见过，我相信，你是不会忘记它的。我无数次看过广州的木棉，无数次地为之赞叹——在大自然之中，竟有如此壮美的红！

木棉花，开在树上；木棉树，长在大街小巷。三四月的花季，整座城市，不用刻意寻找，到处都有壮硕高大的树干，顶挂着朝霞一样繁密鲜艳的红，那便是木棉花！只一眼，你的心便被震慑住了。你会走近它，仿佛有什么力量在拉着你、拽着你。及至树下，仰头看去，木棉花簇拥绽放，火红热烈，透着一股子劲。

木棉花，是广州的市花。我想，是因为那火红的花瓣、挺拔的树干——火红，像英雄的鲜血；挺拔，像英雄的脊梁。故而，人们又叫它英雄花。广州，也正是一座散发英雄气的城市。

位于广州的农民运动讲习所，毛泽东曾任第六届所长。1926年5月，23名进步青年被当地共产党组织选送来到广州农讲所，毛泽东为学员们讲授了《中国农民问题》《中国社会各阶级的分析》，周恩来讲授了《军事运动与农民运动》……至当年9月，来自20个省份的327名青年学生，在此学习农民运动的理论与方法，并接受严格的军事训练。

广州农讲所如强大的磁石，吸引着全国农民运动骨干，以强大的辐射力，影响着中华大地。据不完全统计，1925—1928年，广东、福建、江西以及两湖地区等，先后举办了40多个农讲所或农训班，培养了成千上万的农民运动骨干，有力推动了全国农民运动蓬勃发展。

广州起义烈士陵园，是纪念英雄的地方。那里，埋葬着广州起义部分烈士的遗骸。1927年12月11日，中国共产党发动广州起义，由中共广东省委书记张太雷和叶挺、恽代英、叶剑英等人领导。因敌我力量悬殊，起义最后失败了。"愿化作震碎旧世界的惊雷"，张太雷以年仅29岁的一腔热血和火红青春，实践了他曾经立下的不朽誓言。广州起义失败后，革命群众和起义士兵惨遭国民党反动派屠杀，5700名志士壮烈捐躯。

云台山，也是纪念英雄的地方。1949年10月，广州解放前夕，解放军第四十四军132师奉命追歼逃至广州从化一带的国民党军残部。12日晚9时，作为先遣部队的132师395团的战士们在当地游击队和群众的引导下，从山路抄近道追歼残敌，并与敌军在云台山发生激战。这一场激烈的战斗历时7个小时，共毙俘国民党军500多人，缴获轻重机枪20多挺。可是，50位解放军战士在战斗中失去了年轻的生命。这是解放广州的最后一场战斗，胜利的曙光已现，可惜年轻的战士们没能看到。

我认识一位老人，他叫李晨旭，曾任中国人民解放军汽车第三十七团政委。这个团参加过抗美援朝作战。老人的很多战友，都曾经血洒疆场。

愈到暮年，他愈怀念自己的战友，愈珍惜自己所过的生活。他常去农讲所、烈士陵园。去过多少回，不记得了。刚到广州时，地铁还没修，就挤公交车去；后来通了地铁，就坐地铁去。不但他去，战友来广州，他带着他们一起去；每年清明节，全家老小一起去。

苍茫暮色之中，有很多人，如他一样，在纪念碑前徘徊流连。

这些年，这座具有红色革命传统的城市，悄然发生了巨变。

每一个来过广州、身在广州的人都会感觉到，这座城市正在不断创造新的传奇。

如果登上广州塔，又逢雨后，偌大的城市于云蒸霞蔚之中，另有一番美景。若是幸运，还能看到彩虹，甚至双彩虹。珠江之上，风起云涌，云层游移，光影明暗，蔚为大观。街上的行人总是匆匆，人们为了理想与事业而奋斗着。那随处可见的活泼可爱的孩童、朝气蓬勃的少年、充满活力的青年，更让这座城市散发着昂扬向上的气息。

广州东北部的中新广州知识城很值得走一走。我早年去时，那里还是一片工地。10 年之后，已是高楼矗立，道路纵横，地铁通达，高速飞架；有湖，名曰凤凰湖，碧水微澜，水鸟和鸣，虫声喁喁；幼儿园、中小学、大学、研究院、高科技企业，错落有致……按照国务院关于中新广州知识城的总体发展规划，这块占地 178 平方公里的区域，未来将会有 60 多万人生活、工作、学习、休闲于此。知识就是力量，创新孕育发展，这就是广州的茁壮成长之路。

还有从化，素有广州后花园之美誉，流溪河畔，芳草萋萋，美丽乡村，如诗如画。米埗小镇、童话小镇、西和小镇、罗洞工匠小镇……如同镶嵌于青山绿水间的一粒粒珍珠。在经济高速发展的同时，新时代的广州正建设着一个个诗意栖居特色小镇。徜徉其中，怡然自乐，可以感到一股劳动气息、工匠精神在小镇的每一个细节里悄然流淌……

《人民日报》（2021 年 06 月 16 日）

花木茂兮

　　广东中山有个镇，叫横栏。横栏镇有几个村，都以"沙"为名，三沙、五沙、六沙。横栏曾为沧海，海水冲刷留沙而成平原，故村村名中含有"沙"字。

　　几个村子一个挨着一个。曾经，三沙最穷。民间有顺口溜："有女莫嫁三沙村，餐餐食饭半钵泥。"饭钵里怎么会有泥呢？原来，那时三沙人住不上砖瓦房，屋外，老牛犁地，溅起的泥点子便"乘虚而入"，飞入农户家中。

　　这些都是老皇历了。

　　如今的三沙村，户户小洋楼，有汽车 2000 多辆。村民 8500 多人，外来打工者有近 10 万人。每当华灯初上，三沙村街道上车水马龙、流光溢彩，成群结队的年轻人逛街，购物，聚餐，娱乐。

　　如此巨大的变化，可从一位叫陈炎连的老人说起。

一

　　今年 62 岁的陈炎连是土生土长的三沙村人。2010 年，陈炎连以中山市横栏镇三沙村农民的身份当选全国劳动模范。

　　陈炎连是一个脑子灵活的人。20 世纪 80 年代，他就做过花木生意，但没赚到钱，还赔了五六千。首次"创业"失败后，他又承包了七八亩鱼塘。20 万条鱼苗不过几百元，但对于他仍是天大的难题。好不容易将鱼苗下了塘，又没钱买饲料。他因地制宜，自力更生，把稻秧子碾碎，掺杂上米糠，拌匀，当作饲料喂鱼。鱼自然是营养不良，最后一统计，鱼苗存活率仅 20%。

转眼到了 20 世纪 90 年代初，陈炎连与同村的李炳林共同创办了镇上第一家私营花木场——正是因为这个，他们被称为横栏的"初代花农"。

命运的转机出现在 1998 年。陈炎连从广播里听到，国家要大力开展基础设施建设。他脑子一闪，敏锐地捕捉到，三沙的机会要来了……

岭南空气湿热，非常适合花木生长。陈炎连想，国家搞建设、搞开发，一定需要花木装点城市、乡村，这里面的市场很大。只是，一两个人搞不起来，得说服村民一起来做。可是，让大家放弃传统的劳作方式，并非易事。很多村民并不愿意放弃养殖和打鱼。

而且，还要填塘造田。岭南传统农村，前面河后面塘。长久以来，三沙人出门都走水路。稻谷熟了，装船、卸船，船来船往。走亲戚，出远门，船去船归。

陈炎连和村两委一班人，挨家挨户做思想工作，给大家鼓劲、打气。

2001 年，三沙村开始筹划建设花木基地。为了给群众做示范，陈炎连带头承包了 18 亩地，种了秋枫、冬青。效果不错，当年收入达 20 多万元，成为村里第一批富起来的花木种植户。

这下，乡亲们的心动了，田野里的风也欢快起来。

2002 年，三沙村规划辟出 5000 亩地作为花木生产园区。没有富余的地，就以每亩 1000 多元的价格把分散在农户手里的鱼塘、菜地承包过来，集中力量搞花木种植。

村民的积极性逐渐被调动起来了。慢慢地，全村 1550 户村民，有 90% 种植了花木。

陈炎连和乡亲们，终于等到了"花团锦簇"的日子。

大约 10 年间，三沙村村民人均年收入在 5000 后面"悄然"加了个"0"。

2010 年，广州举办亚运会。三沙村的花木，几乎被组委会买了个精光。

言及过往的经历，陈炎连掩饰不住内心的兴奋。他说，最主要还是党的政策好，乡村才能这样蓬勃发展起来！

"如今的三沙，村民年总收入 4 个亿。"陈炎连坐在他的"花木场"里，晒着阳光，一脸自豪。

二

三沙有个"花协"，全称三沙花卉协会。2004 年由陈炎连发起创办。花协成立以后，财政拨了款，协会有了固定的办公楼，成立了党支部。门上，挂着"中山市花木产业研发中心""广东农村信息直通车工程省级重点示范点""中山市农民夜校""中山市干部党性教育现场教学基地"等牌子。

2014 年，李炳林接任三沙花卉协会会长。1992 年，李炳林曾经承包了 24 亩地种苗木。可当时他腰包瘪，没钱买种子。但广东湛江芒果树多，果核也多。李炳林穿着汗衫，戴着草帽，拎着编织袋子，走街串巷，捡了一袋又一袋果核，好不容易运回三沙。

果核，黏，黄，沾了土，也脏。他先洗干净，再收集起来放在阴凉处晾干；待表面的水分蒸发掉，再沿着果核的边缘剪开，取出里面的种子；再将种子的薄膜去掉，放在水里浸泡；每天换水，5 天左右，种子长出了小小的芽。

1000 多枚种子，承载着他的希望。

此外，他还种了大王椰子。

椰子树发芽后，芽很甜，特别招老鼠。李炳林到处去捡饮料瓶，但那时塑料瓶少，从三沙到中山市区几十里的路，他每天骑着自行车，拖着个竹筐，最多一天捡回来 100 多个塑料瓶。用剪刀从塑料瓶中间一分为二，不大不小，一头套一棵椰子树芽，这下，再厉害的老鼠也是无从下口了。

他种了 1000 多棵椰子树，成本一棵 1 元，3 年后，一棵卖到了 145 元。

20 多年，李炳林的花木场规模从创业之初的 20 多亩发展到 2000 多亩，分布在中山、珠海、江门各地，年收入从几万元变成上千万元。

在陈炎连、李炳林等人的带动下，三沙村民共同致富，村集体收入也"水涨船高"。"2002 年我们村土地租金每亩只有 600 块左右，现在涨到两万多块；土地生产值每亩从原来两三千涨到四五万"，李炳林说。

李炳林还研究水生植物的水质改造。近来，在广东省科技厅农村科技特派员的指导下，困扰他的问题终于得到解决。他的硕大的池塘里，莲叶田田，红色、白色的荷花出淤泥而不染，立于水面，娉娉婷婷；水中，菖蒲、芦苇、紫莎草影影绰绰，长短相形，高下相倾，和谐共生。

2018 年，李炳林被人力资源和社会保障部、农业部授予"全国农业劳动模范"。

今年已 71 岁的李炳林依然勤谨，且不服老。我们在他的"水上观测台"聊了会儿天，离开时，已是午时。经过田间，他突然蹲下身去，仔细观察一株小苗的生长态势，黝红的脸颊，在日头下，显得更加健朗。

三

横栏镇也有个花木协会，简称"横栏花协"。2019 年 10 月 29 日，80 后农民梁申华接过前任接力棒，担任会长。

"我们这里很多人都是'苗二代',有两三千人。"

梁申华这几年经常往云南昭通跑。中山与昭通是东西部扶贫协作城市。作为中山市花卉苗木行业产业扶贫的先锋队员,他一方面要想方设法让昭通农民走上富裕之路,另一方面也要为横栏花木走得更远突围探路。

从 2017 年开始,3 年来,100 多张飞机票、火车票,20 多万公里的行程——这位年轻的"苗二代",足迹走遍昭通的盐津、永善等地,把来自横栏的 10 万株苗木种到了盐津、永善两县大大小小的村庄、田野、山间。

2020 年 11 月,盐津县中和镇艾田村的三角梅已经长成,远远望去,一株株梅花,叶片青翠,绿意盎然。再过几个月就可结苞、开花。而所有的三角梅都由梁申华负责收购。"我们采取的方式是共赢,扶志、扶技、扶平台、同进退。"按照签订的协议,种三角梅的农户每人年收入将在万元以上。

昔日毫不起眼的横栏,每日里,从早上 6 点多钟开始,大货车就已经开始奔跑;高峰期每天车流量在 500 台以上。拥有 40 多年花木产业发展历史的横栏,已成为华南地区重要的花木集散地,除广东外,产品还销往福建、广西、湖南、四川、重庆等地,年销售额近 30 亿元。

"横栏的扦插技术在全国来说都是领先的。"梁申华说,上世纪 90 年代,扦插成活率还只有百分之五六十,现在呢,"种 1 万棵,只有十几棵不成活。"

只是,市场也在随时发生变化,客户对横栏花木的品质提出了越来越高的要求。现在,横栏发展出了 1000 多个苗木品种。"品种引进了,但技术也得跟上。"

以前,为了学技术,梁申华要花钱请专家,有时候还请不来。如今,省上定点帮扶,省科技厅 20 个团队 44 名农村科技特派员频繁前来，在家门口免费传技术，村民免费学技术。

梁申华还发起成立"卉盛苗木研究院"，由广东省农科院教授团队指导开展苗木品种改良、新品种研发等科研项目，积极发挥"卉盛农业"作为龙头企业的示范引领作用，带动全镇花木产业向信息化、标准化、科技化发展。

横栏花木，已呈百花齐放之势。

一村兴，村村兴。

横栏街头，看不到闲人。百万元户、千万元户都在地里忙。

各花木基地内，变叶木、龙船花、毛杜鹃、红叶朱蕉、铁架三角梅、紫花风铃木、蓝花楹、海枣树、椰子树、造型罗汉松，姹紫嫣红，花香馥郁，造型奇特，赏心悦目。地被、灌木类产品一年四季常青。所有花木产品全部为容器苗、袋装苗，易活、易挪、易种。商品属性鲜明。全镇种植总面积约 3 万亩，其中连片超过 1 万亩，辐射镇外面积超过 30 万亩，已形成以三沙村和五沙村为中心的绿色产业带。

一业兴，百业旺。

依托花木产业，有的人成了货运经营者，有了自己的货车；有的人成了旅游中介，"横栏一日游"，日进千元；有的人掌握了专门技术——挖树、挪树、吊树、栽树，新职业应运而生；有的人开办生态园，宾朋如云；有的人研究有机肥，营养一片沃土⋯⋯

昔日贫穷落后的横栏，先后被评为"中国花木之乡""广东省森林小镇""省级一村一品、一镇一业花卉苗木专业镇"。2019 年，横栏镇花木产业园被认定为珠三角 19 个省级现代农业产业园之一。2020 年获批建设省级农业科技园区。广东省科技厅还支持横栏建立花木产业创新平台，重点推动新产品、新技术、新成果的创新、开发、集成应用与示范展示。

一份事业，有人传承，有人接力，方能兴旺。如今，横栏花农中，骨干为三四十岁的年轻人。而更为年轻的"苗三代"们，大学毕业后也选择归乡，继承父业，投身花木产业。

横栏——花木茂兮！

《人民日报》（2021 年 01 月 16 日）

茶农老刘

　　去年八月，遇见老刘时，他正在山上卖茶叶。

　　那山，是甘肃陇南文县碧口镇的山，叫马家山。山高，海拔有一千二百多米。山上有池，叫龙池，不知道从何时起，这峰峦叠嶂间就有了这样一泓池水。

　　将近晌午，天气闷热。老刘坐在池边低垂的柳树下纳凉。见有人来，忙起身。他的脸色褐红，想必是经年累月晒出来的。

　　他的茶摊，是一个撑起来的简易木架子。茶，有的用塑料袋装着，有的用锡纸包着，有的散在几个小竹簸箕里。他招呼我坐下，给我泡了一杯"黄金芽"。这种茶我第一次听说，没喝过。我端着杯子细细端详，金黄色的茶芯在沸水中不停起伏，但并不急于舒展；茶水则渐渐呈现淡黄色。一股香气微微散开，轻轻弥漫，在我的鼻翼间摇来摇去。水有点烫，我试着品了一小口，略微有点苦。

　　我转身去看那硕大的龙池，真像一块巨大的天然绿宝石，镶嵌于青山之间。水面异常平静，偶尔，有蜻蜓点水，碧水微澜。不知躲在哪里的知了，叫声此起彼伏。树梢，不时有画眉鸟飞过，叽叽喳喳，声音婉转。

　　我跟老刘有一搭没一搭地聊。他说的是陇南话，口音重，好在我也是甘肃人，虽没全听懂，但也八九不离十。

　　老刘不光卖茶，还有十多亩茶林。

"一亩能种多少株茶树？"

"四百五十株。"

这样一算，一共得有四千多株，那可不算少了。

茶林，是老刘和老伴的营生。年复一年，日复一日，种茶、采茶、卖茶。

老刘给我指了指他的家。出家门，没多远，就是茶林；沿溪行，又没多远，就到茶摊。这样的日子很简单，但侍弄那么多株茶树，也够他忙的。

"你看，黄金芽，春天是黄的，到秋天就变绿了。"老刘说。正是夏末秋初，一树的叶子半黄半绿。

他还有一片"龙井"。西湖龙井我是知道的，但陇南龙井我第一次听说。见我不信，老刘带我来到茶林，瞧瞧那生"龙井"的树。树不高，叶子正绿，又密。我端详半天，征得他同意，揪下一片叶子，使劲搓了搓。一闻，隐隐地，还真有龙井的味儿。

他的龙井茶，因成色不同，有的一斤能卖上千元，有的仅两三百元。

临走，我加了老刘的微信，买了两袋茶叶。回来一品，味道还不错。

日子散散淡淡，一晃，差不多一年过去了。我在广州时常想起老刘的茶摊。记得老刘说过，他们那地方是真好，就是有点偏。广州和陇南隔得远，再见老刘不知何时，但我常常会在微信里见到他。他在朋友圈里"炫"龙池，湖光山色，遍生菖蒲荻花，真美。看得我还想去一趟，找个农家屋子，待上几日，空山新雨后，站在湖边，望望山，看看云。他也"炫"自家的茶林，一片一片，郁郁葱葱，生机盎然，那是他和老伴辛勤劳作的成果，也是老两口生活的希望。就在前些日子，他还"炫"了春茶，一粒粒、一颗颗、一枚枚，那小小的芽儿、细细的叶、尖尖的针，让人看了满眼绿意，满心欢喜。

想必，老刘今年的收成不错。果不其然，微信上一聊，黄金芽产了十来斤，龙井产了一百多斤。五六万的茶出手，除去成本，赚了两三万。

又一天，我和老刘在微信上聊天，这才知道，他有一儿一女，都在外省工作。那么多茶树，每到清明前，老两口忙不过来，还要请人帮忙。

"茶叶如韭菜，摘得勤，产得多；摘得缓，产得少。"老刘说。

老刘还说，很久以前，他靠手工制茶。2010 年，他买了一台机器，用了几年，坏了。2017 年，买了第二台，是半自动的。

对于制茶，我是个外行，老刘给我讲了半天，我才大致明白流程。上午采的茶，下午炒。第一步是"杀青"，按我的理解，就是去去叶片中的湿气，用两百度左右的温度，烘焙一个小时，这是机器干的事。第二步是"脱毛"，也需要一个小时，还是机器的活儿。第三步是"回锅"，这就不能完全靠机器了，时间、温度，得靠自己的经验，每一批茶叶都不一样。

"一次能炒多少斤茶？"我问。

"一次也就一百五十克到一百八十克。"这还是指的"活叶"，即从茶树上采下来的叶子。成品后，还要用分包机器把碎渣子剔除，剩下的才是我上次见到的茶叶。

我问他，为什么不在网上开个网店呢？现在"直播带货"很火，可以试一试。

老刘笑了：我这把年纪，不会摆弄那些新鲜东西。

正聊着，老刘发来"视频通话"请求。于是，我又看到了他褐红色的脸，看到了云蒸霞蔚之下的龙池、漫山遍野葱葱茏茏的核桃树，还听到了画眉鸟欢快的叫声。

原来，他连接视频，还想让我看看"茶壶"——

红壶、青壶、白壶……错落有致，沿龙池之畔排列着一片茶壶雕塑群，据老刘说，足足有一百多个。壶上，镌刻着"茶语""茶思"等与茶有关的字样。我让他抱一抱那个巨大的红色壶，他抱了三抱，还差半圈。

"我们村子现在都以茶为生。以前只种茶卖茶，现在变了，我们还要建设茶叶主题的旅游景点呢。"视频里，老刘开心笑着，一脸的阳光……

《人民日报》（2020 年 07 月 25 日）

澳门的年

　　一进入腊月，年在澳门人的心中便如宣纸上的一滴水墨，从中间缓缓散开，洇湿千家万户。

　　澳门市政署是一幢白色的楼。门厅上挂了一幅基调为米黄的字——"新年进步"，"新年"与"进步"之间，"嵌"入一个大的"福"字。五个圆圆的字挤在一起，像五块大喜饼。"喜饼"下面有一条金鱼，顶着红红的脑袋瓜，侧身、张嘴，望着那"福"，模样可爱——年年有鱼，年年有余。曾经饱经沧桑的澳门刚刚庆祝完回归祖国二十周年，新年新进步，再迎新"福"，更加幸福——市政署替居民说出了心里话。

　　澳门看似不大，各式建筑鳞次栉比，星罗棋布，一眼望去，密密麻麻。但楼宇间，街角处，公园里，风景区，总留有很多空地，让人可以歇脚、休憩。年味便于疏密相间中"见缝插针"地浮现。

　　比如花。你看，桃花、水仙、盆竹……像是赛着绽放、生长，争奇斗艳，生机盎然，昭示着新年的和谐与蓬勃。而性喜温暖湿润的金橘，则个个色如赤金。澳门人喜欢金橘，一则金色象征财富，以求"财运亨通"；二则在粤语中，"橘"与"吉"同音，新的一年，人人大吉大利。澳门街上，常能见到抱着金橘树的行人。

　　对大多数澳门人来说，过年从腊月廿八开始。生意人更重视腊月廿八，老板们要在这一天犒赏伙计，答谢主顾的帮衬。另外，澳门人更喜欢手写的春联，无论写得好坏，要讨个好彩头。澳门人管春联叫作"挥春"，过年前政府会请艺术家们当街写"挥春"派送给市民，算是一种福利。今年1月18日，在板樟堂前地，由澳门市政署安排，澳门美术协会的艺术家就为市民挥毫泼墨。一位已在澳门定居多年的作家朋友告诉我，贴春联、办年货、吃团圆饭、穿新衣服、向亲友拜年、派发红包……澳门的年，与内地没什么区别。但吃团圆饭却不一定在大年三十，因为澳门是一座不夜城，二十四小时有人上班，有的家庭因成员轮班之故，团圆饭会提前吃。过年是一家团圆的日子，是不是在年三十，不勉强。澳门人过年也与时俱进。

去过澳门的人，都对那里的美食赞不绝口。粤菜势大，在广州能吃到什么，在澳门也能吃到什么。你或许会问，澳门的食材从何而来？澳门三面环海，寸土寸金，又缺乏淡水资源，食材自然无法本地生，只能向外求。

年前的一天，早上六点多钟，天刚蒙蒙亮，澳门新批发市场已是灯火通明，一派繁忙。一辆挂有粤澳两地车牌的蓝色货车驶入，在一楼最里侧的一个档口停了下来。司机下车，与档口主人一起掀起篷布，再一箱一箱往下搬水产，箱里的鱼活蹦乱跳。很快，第二辆货车驶入，沿宽敞的车道迂回上楼——批发市场楼高十一层，货车可长驱直入。这个市场，每天有上百辆货车出入。各个档口人头攒动。一捆捆青葱，一袋袋土豆，一箱箱瓜果，挪进挪出，购销两旺。

年夜大席拉开，澳门灯火万家，飘出的香气令人陶醉。

澳门的年，历来都很丰富。年三十中午十二点到正月初一子夜一点，可以"肆意"放烟花爆竹。澳门一年三百六十五天，哪天都灯火璀璨，为了迎接新年，商家会使出浑身解数亮夜，只见无数的光与影，让空旷辽远的海岸变得灯火通明、富丽堂皇。

一般来说，大年初一、初二，大金龙、醒狮、财神、福禄寿三星、十二生肖、金童玉女以及澳门旅游吉祥物"麦麦"巡游，不分内外，不分主客，向所有人拜年，派发利是及纪念品。这时候，像我这样的内地游客觉得澳门是家，旅居澳门的外国人也觉得澳门是家。

　　大年初三，会有花车汇演。这是澳门每年过年的重头戏。记得去年春节，西湾湖广场，十八部花车，或华丽，或典雅，静候于一端。花车开始巡游。首车是以莲花为主景的"澳门"。莲花盛开，象征澳门在祖国的怀抱里永远繁荣昌盛。紧接着，一只小金猪跟上，双"手"合握呈作揖状，憨态可掬。花车之下，来自海内外的三十二支表演队伍或敲或打，或弹或奏，或歌或舞，与车同行。一时，澳门成为流光溢彩的世界，成为辞旧迎新的海洋……

　　正月头几天，在澳门外港客运码头旅客入境大堂，当摩肩接踵的游人刚进入澳门时，还会被龙狮"挡道"——那黄龙，形态逼真，气势宏大；那彩狮，形神兼备，惟妙惟肖。随着伴奏的锣鼓，龙现精、气、神、韵，舞龙者，见龙在田，龙珠高擎，龙行天下；狮现喜、怒、动、惊，舞狮者，睡狮猛醒，翻腾跳跃，仪态万千。你不能不叹服，澳门人深谙龙狮起舞背后所蕴含的深厚中华文化积淀。

　　只是，今年面对来势汹汹的新冠肺炎疫情，澳门取消了策划已久的春节庆祝活动，以减少病毒感染的风险。花车没看到，"金鼠"没看到，虽然遗憾，但市民都能理解。澳门人说，如果不是遇上这次突发事件，澳门无论年前年后都会有相当精彩的活动，"日程"会安排得满满当当，会让游客和居民都开开心心。

　　的确，如果你曾在澳门过过年，你一定会觉得，澳门的年，味足，地道。因为澳门的年，是中国年，是中国人的年，是所有热爱中国的人的年。

《人民日报》（2020 年 02 月 19 日）

天水的水

天水为古城。南有南山，北有北山。南北之间，夹着天水。

凌晨四点多，月亮悬在半空。月光洒下来，与橘黄的路灯灯光相融，一地温馨。风很轻，很清。榕树的叶子窸窸窣窣地响。由远及近，传来"刷——刷——"的声音，环卫工王芳兰已经在工作，她穿着黄绿相间的工作服，握着一把大扫帚，在仔细清扫街上的落叶。王芳兰负责的是合作北路。转过弯，是建设路。建设路宽，双向四车道，由另一名环卫工负责。

天色破晓，洒水车上街，一路向地面喷水，雾气弥漫，一地清凉。白色的车身上喷着蓝色的字：城市因我而美丽。下面还有一行字：北京环卫集团。一年多前，北京环卫集团"入驻"天水，为天水环卫服务产业转型升级提供支持。

转了几条街。目光所及之处，不见任何垃圾。在天水生活了五十年的刘女士谈及天水近年的变化时说，街道干净了，人们的文明程度提高了。

很多年以前，我就来过天水。那时，天水很小，小城，小街，小楼，小店，小铺。有河，孕育天水两千六百多年文明的耤河，真真切切。耤河曾经碧波荡漾。后来有一段时间，因为耤河流域植被的破坏、生态环境的恶化，逐渐断流。非汛期没什么水，河床裸露；汛期有一点水，但雨水泡满垃圾，污水横流，"耤河无河，天水无水"。

2005年10月，天水市耤河城区段生态环境综合治理工程正式开工。干部参与，群众参与，子弟兵参与。淤泥经年累月，层层叠叠，很厚，极臭。清淤者夙兴夜寐，工程于2006年底正式完工。

如今的耤河，水呈草绿，清且涟漪。看，一只小白鸭随波逐流，优哉游哉。一白一黑两只水鸟时而在水面低回，时而在半空萦绕。两岸的公园，芳草萋萋。耤河之上，还有桥——天秀桥、天润桥，都是耤河上的标志性桥梁。天秀桥还是甘肃省首座自锚式悬索桥。

耤河风情线还在持续东进，耤河生态环境综合治理二期工程西起一期末端，东至耤河入渭口。

渭为渭河。渭水泱泱，是黄河的最大支流。天水境内渭河流长约二百八十公里，也曾污染严重。经过治理，如今"河畅、堤固、水清、岸绿、景美"，默默润泽着山河大地、草木丛林。

站在孙家坪大桥上，曹家埂村六十八岁的周姓老人望着桥下热火朝天的施工场面，憧憬着未来美好的生活。曹家埂村就在附近，老人散步至此。一想到明年家门口将有美丽的风景，他的心就有些激动起来。

沿河两岸数十万百姓，都将是受益者。

为了让河水不再断流，美景常在，在耤河、渭河交汇处，还建有西北首座全地下净水工程，污水处理量每天为八万吨。经过处理后的中水水质达国家一级A标准，可直接注入河流。

山不转水转，水一转，两岸风情万种。华灯初上时，耤河波光粼粼，两岸缤纷络绎。徜徉于河畔，水汽混杂草香花香，一个劲儿往鼻子里钻。

天水有两区五县。南北两山，"夹"住秦州区、麦积区。秦州在西，麦积在东。两区之间，数十万人日日往来，熙熙攘攘，道路拥堵。

秦州与麦积之间，需要一条轨道交通。天水人正翘首以盼开通有轨电车。

三年多前，天水市有轨电车示范线工程启动，线路全长二十余公里，设站十七座。工程沿河而建。

河堤之上，部分槽形钢轨已经铺设。钢轨与钢轨之间的焊接正在进行。中铁十一局施工人员采用的是槽形轨闪光焊接技术，是国内较为先进的焊接工艺。

几个工人用火钳夹住一个烧得通红的"瓦罐"，套在轨道连接处，瞬间，瓦罐里的火焰剧烈燃烧，红彤彤的火苗从瓦罐底部、上部窜出。一百四十秒之后，金属熔化、熔合，焊接完成，接头成型。之后再对接头进行打磨和探伤，钢轨与钢轨之间，便成无缝连接。

首车已由长沙运来，静静地停靠在渭河车辆段。这辆有轨电车，外形设计既古典又简约。车头曲线流畅，姿态挺拔，如神龙昂首；车体上银下金，象征浩瀚的天空与富饶的大地；车身前后喷绘有灵动的腾龙太极与伏羲八卦图案，意在让华夏民族的图腾文化与天水的历史文化交相辉映。

进入车身内部，内饰主色调为咖啡色与橘红色，体现天水古建筑的宁静典雅。车上共有五十八个座位，载客量为三百七十人左右。站台与车厢结合处设计得十分"走心"，百分百水平连接，如此，将来老人、儿童、残疾人、轮椅使用者登车，便不会有丝毫障碍。

不久之后，耤河、渭河风情线上，天水人将乘坐有轨电车穿梭于古城，感受千年历史人文和新时代的生活气息。游客也将在远山如黛、近水含烟的诗情画意中，领略陇上江南之美。

放眼今日天水，一幢幢高楼大厦拔地而起，一座座雄伟壮观的桥梁横跨南北，车水马龙，云蒸霞蔚。

《人民日报》（2019 年 11 月 04 日）

荔枝红了

　　老张六十有五。他有五百五十棵荔枝树，山上四百棵，山下一百五十棵。山上的，缺人手，他顾不上管；山下的，他操心，自己施肥，自己修剪，自己除病虫害。

　　他站在树下，望着枝丫上挂满的青荔枝。斑驳的阳光透过树隙打在他黝黑的脸上，细细密密的汗珠晶莹透亮。他抹了一把汗，背着手，绕树三匝，估摸着这棵树上结了多少荔枝。能有一百多斤。他腾出手，扶了扶挂在树干上的木牌，上面写着——编号：107；品种：桂味；树主：张镜新。还留有他的手机号码。

　　今年，广州雨水尤其多，影响了荔枝挂果。张镜新的一百五十棵树，去年结了五千斤荔枝，今年估摸只有一千六百斤。去年挣了两万元，不能说亏本，自己的树，自己的力气，农民，吃的就是这饭，但确实不多。

　　老张在枝叶繁密的荔枝林里转了一大圈。天热，林子里有树荫，但不透风，蝉不知藏在哪里，使劲地叫——它也不累！间或，一两只花蝴蝶盈盈袅袅，在林间调皮地玩耍。老张凑近一棵树，踮起脚，掰开一枝，细细查看，这段时间天气不错，有的荔枝已经见红，微微红，红在青上，青退红进——青褪光了，荔枝就熟了。

　　隐隐地，老张已经闻到了桂味散发的香气。

　　桂味，很好听的名字。是荔枝的一个品种，因有桂花味而得名。桂味荔枝土壤适应性强，耐旱，适宜山地种植。

老张是广州市从化区南平村人。这村子，村域七千五百亩，山岭环绕，郁郁苍苍，溪水潺潺，鸟语花香。村里住着二百八十二户人家，有一千一百口人。户户都种荔枝，还种黄皮，青梅，柿子，木瓜。一到夏季，整个村子，都弥漫着果香。

　　几十年前，老张上山开荒，一个人就开了几十亩地，种了四百棵荔枝树苗。一眨眼，快四十年过去了，山上的荔枝树根深叶茂，山下的荔枝树，也根深叶茂。

　　回到家，老张翻开电话簿，找出一张名片。他在电话里对那人说，荔枝差不多见红了，可以签合同了。

　　老张和对方签的是"2019年广州市从化区荔枝树定制采购补充协议书"。对方是一家农旅联盟投资发展公司。农旅，应该就是农村旅游。协议书上写着：甲方向乙方定购的荔枝品种为：流溪桂味十八棵，总产量估算约为一千一百一十斤，荔枝成交价为每斤三十一元，总额为：三万四千四百一十元。其实，这是区里推出的"乡村振兴·美荔定制"平台。前几天，区里还在北京进行推介，想让一颗颗红荔枝离开枝头，裹着桂花的香，飞到首都，让百姓品尝到岭南荔枝的香甜。

　　往年不是这样。老张自己采摘，自己卖。有单卖，也有批发。去年累得要命，也没挣多少钱。今年，动动嘴皮子，签个协议书，已经签了三万多，还有差不多五百斤，还能挣一万多，加起来差不多有五万块。够他和老伴儿好好花一阵子。

　　其实，很早，对方就要付定金，但老张没收。自己的树上到底能结多少果子，他心里没数，没数就不能收人家的钱，一旦结不了那么多果子，还得退钱，麻烦。

　　老张的宅子门口还有一棵黄皮树，结了满树的黄皮。一粒粒黄皮黄嘟嘟的，长得格外饱满。今年的荔枝卖了个好价钱，黄皮他不卖了，自己家里人吃，来来往往的游客，想尝就尝。

那日，我在南平村逗留。午后燠热，索性钻进老张的荔枝树下，享受绿叶浓荫的惬意。间或，天上浓云密布，骤雨来势汹汹，我忙躲进附近的亭子避雨。骤雨初歇，我看见老张忙不迭地跑来，查看他的荔枝树，还好，安然无恙。

　　青山绿水间，荔枝，就红了。

《人民日报》（2019 年 07 月 15 日）

梅江之畔听歌声

梅州有梅江。梅江不宽。站在此岸，能听见彼岸的声音。

我站在塔桥上，向远处眺望。夜色似乎阻碍了我的目光，由远及近，只看见褐色的江水缓缓地流淌。

我踩着浮桥，由此岸向彼岸行走。孩子们在桥上蹦蹦跶跶，童音飘散，宛如清脆的音符。夏夜的燠热被岸边蝉声唤醒，及至江中，又被江风稀释。江风拂面，拂过肌肤，一卷儿又一卷儿的清凉。

我握着栏杆，望江，望岸，望梅州。我不知这座城池，经历了如何的风雨沧桑。

我的目光落入江中，随波逐流。一束束光，已经在江中点燃。黄的、红的、蓝的，泾渭分明，又时而交错缠绕。波光跃动，或明或暗，一片金黄，又一地碎银。光，来自沿岸的楼群，来自万家灯火。我望着一扇扇窗，窗前人影绰绰。我知道，楼上的人也在看江，看人；听江，听人。生生不息的梅江，是梅州人的心灵画卷，一朝，一夕，日出，日落，逝水流年，百看不厌。

人声渐起，嘈嘈切切。听不到江水声。二十六只浮舟，稳如磐石，托着由此及彼的人。岸上，传来高昂的歌声。歌声掠过江面，惊扰了一只雀儿，它勉力飞翔，在江面起伏、盘旋。又一只燕子，从对岸飞来，划着精致的弧线，在粼粼的波光中留下一道优雅的剪影。

夜色中，两个旅人，我和他。他唱，我听。歌声被空旷的江面混响，被江风扩散，在彼岸与此岸间萦回。我听见了他的心跳，他的心曲，他的爱与情。江风，吹散了我与他之间的隔阂。

而他，阿碌，是土生土长的梅州人，会唱客家山歌。

我是旅人，旅人为客。他为旅人放开了嗓子。

"山歌唔唱心唔开，

　大路唔行生溜苔。

　四方宾客来相聚，

　山歌美酒捧出来……"

客家人的歌声，如山野之风，在河面飘摇。我听出了原生态的质朴、热情、善良。

江中，一艘船远远驶来，是一艘红彤彤的游船，如一团熊熊燃烧的火，裹挟着江风，裹挟着文明，岸上的树，岸上的人，喜庆起来。自然而然，音声相和。

梅州，在水一方。梅江，一江流水，十里长堤。水连水，人连人，心连心，连着祖籍梅州、分布在八十多个国家和地区的三百多万海外华侨华人。

阿碌，叫曾碌顺。梅江之畔，是他的"点"。他的两台音响，花去五千多元。他为旅人演唱，也为旅人一展歌喉提供"舞台"。他的名字里本是"禄"，他改为"碌"。只有忙起来，干起来，才有"禄"，才能顺，才能幸福。当晚演出结束，他一手拎一台几十斤重的音响，拾级而上，穿越寂静的街道，消失在茫茫夜色之中。

梅州客家，英才辈出。宋湘、丁日昌、丘逢甲、黄遵宪、张弼士、林风眠、李惠堂、曾宪梓、田家炳……众多社会各界名人，其中不乏院士与大学校长。

南方的夏日，清晨，已是艳阳高照。我来到梅州市梅江区东郊周溪畔寻访一位先贤。"人境庐",正是黄遵宪的故居,你会轻易想到东晋诗人陶渊明的"结庐在人境,而无车马喧"。故居古朴典雅,文化积淀深厚,展现了晚清时期客家人生活的历史风貌。客家书生黄遵宪,一生"明于识、练于事、忠于国"。其崇高品质与忧国忧民情怀为梅州人所津津乐道。

梅州客家还出了一位共和国的元帅——叶剑英,梅州梅县雁洋堡下虎形村人。我不由轻吟其诗:"雁有凌霄志,风雷不失群。遥遥飞万里,阵影入彤云。"鸿雁于飞,肃肃其羽。叶剑英纪念园青山含黛,田园青翠。馆内陈列大量珍贵的照片、手稿、题词、文献、文物,向人们展示着叶剑英元帅光辉的一生和崇高的革命风范。

梅州学宫,旧时为梅州最高学府。学宫坐北朝南,东西廊庑为悬山顶,上覆绿色琉璃瓦。梅江区文联在此处办公。文联负责人指着一个八角石凳言,朱德曾在这里发表演讲。1929 年 10 月,朱德、陈毅等率领红四军由闽西挺进梅州,攻占梅城,史称"梅城战役"。

秋枫耸立,古树参天。革命的硝烟已然散去,故事却长久流传。

一位老人带小孙女在树下纳凉,一只嫩黄的幼蝶在小女孩面前顽皮地飞舞,小女孩兴奋得吱吱呀呀地叫,说的是客家话,我听不太懂,大人们都笑了。

《人民日报》(2019 年 05 月 29 日)

出题记

无数个他，他们，借助国家提供的机会，通过职业院校和职业教育工作者的悉心培养，获得将来从业良好的职业道德、丰富的知识、高超的技能，走上社会之后能够赚钱养家，能够反哺社会，甚至，可能成为大国之工匠。

不远处是一条河流，叫流溪河。

我站在阳台上，望着波光粼粼的河面，下意识地想拍摄，可是，没有手机，也没有照相机。来到这里的第一时间，我们的手机被统一存放于保险柜中，由专人保管。房间里没有网络。正是午后，如此"与世隔绝"的生活，让我瞬间产生百无聊赖的感觉。我呆呆地望了一会儿河水，下楼，沿着住处，走近流溪河。

流溪河是一条流域达两千三百平方公里的河流，从北到南，起于广州从化，经珠江三角洲入海。眼前的河面，碧绿澄澈，小鱼在水里欢快地游弋，水面，泛起阵阵涟漪。河的对岸群山连绵，山外有山，但远山不远，近山不近。山上树木葱茏，一片苍翠。山的上空，云蒸霞蔚。

青山绿水间，白鹭优雅地飞翔；小鸟们嘤嘤嗡嗡、啁啁啾啾地叫着，声音此起彼伏。

栅栏以及围墙阻隔了我的脚步。我在里头，河在外头。

下午，我拿到了一套高中语文教材。看到书的封面，我想到了女儿，几年前，她读高中时用的就是这套教材，我看过很多遍。我坐在阳台上，在午后暖阳的流泻下细细翻阅，从第一册到第五册。一篇篇熟悉的课文：《华罗庚》《我与地坛》《沙田山居》《这思考的窑洞》；一位位先贤智者：孔子、司马迁、屈原、杜甫……

迎上去，与他们的心灵进行对话。

我想到诸葛亮。杜甫的《蜀相》中，"三顾频烦天下计，两朝开济老臣心"，赞颂的正是千古名相诸葛亮的丰功伟绩。我想到霍金，他有残疾的身体，却把芳香留给世界……

我来到这里的任务，是出题。

"观乎天文，以察时变；观乎人文，以化成天下"。在我看来，语文，考的是精神，考的是智慧，考的是素养。

梁衡《这思考的窑洞》成为现代文阅读的候选篇目。我想让青年知道，"延安是中国共产党领导全国人民进行民族革命和民主革命斗争的心脏，是艰苦岁月的代名词。"我想让青年知道，在"当年边区敌伪封锁，无衣无食，每天都在流血牺牲，每天都十万火急"的情势下，毛泽东同志是如何奋笔疾书，不断思考中国的未来。我想让青年知道，新中国所取得辉煌的成就正是建立在无数革命者矢志不移和先烈们抛头颅洒热血的基础上。

作文，是语文考试中的重要一题。从某种程度上说，作文也在考验如何做人。我在想，所谓"特立独行"的"〇〇后"一代，进入大学之后，是不是首先得学着与人相处？

我想起前不久举行的全国两会上，职业教育与技能人才培养备受关注。《政府工作报告》中提到，要改革完善高职院校考试招生办法，鼓励更多应届高中毕业生和退役军人、下岗职工、农民工等报考，今年大规模扩招 100 万人。

我想起我的父亲。他曾经在农村参加劳动，后来参军入伍，在部队锻炼，1970 年 8 月，被组织推荐上军医大，人生由此改变。

我想起我的叔叔。他在艰苦的环境下不弃书本，1978 年 3 月，成为国家恢复高考后第一批大学生，人生也由此而改变。

我想起自己。以中年之龄，进入武汉大学读书，在百年学府中浸染，我的人生，也由此而改变。

社会中，无数人，都在通过教育改变着人生前行的方向。

而正是伟大的前进的中国，让事关民族兴旺、人民福祉和国家未来的教育惠及千家万户。

我仿佛看到，一张张黝黑的面孔，一道道坚毅的目光，一双双磨出老茧的手，成为大学校园里一道美丽的风景线。

可我担心，懵懵懂懂、未经世事的"〇〇后"一代，该如何面对这道风景线？是在心中竖起一道牢不可破的篱笆墙，还是与人为善，保持一颗谦卑之心，与阅历丰富的大龄同学和谐共处？当两者在生活习惯、语言习惯、消费习惯以及世界观、人生观、价值观发生碰撞与摩擦时，他们该如何"进退"？

于是，《我的大龄同学》作文题目，呼之欲出。

我不知道他们能不能回答，能够做出怎样的回答。

山雨说来就来。劈里啪啦的雨点战鼓般砸着芭蕉，砸着梧桐。暴雨笼罩了草木扶疏的春天，小小的阳台如帘如瀑。

雨后，我又站在阳台上，望着流溪河。山色空蒙，水光潋滟。我贪婪地呼吸着清新的空气中流淌着的芳草与桂树的气息。那些隐遁的鸟儿，不知又从哪里冒出来，在一棵棵树间探头探脑，叽叽喳喳，或者振翅飞翔，抖落一身的水点。

周六上午九点，考生进入考场。下午三点，我看到他们的答卷。

一个青年写道：

你好，我的大龄同学。比起你们，我们年龄尚小，想法幼稚，但请你们不要轻视我们。在课堂上我们是同学，在生活中，我们是朋友……你们喜欢爬山，我们愿意和你们一起；我们喜欢骑行，你们也可以加入我们……你们既然选择归来，归来仍是少男少女。

我禁不住潸然泪下。这样的文字让我感动不已。我不禁想，如果不是国家高职院校自主招生政策的施行，他可能没有机会上大学。

无数个他，他们，借助国家提供的机会，通过职业院校和职业教育工作者的悉心培养，获得将来从业良好的职业道德、丰富的知识、高超的技能，走上社会之后能够赚钱养家，能够反哺社会，甚至，可能成为大国之工匠。

丽日已经划开灰蒙蒙的天，我看见，一道彩虹正横亘于流溪河上。

《人民日报》（2019 年 04 月 20 日）

火车上的见闻

　　虽然是冬日，但广州不太冷，尤其是拖着行李箱，挤了一阵子地铁，在人丛中穿梭、摩擦，浑身还有些燥热。岁末年初的时候，人们都拖着行李箱，背着大包小包，从城市的各个角落启程，急切地向火车站涌去。

　　往年的火车站人山人海，进站口始终如一条条长龙，喊声、叫声里间杂着幼儿的哭声，此起彼伏。今年不然，车站将进站口"前置"，几十个口子"一"字排开，电子屏幕上清晰地显示着车次，人们坐哪趟车，就从哪个口进。精神抖擞的大学生志愿者耐心地为返乡心切的人们提供问答服务。如此疏导，秩序便井然，往年拥挤不堪的候车情形，几乎不见。

　　我们往西去，西北。很幸运，"抢"到了卧铺票。一家三口，一上，一中，一下。我的中铺在邻车厢。先"安置"妻女，有一个行李箱很重，很大，我往下铺的座位底下塞，左塞右塞，进不去。我脱鞋踩住"小梯子"，往行李架上举，行李箱摇摇欲坠，我也摇摇欲坠，险些摔下来。一个壮小伙儿眼尖手快，迅速扶住，我顺势借力发力，行李箱妥妥地归位。我说了声"谢谢"，壮小伙儿说"不用"。我一扭头，他不见了。他的铺位不在这里。

　　鱼贯而入的人们各寻各的铺位。一男一女边急着往这边走，边打电话，说的是乡音。我听了个大概，他们仨，上来俩，还有一个，还在倒地铁。这时离开车还有不到二十分钟时间，估计赶不上。他们在我们对面坐下，男青年与对方的通话还在继续。我也替他着急。春运一票难求，亲人赶不上这趟车，就要改签，但改签恐怕连硬座都没有，或者退票。退了票也再难买上，真是急煞人也。果然，直到列车徐徐启动，落下的人还没上来。但事情还是解决了。怎么解决的？退了票，直奔机场，机票有，但临时"抓"票，很贵。男青年说他姐姐花了两千六百多块，一进一出，多了两千多块。回乡的心，在乎成本，但钱，咬咬牙，来年再挣，没有什么能阻挡游子回家过年的脚步。

对面的中铺空了。我问列车员，我可否调过来。列车员说你先睡，春运期间，票很紧张，说不定下一站就有人"抢"票上来，上来你们自己再商量。人家没赶上车，我却有了与妻女同处一"室"的机会。我心里高兴，脸上却得掩饰，我的快乐不能建立在人家的"痛苦"之上。

午餐时候。一车厢，大多数人都吃桶装方便面。整个过道，都弥漫着方便面味儿。我们吃的是麻辣粉还有鱼罐头。餐车开始送饭。男青年买了两盒快餐，他和妻子一人一盒。

小夫妻在惠州的一个镇上开餐馆，以川菜为主。吃是人类共同的话题，永远也不会过时。我以为他会炒的菜不是很多，没料，看到他手机里的菜谱，"喷绘"的海报，密密麻麻，好几张。我们吃过的川菜，他都会做，我们没吃过的，他也会做，还有很多菜名，我没听过。一个二十来岁的人，会做这么多菜，不简单。

他是甘肃定西人，原来在乌鲁木齐的一个餐馆工作，在后厨配菜，去年到惠州创业，因为堂哥在惠州。餐馆规模中等，食客都是附近工厂的工人。做餐饮，熬人。有时候，有的客人一聊天就聊到晚上十一二点，只能等。我问他，你不是有营业时间？他笑了笑，哪有赶客人的道理？他们这种餐馆，招徕的都是回头客，他要是赶客，人家下回就不来了，一传十，十传百，可不得了。

累是累点，但有收获。去年八月十五，他们一天的营业额就有三千块，除去成本，能挣两千块。

镇上房价不高，我以为他们的理想是就地安居乐业，可他们却不想买房。他们的想法是趁着年轻，再干几年，等攒一些钱之后，回老家开餐馆。

伴随车轮与钢轨的撞击声，我们有一句没一句地聊着，但有一句话，他说了好几遍，"千好万好，还是家乡好。"

列车是绿皮的，"Z"字头，大站停。我"占"了"人家"的铺，心里不踏实。其他铺位，基本没有空闲。车快到长沙站时，已暮色四合，华灯初上。年轻的女列车员提前收拾好三大包垃圾，列车停稳，她提着两大包垃圾下车，放在站台的垃圾堆放点，在她返身准备上车提另一包垃圾时，我顺手提起垃圾袋递给了她。靠近车门的瞬间，寒风拂面，凉气袭人，冻得我打了个哆嗦。列车员的发丝也在风中飘舞。列车在长沙站停八分钟，时间很短。列车员刚上车，发车的"哨子"已经吹响了。

年轻的列车员，是个勤快的人。上班时间，不停地忙活。一遍又一遍拖地，清理卫生间。面对我这个素不相识的乘客的赞扬，面对脏、累、苦的工作，她莞尔一笑，说："这不都是应该做的嘛！"

列车由广州始发，终点站是拉萨。进藏列车，区间长。春运人多，卧铺车厢还好，列车在抵达西安站之前，硬座车厢里，连过道都站满了人。晚上八点，是列车员换岗的时间。在餐车一角，老车长召集列车员开短会，叮嘱列车员，晚上值班格外重要，要确保旅客人身和财物安全；遇到突发情况，要及时报告。列车长最后问大家："听明白没有？"列车员齐齐回答："听明白了！"随后，列车员自觉交了手机，佩带对讲机，一个个矫健或靓丽的身影隐没于两侧车厢，开始守护一个个返乡人的梦。

冬夜的温暖，伴随着车厢的"位移"，一路顺延。

《人民日报》（2019年02月18日），入选2019年福建省中考语文试卷

光山三记

生态

七月的光山，到处是青草和稻田。绿茵，漫山遍野，一望无际。稻田里，雾气氤氲，一汪汪水塘，稀释着夏日的燠热。天上，几朵淡云，无忧无虑，闲散恬淡。

我们爬上九架岭。九架岭半山腰有一个亭子。在凉亭小憩，胡善信指着不远处郁郁苍苍的林子说："生态是我们的命根子。"

胡善信是河南光山县晏河乡帅洼村党总支书记，河南省劳模。

这个乡原来叫河棚乡，2005年光山县乡镇区划调整，河棚乡被撤销，其行政区域划归晏河乡管辖。

1992年的河棚乡是个穷乡，人均年收入不足七百元。除了青山绿水，什么都没有。青山绿水出好茶，有外地老板找到胡善信，让他发动本村村民种茶树。种活一棵，给几百元。采摘的茶叶也照单全收。带领村民脱贫致富奔小康是党支部的责任，胡善信积极性很高。只是，要想大面积种茶树，得先砍树。砍的是松树，本地树种马尾松。"那时一棵马尾松有的有碗口粗，有的稍细一点。"胡善信晒得黝黑的两只手在我眼前一比划——"有这么粗！"

那样粗的树，力气大的人，只消挥舞两下斧头，树就断了生长，树的横截面呈现白生生的茬口，一缕湿气扶摇直上，如同生命的最后一次呼吸。

胡善信准备砍树。乡上的书记得到消息赶到现场，大喝一声：

"住手！"书记冲胡善信吼："砍一棵树几秒钟，种一棵树几十年。你算算账，这树能不能砍？"

当时的树现在有多粗？我来到树前，想看个究竟。我没拿尺子，用手测量，一拃，两拃，三拃……胡善信经验老到，说："直径二十六七厘米。"

林间，浓荫蔽日。四处鸟声嘤嘤，蝉声嘶哑，蝴蝶翩翩。我们在林间穿梭，胡善信擦拭着额头的汗珠，说："当年，要不是书记及时制止，整个九架岭万亩林海恐怕也被茶树替代了。"

守着青山绿水，却始终无法摆脱贫困，胡善信心里着急。九架岭上有一座库容两三百万立方米的水库。胡善信把水库转包给一个外地老板，外地老板每年给村里交点钱。外地老板为了多养鱼，多赚钱，往水库投料。投什么料？化肥，鸡粪，猪粪。肥料生出虫子，鱼吃虫子，人吃鱼，鱼卖钱，钱生利。生态链或价值链形成。胡善信不知道外地老板往水里投料的事，知道后，想睁一只眼闭一只眼。上级一位领导批评他，脱贫摘帽是党支部的任务，想方设法让村民多赚钱也合情合理，但是，用这种办法养鱼，污染环境，危害百姓，是在断子孙后代的活路，不能做！

二十多年前的事，胡善信记忆犹新。如果说当年他内心里还抵触的话，如今，望着青山绿水，他算是彻底折服了。我看到，当年不让乱养鱼的水库，如今叫民胜水库，群山环绕，绿水依依，波光粼粼。县水利局在旁边竖了一块牌子，上写：水资源保护地。

这些年，帅洼村党支部带领村民选择性地种茶，种板栗，种油菜，种高档花木，同时进行劳动力转移。村里还筹集资金，在九架岭修了这条十五公里长的水泥山路，城里人来，既可开车上山，也能徒步爬坡。人们流连于野外，欣赏青山绿水；在农家乐休息、消费，男女老少，怡然自得。

走进帅洼村，如同进入一座世外桃源。远处山峦起伏，近处土地平旷。农家小院错落有致，红砖白墙，屋舍俨然。晌午，男女老少围聚于树荫下，聊天，说笑。见村支书带着客人进村，大家格外热情友好。一村妇拧开自来水龙头，往我们头顶撩水，喊："天热，给你们降降温！"水花乱溅，清凉舒服，善良、朴实的笑声在水塘和林间回荡。

胡善信指着地上颗粒饱满、黄黑夹杂的油菜籽，得意地说："我们吃这种菜籽油，你们可吃不上。"吃不上，但我想看。胡善信给我包了一包油菜籽，诗意地说："让中原的油菜花在岭南的城里绽放吧。"

良田，美池，桑竹，高柳，鸣蝉，白鹭，山鸡，野兔……帅洼村有耕地一千三百四十亩，山林一万六千亩，森林覆盖率百分之八十以上。帅洼村人知道，这样的山区村，念"农字经"，念"林字经"，念"生态经"，才是念真经。

坐在家门口挣钱，如今帅洼村人均年收入已达一万多元。满墙的荣誉——全国生态文化村、全国文明村、河南省生态文明村、河南省水美乡村……

文化

光山是河南信阳的一个县。信阳出毛尖。

光山有座山，叫大苏山。大苏山有座寺，叫净居寺。净居寺门前东侧有棵树，是银杏树。银杏树上长着扇形叶子，那是银杏树的叶子；也长着椭圆形叶子，那是檀树的叶子；还长着卵形叶子，那是构树的叶子。

一根，三树，实不多见。

这棵树，不是一般的树，树龄有一千三百多年，是唐代的树。宋代诗人梅尧臣赞过此树："百岁蟠根地，双阴净梵居。凌云枝已密，似蹼叶非疏。"

远看，树高二十多米，叶子繁密，像一朵绿色大蘑菇。近前，我张开双臂，想量一量树有多粗，绕行一圈，五米出头。

历经千年风雨而不倒，此树已成文物。是"活文物"。

净居寺也是文物。公元554年（北齐天保五年），高僧慧思来到大苏山结庵，开坛说法，净居寺由此成为佛教天台宗的名寺。苏轼来过，黄庭坚来过，唐、宋、明、清，很多文人墨客都来过。苏轼曰：净居寺，在光山县南四十里，大苏山之南，小苏山之北……诗曰：徘徊竹溪月，空翠摇烟霏。钟声自送客，出谷犹依依。回首吾家山，岁晚将焉归。

记载历史与文化的苏轼《游净居寺诗（并叙）》碑，镌刻于公元1556年（明嘉靖三十五年），也是珍贵的文物。

光山历史悠久。周时称弦国。公元598年（隋开皇十八年），更光城为光山，光山之名自此始。

历史与文化的底子，熏得人心暖暖。

2012年底，光山评出"十大感动光山人物"，一位从广州空军转业到光山的老人当选。颁奖词里这样写道：

他是一位勇者，身患癌症，却志坚如磐，支撑着赢弱的身体，痴心于净居寺古碑碣的搜集、翻译与整理……

他就是光山大苏山净居寺文化研究会会长、原县农业局局长——王照权。

县农业局在大苏山有个茶厂，茶厂旁边就是净居寺。在职时，王照权常去茶厂办公。他发现，寺里已经没有僧人。寺院破败、倾颓，在风雨中飘摇。寺里的文物散落各处，如一枚枚遗失的棋子。此后的日子里，即便退了职，退了休，即便罹患癌症，身体虚弱，他都没有撇开净居寺。

几个志同道合的老人，在古银杏树下找过碑，在西坡找过碑，在水渠里找过碑。袁宗光老人告诉我，有一次，村民说寺院门前的地沟里可能有碑，找来找去，发现地沟的入口在寺院后面。王照权打着手电筒先钻了进去。冬天，地沟里阴暗潮湿。两人弯腰屈膝，艰难挪步，衣服、裤子沾了积水，冰冷瘆人。到了尽头，却没有发现碑，正失望之际，王照权一扭脖子，笑了起来：碑在，在他们头顶，不知何年何月何日，被人拿来当了盖板。

找到的碑石，有的断裂，他们用强力胶加水泥，小心翼翼地黏合。有的风雨剥蚀，部分缺失，让他们心痛不已。

他们搜集、整理、修复和抢救自公元554年至1924年的古残碑五十三通，为大苏山文化寻根溯源提供了一批弥足珍贵的原始资料。

之后，还要拓碑：将宣纸覆在石碑上，然后刷墨揭下，纸上就会显现与石碑上同样的字形。说来容易，做来难。他们先把碑擦拭干净，再将半湿的宣纸平铺在碑上，用毛刷子轻轻将宣纸凹入字里行间。待宣纸稍干，将丝绵缠成捆，将细沙包成包，细沙包置于丝绵捆之上，再裹成一个整体，像个沙锤。沙锤蘸墨，点在宣纸上。干这个，他们都是业余的。他们用业余的方法干着专业活计。

揭下的宣纸上，字迹醒目——历史的烟云，初时浓重，由远及近，渐渐清晰。

多年来，王照权等人多方奔走，联系社会知名人士到净居寺参观考察，组织召开学术研讨会，修建旅游石阶步道、摩崖石刻保护廊、古碑廊。还组织专家细致入微地考证、释文、校勘、注释、意译，编纂出版多种书籍。

王照权说过这样一句话："但凡人的心中都蕴藏着火种。"我与他短暂地交流之后，便知道，这位风烛残年的老人，其实一直在用生命的灯盏，守卫着光山的历史与文化。

几位老人并不孤独。为了保护名山古刹，光山县召开大苏山净居寺规划设计座谈会。2015年，河南大苏山国家森林公园获准设立，近两千八百公顷的面积，净居寺、古树、清代茶园……与山水相绕，随云卷云舒，作为林区最珍贵的核心景观，向世人呈现。

英雄

光山北临淮河，南依大别山，地处鄂、豫、皖三省交界地带。

光山自古英雄辈出。

行走于光山县城，随处可见"司马光"——司马光广场，司马光中学，司马光东路、中路、西路，司马光文化研究会，司马府。我们住的县上的招待所，也叫司马光宾馆。

光山便与北宋著名政治家、史学家、文学家司马光有关系。原来，光山是司马光的出生地。因为出生在光山，他的名字中才有"光"字。我们都知道司马光小时候砸缸的故事，司马光就是在光山砸的缸。

光山还是伟大的无产阶级革命家、政治家邓颖超的祖居地。

2006年，邓颖超祖居被国务院确立为全国重点文物保护单位。祖居在县城司马光中路白云巷内，是一座颇具清代建筑风格的院落。进入祖居，门厅的一块石壁上镌刻着邓颖超的手迹："我愿意倾听人民和妇女大众的意见，好使我知道怎样为人民和妇女的利益去奋斗。"

院落幽静，朴正典雅。周恩来、邓颖超生前文物及生平事迹展室、题词碑廊及陈列展，让参观者深刻地感受到老一辈无产阶级革命家对党和人民的无限忠诚，对革命事业的鞠躬尽瘁。我的内心激情涌动，乃至泪眼蒙眬。

1947年，刘伯承、邓小平率晋冀鲁豫十二万精兵千里跃进，扼住长江门户，开辟豫、鄂战场，历经大小五十余次血战，歼敌近十万人。

我们走进位于光山县砖桥镇的文氏祠，此处，正是王大湾会议会址纪念馆。1947年，刘邓大军进入大别山，深入敌后，在无后方依托条件下实施战略展开，所遇到的困难和艰险很多。由于部队长途跋涉，连日征战，指战员们都十分疲乏。后勤供给方面，人缺粮食，马缺饲料，枪炮弹药也愈来愈紧张。北方的战士初到大别山，吃不惯大米，听不懂方言土语。在此种情况下，有些人思想上产生了动摇，甚至对坚持大别山斗争能否胜利也产生怀疑，少数部队一时纪律松弛，直接影响了战斗力。

在生死存亡之际，中原局野战军总部于9月27日在此召开旅以上高级干部会议。会议连续开了三天三夜。刘邓首长没有谈战术制敌，而是讲军队纪律。王大湾会议后，通过发动群众，凝聚了大多数人的力量，经过半年多极为复杂而艰苦的斗争，刘邓大军终于在大别山站稳了脚，扎下了根，为日后的战略决战创造了有利条件，极大地加速了全国革命胜利进程。

纪念馆内，保留着邓小平、刘伯承旧居。王大湾会议期间，邓小平、刘伯承曾在此居住。我进入邓小平旧居，见一地青砖，凹凸不平；一张木桌，半新不旧，桌上，一个透明的玻璃罩里罩着一把手枪；一张木床，斑斑驳驳，床上，铺着蓝底白格的旧被子。革命的战火，已经被永久地定格与封存。红色的历程，让每一位后来者流连忘返，心生敬仰。

光山，的确是一座英雄的城。

退休多年的老干部、光山县人大常委会原主任向正升如数家珍地介绍光山，我们这个地方，是一块智慧的土地，历史上出过名人，战争年代出过将军，和平年代出过院士。我们重视空军招飞工作，去年底，空军颁发"空军飞行员光荣家庭"荣誉匾，光山籍飞行员余峰和他的父母获得"首次评定飞行等级纪念"牌和"空军飞行员光荣家庭"荣誉匾。我们重视教育，年年有学生考上北大、清华……

第二天早上5点，天刚亮，我便上了街。

天高云淡。

我随便拦了一辆"蹦蹦车"，说去哪一所高中门口看看。司机老彭说，那就去"二高"。二高门口，贴着一张红榜，上面写着高考的喜报。几日后我得知，这所中学，共有十三人进了北大、清华——这，只是光山县多所高中的其中一所。

当时，我与门口的保安闲聊。他叫曹永祥，今年五十七岁。我问他，你的孩子多大了，上没上大学？他说，2010年，儿子考进中国传媒大学，早毕业了，现在在北京混。

"混"字，他说得不"正宗"，但很响亮，很自豪。

《人民日报》（2018年08月15日）

广佛候鸟

一

每到周末，我便坐单位的大巴从狮山出发——这是佛山西部的一个小镇。大巴先走一段广三高速，再转入沈海高速广州支线，没跑多久就进入广州环城高速。这一段路，大巴行驶的速度没有刚才那么快——车流汹涌，逼迫得你要慢下来，甚至走走停停。但时候不长，大巴又转入华南快速干线，这是要跑的最后一段高速，只有几公里，之后，大巴从中山大道收费站出高速，进入广州城区。听起来路况复杂，其实简单，常跑这条路的人，一个小时都用不上；路程也不算长，不到五十公里。

大巴不会把每个人都送到家门口，市区有几个"站"。我在华南师范大学门口下车，再走到对面换乘公交车。我要回的地方是广州开发区，在广州东部，距离市区不到三十公里。广州是个大城，市区的概念很宽泛——从南至北，由东到西，越秀是市区，海珠是市区，天河也是市区。我下车的地方差不多是黄埔区和天河区交界之地。

我说的市区就指的这儿。

等车的都是年轻人，我那时也是年轻人。人很多，都刚下班，又是周末，一脸松懈，又一脸快乐。夏天，天热，但广州的热不像北方的热，是湿漉漉潮乎乎的热，湿漉漉潮乎乎的热遇上青春洋溢的脸，在夕阳的光影里，尤其那些女生，个个肤如凝脂，面若桃花。

这时候是晚上七点；有时早一点，有时晚一点。我的肚子"咕噜噜"地叫了一声。我给妻子打电话说正在华师对面等车，还要一点时间才能到家。公交车的班次虽然排得很密集，但由于这里是过路站，车进站时已经超负荷，车厢里塞满了人，密密麻麻；车门打开，竟无一人下来。我踮起脚尖远远地望了一眼，心生畏惧。有人硬着头皮往车厢里贴，先贴上去，再挤，挤一挤，动一动……一次能上去两三个人。我不是怕挤，可我背着很沉的电脑包，我怕我挤上去可电脑包没上去，或者电脑包上去我没上去。

在周末要等到一辆空荡荡的公交车是没有可能的。我从七点等到八点，等到华灯初上，万家灯火，人头攒动的候车景象才算有了一点缓解。我上了车，站稳，一手抓住扶手，一手拽出纸巾，擦汗。衬衣湿透了，裤子湿透了，整个人都湿透了，湿气遇到车厢里的冷气，特别舒服，像小时候三伏天的中午吃了一根冰棍；很快，难受起来，浑身上下像裹着一层薄冰。

大巴开得很快，但速度刚起来，便要停，站站停，耗去不少时间。途中，我有了座位，饥肠辘辘的紧迫感一阵赛过一阵。我抱着电脑包，望着窗外，望着天，半碗月亮挂在天上，挺好看，星星不多，疏星寥落。

大巴离市区渐行渐远，沿途不繁华，也没有多少高楼大厦；一段又一段路，甚至黑魆魆的。我想听听夜风，闻闻郊外的气息，但车厢是密闭的。车里很安静。

两个小时之后，大巴开进开发区。曲终人散，倦鸟归巢。

从下午五点上车，到晚上十点到家——我整整"飞"了五个小时。

二

广州和佛山两座城市间，其实飞着很多像我这样的候鸟。他们在广州工作，在佛山生活——或者，在广州生活，在佛山工作。

有的候鸟每天都扑棱棱地飞，不分季节，不论寒暑，不知疲倦。

我曾经的疲倦，其实不是因为在佛山西部工作，在广州东部生活，看似遥远——与地域和距离无关，或者有关，但关系不大。与你选择的交通工具有关。单位的大巴有既定路线，城市的公交车也有既定线路，不能为某个人而随意改变。从出发地到目的地实际距离不过七十公里。如果你驾着自己的车，由西及东，穿越橙红的夕阳，穿越两座常住人口加起来两千多万的城市，忽而佛山，忽而广州，忽而又回到佛山……手机短信不断地自动跳出"欢迎您……"在夕阳的最后一抹余晖里推开家门，闻到家常菜的香，是不是恍然有"若白驹之过隙，忽然而已"的壮怀？

那时，我还没车。

那时，也还没有"广佛同城"的概念。广州是广州，佛山是佛山。一个是省会，一个是地级市。广州的电话区号是020，佛山的电话区号是0757。广州的车牌号段是粤A，佛山的车牌号段有粤Y，粤E，粤X——竟然有三种。我是一只一不留神从广州飞去佛山的鸟。但是，我发现，广州与佛山"我中有你，你中有我"——广佛接壤边界长约两百公里——不少广州人一抬脚就到了佛山地界，很多佛山人一抬脚也到了广州辖区，像以前分了家各过各的兄弟，有事没事互相串个门，唠唠家常。广州是大哥，佛山是小弟。

其实，广州和佛山以前就是一家人。广州古称番禺。公元前214年，秦统一岭南，在岭南地区设置南海、桂林、象郡。南海郡辖番禺等四县，郡治番禺。

广佛两城，同根同源，同风同俗。

司马迁在《史记·货殖列传》中言："天下熙熙，皆为利来；

天下攘攘，皆为利往。"广佛居民，自古就有生意往来。我在撰写《陈启沅评传》这本书时，对陈启沅这位晚清商人有了深入了解，他是佛山西樵人，在家乡简村兴办缫丝工业，他的工厂是我国第一家民族资本经营的机器缫丝厂，他也在广州扬仁南街开办了丝庄，直接与洋行打交道，销售自家产的蚕丝。

以前，广佛间的人来来往往，走陆路，陆路叫"广州城西渡海陆路"，是有文字记载的历史上第一条贯通广佛的路，始建于明崇祯年间。由城西渡海南岸，经盐步、佛山、黄鼎、西樵、九江诸乡，落通顺德、新会、三水、香山诸邑。路有两米宽，铺的是麻石子。也走水路，广佛两城河涌、水道纵横，水网密集，水上交通虽然迟缓，但很方便。还走铁路，1901年12月，广东第一条铁路——广三铁路动工兴建，1904年全线竣工通车，全长48.9公里，起于广州珠江南岸石围塘，经三眼桥、佛山、小塘、西南至三水。每天有上万人坐着蒸汽火车来来往往，朝发夕至，朝至夕返，"老广"坐火车到佛山买菜，买鱼，买各色各样的"起地鲜""起水鲜"——刚从地里挖的蔬菜，刚从水里捞的鱼，看着就活色生香，真是"空空两手去，手提肩挑还"。

那火车像广州人和佛山人的通勤专列。

2008年，国务院提出"强化广州佛山同城效应"；2009年，国务院要求"深入推进广佛同城化"。之后，广州、佛山签署《广州市佛山市同城化建设合作协议》——广佛同城正式启动。

我则像是提前洞悉了季节变化的鸟，早早地开始在广州东和佛山西之间盘桓。我在周一清晨和周五夜晚，以夙兴夜寐的生活状态，聆听广佛同城的脚步声渐渐临近和清晰。

三

古老的广三铁路早已停止客运。如今，佛山市所属的三水居民去广州，有两条道可选，去三水南站坐高铁，二三十分钟即可到达广州南站，票价不到二十元；再从广州南站坐地铁到广州市区，半个小时左右可达。或去三水北站坐广佛肇轻轨，四十分钟到达广州火车站，广州火车站就在闹市之中，地铁四通八达。

佛山西部与广州中心城区的距离，被高铁和轻轨缩短到几十分钟顶多一小时之内。

我从三水北上了车。车票上没有座位号，不需要对号入座。这趟列车刚开通时我就坐过，那时乘客很少，整节整节的车厢空空荡荡，像乡村的集市赶上下雨的天，格外清冷。如今人多了，有的车厢甚至满员。列车从三水北开出，下一站是狮山北，再下一站是狮山，这里就是当年我这候鸟的栖息之地。

列车上的人，有的是去广州逛街，逛北京路，逛天河城，看广州塔，就像当年广州人到佛山玩，买东西；有的属于候鸟，在广州与三水、狮山间往返；有的则在广州读大学，不用天天跑来跑去。高铁和轻轨让居民享受了同城之利。

居者有其屋。但年轻人的安居梦想在广州城里短时间难以实现，正如我当年也是住在开发区，而没能住到城里。在广州工作，在佛山西置业，同样一套房，省五分之三或五分之四，每天像一只候鸟似的飞来飞去，单程一个小时，你若觉得浪漫，就很浪漫，说不定能邂逅一段唯美纯真的爱情。你若觉得浪费时间，不妨读书，学习，轻轨比任何交通工具都平稳。你若觉得枯燥无聊，听一段相声，看一段喜剧，一天都开心。不到一个小时的路程，说给我西北老家的乡亲，可能觉得远；说给北京、上海的哥们，会激动得热泪盈眶。

三水，三江汇流。珠江的两大支流北江、西江与绥江汇流此地，因而得名。

三江汇流，自然水多；水多，植物长得就好，空气就好。三水有一座森林公园，树木蓊郁，溪水潺潺，鸟鸣虫喁之声不绝于耳。开车进去，将车停下，人随意走，能走一天，鼻翼间时时充盈着草木潮湿和芳香的气息。

三水西南街道上，粤A牌的车渐渐多了起来，广州青年前来安家，我知道，他们已经做好了成为一只候鸟的思想准备，广州与三水之间一大片蔚蓝的天空，会任由其翱翔。

四

行走自由，确为同城之最大利好。广州与佛山间，七年前开通了一段地铁，那是2010年11月3日，广佛地铁魁奇路——西朗段开行。魁奇路在佛山市禅城区，西朗在广州市荔湾区。中间有一站，叫千灯湖。千灯湖在佛山市南海区。此南海非彼南海——我曾将"南海"当作"南海"——中国最深、最大的海。我曾给外地人说起南海，有人竟听成海南。我连忙纠正——不是海南，是南海——知道黄飞鸿、叶问、康有为吗？他们的故乡！恍然大悟。

千灯湖是一座人工湖，占地三百多亩。湖周围有一千三百盏灯。

我在某个清晨来到千灯湖。雾霭沉沉，我仿佛闯入一座仙境，未及修行却突然脱胎换骨。我张开嘴深呼吸，让每一颗极其细微的水粒长驱直入。我知道那不是雾霾，不是那种伪装成雾又居心叵测的东西。她和光同尘，随遇而安，丝丝微冷与清凉涤荡着我肺腑里的闷气。

但雾茫茫的景象并不频繁。更多清晨，你步入千灯湖，湖水一望无际，都是碧绿的颜色。你若徒步行走，要走上好长时间。不如租一辆特别设计的自行车，我在最前面的座儿上"掌舵"，妻子和女儿在后面的两个座儿上蹬车，欢声笑语一路丢于湖中。行进间，会遇到"会车"，是已兜了一圈的情侣或另外幸福的一家三口人，那孩子年龄比我女儿小，兴奋得大呼小叫。

路上，黄发垂髫，怡然自得；面孔，都透着温润和典雅。

夜晚，一千三百盏灯齐齐亮起，不灯火通明，也不格外幽暗，树影斑驳，人影绰绰，夹杂其间的有本地人，有外地人，外地人里，有广州人。广州人来千灯湖散步，坐地铁，坐五站，用十六分钟。我特意到千灯湖畔请广州人吃兰州牛肉面——正宗、地道的"牛一碗"，坐地铁来，坐地铁回，无堵车之熬心，无停车之劳神。

2015 年 12 月 28 日，广佛地铁西朗—燕岗段开通，广州海珠区、荔湾区与佛山南海区、禅城区串在一起——串进地铁车厢的人，每天超过三十万，最多每天四十万，每年超过一亿。

这一亿人里，有一半是候鸟。有广州飞往佛山的候鸟，也有佛山飞往广州的候鸟。候鸟飞的线路，是国内第一条跨越两个城市的全地下城际快速轨道交通线路——往明白晓畅里说——是国内第一条城市间的地下铁。

每天几十万候鸟的迁徙是格外生动和别致的。有的是去广州工作，有的是到佛山创业。来去间一个小时。一小时工作圈，一小时生活圈，一小时交际圈——我很羡慕他们飞的这个圈；他们飞的这个圈，比我当年飞的那个圈，缩小了五分之四，体面了百分之百。

2018 年初，佛山市领导在谈及广佛同城时说，佛山对接广州的 9 条地铁线规划建设，将尽快实现两市轨道交通"一张网、一张票"。"十三五"时期，广佛同城化重点交通对接项目，有佛山地铁 8 号线对接广州地铁 6、12、13 号线，佛山地铁 5 号线对接广州地铁 5、11 号线，广州地铁 19 号线对接佛山 6、10 号线，广佛线、佛山地铁 11 号线对接广州地铁 10、11 号线，佛山地铁 4 号线对接广州 2、3、7、18 号线，佛山地铁 2 号线对接广州地铁 2、7 号线，广州地铁 7 号线对接佛山地铁 3、10、11 号线，广州地铁 17 号线对接佛山地铁 3、9、11、13 号线。

一大张密密麻麻的网。网上，架着一个个窝。一个个窝里，栖息着一只只鸟。一只只鸟，忽而盘旋，扶摇直上；忽而啼鸣，声闻于野。

2100 年前，司马迁言，"番禺亦其一都会也，珠玑、犀、玳瑁、果、布之凑。"

广佛，自古就是一个市。也是一片茂密的林子。

《人民日报》（2018 年 07 月 11 日）

东江水

一个供水工程，五十多年来为何得到如此多的国家领导人和很多省部级领导的重视和关怀？原因只有一个：一条东江水，一头饱蘸祖国情，一头浇灌同胞心。

——题 记

一

河流是大地的血脉。血脉有源，有根。

那一天很早，我来到深圳水库，沿着陡坡登上大坝——大坝两头都有铁将军把门，防卫得很严，游人是进不去的。只能站在侧面看，但这个角度已经能看见深圳水库的全貌。其实之前我来过很多次，但带着写作的目的而来，是第一次。四周是连绵起伏的苍翠群山，山不高，大片的云朵或连缀，或聚合，或分散，在群山之巅萦绕。云朵真白，如一团一团的蚕丝缠绕，却一点都不杂乱，分着层，底层随风而动，移开一层，又有一层，层层叠叠。云层之上，是蓝蓝的天，那天真蓝，蓝得像海。透过云朵，已经能看见阳光了，南方冬日清晨的阳光并不耀眼，似乎带着水汽，你可以使劲地看，与阳光久久地对视。

蓝天映照下的水，该是蓝色的。但浩渺的水面却呈墨绿，那么深邃。光影在水面飘飘悠悠，在氤氲的雾气之中穿行，不知是水动，还是影动，抑或风在动，波光粼粼的水面，有时呈现墨绿，有时呈现碧绿，时而又混合在一起如春日的一大块如毯的绿茵。

这样的水域，自然也是鸟儿的天堂。白色的鸟，或许是白鹭，在水对岸，在水中央，在水面飞翔，时高时低，时左时右，划出一道道优美的白色弧线。叫声真好听，不像麻雀嘈嘈切切，不急促，不兴奋，一声托着一声，余音悠长，掠过水面，在青山绿水间萦回。

深圳的清晨渐渐苏醒。

深圳水库在深圳东部，在罗湖区爱国路。水库隐匿于东湖公园，有人形容东湖公园是深圳的绿肺，处处是凤凰木、红花紫荆，花团锦簇，景色秀美，空气清新。能成为这座面积近两千平方公里的大城市的肺，东湖公园的面积可谓博大广阔。有一年大年初一，阳光和煦，我们一家人在东湖公园里散步，走来走去，竟迷了路。而总库容四千多万立方米的深圳水库，是这个绿肺的水晶般的心。

深圳水库的水从何而来？你问过路人，他不一定知道。你问深圳人，他也不一定知道。我起初也不知道。2004 年，我刚到深圳工作时，工作地点在东湖公园旁的"东深供水工程管理局"——这是以前的称谓，后来改了名。"深"指的是深圳，"东"指的是东江。供水局管的正是深圳水库。如此，你便知道，深圳水库的水是从东江而来。深圳水库的水要到哪里去？过路人不一定知道，深圳人也不一定知道。

东江，源于江西，南流广东龙川，再折向西南流，下游经珠江三角洲，到狮子洋出虎门入海。长五百多公里，流域面积三万五千三百四十平方公里。只是，东江水流得再长，流域面积再广，与深圳有什么关系呢？要知道，虎门在东莞，东莞与深圳虽然毗邻，但东江水在东莞"分叉"的地点与深圳水库有七八十公里的距离。水向北流，水库在南，背道而驰，不是一个方向。

二

大地之上，山高水长。古人曲水流觞的游戏生趣盎然。只是，人有人的路，水有水的道。有的地方一年四季干旱，地表龟裂。

有的地方动辄大雨倾盆，如帘如瀑。毗邻深圳的香港不缺水，蔚蓝的大海三面环绕，海市蜃楼的奇观时常显现。

我有一次去香港，华灯初上时，站在维多利亚港，看景，听水，闻海的气息，心潮起伏。沧桑百年已成历史，回归祖国的这一颗东方之珠实在是太美了，雍容，华贵，璀璨夺目，金碧辉煌，把世界上最美丽的形容词一股脑堆砌也不过分。我甚至有下海尝一尝海水滋味的冲动。

海纳百川，有容乃大。海水，能容你尝一尝。但人不是鱼，海水容不得你饮。你即便渴得嗓子眼冒烟，也不敢痛痛快快地灌一壶海水，此时蔚蓝的海水再无一点诗意，是断魂汤。

如此，香港岛上的人喝的水是从哪里来的呢？

我在夜色中暗自得意，思绪如海风一样蔓延，我在心底里悄悄地说，生活、工作在维多利亚港的人，不管是中国人还是外国人——香港全境，不管是中国人还是外国人，他们喝的水，不管是瓶装水、桶装水、自来水，喝的饮料里面的水，煮饭的水，沐浴的水，泡茶的水，煮咖啡的水，孩子们嬉戏的水，大部分都来自深圳水库。香港的每一颗淡水珠，都有源，有根。

香港也"产"淡水。雨季，雨量充沛时，如李白诗云"君不见黄河之水天上来，奔流到海不复回"——天上的雨就是地上的水，那水集流之后是能喝的。就算你没去过香港，没在香港常住或小住过一段时间，你只要到过南方，到过深圳，就能感受到雨来时的气势，《诗经·陈风·泽陂》形容思念一个人极苦，有"涕泗滂沱"一句，白居易也有诗曰："六月七月交，时雨正滂沱"，而南方的雨，才不管你六月七月，尤其是台风肆虐之时，天上乌云压顶，俨然大厦将倾，雨像脱缰的天马，仿佛披星戴月，蓄足了势，"涕泗滂沱"，滚滚而来，覆盖整个天空和城市。深圳与香港唇齿相依，深圳的天就是香港的天。可即便是在那样多雨的年份，香港也缺水，更遑论遭遇干旱，乃至干旱持续，整个香港就慌了神，乱作一团。

1963年，香港大旱。那不是普通的干旱，是百年一遇或百年不遇的大旱。随着旱情的持续，找水成为三百多万人每天的必修课。彼时香港为英国殖民地，为缓解水荒，港府征得广东省同意，租用多艘货轮前往珠江口抽取淡水。对于"嗷嗷待哺"的几百万人而言，这水便是活命水、救命水。从那年的5月2日开始，港府将供水时间减为每天三小时，人们轮候取水，场面极为混乱，警察维持秩序，人龙浩浩荡荡，不见龙头也不见龙尾。从6月1日开始，水荒加剧，港府的供水时间改为每四天供水四小时。家家户户全家出动，大人、小孩提着桶，端着盆，拿着罐，一切容器都只有一个用处——装水。生命之源被老天断绝之时，店铺关门，工厂倒闭，农田减产，活港变成"死港"。一首歌谣传遍香港的大街小巷："月光光，照香港，山塘无水地无粮，阿姐担水去，阿妈上佛堂，唔知几时没水荒。"

是年底，日理万机的周恩来总理在出访返程途中抵粤，亲自主持规划对港供水工程，说："供水工程由我们国家举办，应列入国家计划，作为援外专项项目，因为香港百分之九十五以上是自己的同胞。"

自己的同胞——字字连骨接筋牵肉带血。同胞有难，祖国支援，要知道，三千八百万元搁到现在也是一笔巨款，而那时我国国民经济非常困难，拨出如此一笔巨款用于东深供水工程建设，道理只有一个：祖国人民和香港同胞心连心，血融血，命脉相连，生生不息。

三

上善若水。水利万物。

东江水若顺流而下，直入深圳，再因势利导，输入香港，便是顺势，利了沿岸百姓和香港同胞。可是，水没有这样流。深圳地势高，高一点都是高，喜欢去低处的水又怎么会心甘情愿地"爬"几十米的"高坡"？况且，沿途山岭耸立，道阻且长。

"要高山低头，令河水倒流"——这是当年东深供水工程建设者喊出的口号，气壮山河。在一张泛黄的黑白老照片上，我依然能清晰地看见这两句话。白字，灰底。白是一穷二白的白，灰是斑斑驳驳的土墙的基准色。

我们见惯了如今的施工场面，工程启动，机械开路，挖掘机、推土机……掘地三尺，摧枯拉朽，真省劲。

如此浩大的一项工程，前期施工设备极为简陋，施工人员主要靠肩挑背扛手提。簸箕，是农具；竹筐，是农具；扁担，也是农具；铁锹、镐头、木棍，都是农具。农具用在工地上，就成了工具。人们戴着草帽，穿着背心，光着腿，赤着脚，戳在土里、泥里，一下一下地挖、刨、掘。阳光很足，仿佛铆足了劲，狠狠地烤着这些不知天高地厚的汉子。

南方的夏季，太阳发一阵子威，又下一阵子雨。工地泡在水里，一片汪洋。工人们躲在简易的草棚里忧心如焚，工期每延误一天，香港同胞就多受一天苦。有一位姓莫的施工人员本来在农村教书，但当时造堤人手缺乏，就加入到施工队伍之中，开挖渠道时，要么天气燠热，要么台风来袭，他回忆当时的情景，建设者躲过台风，骤雨初歇，立即投入挖掘，三班倒，紧锣密鼓地与天斗，与地斗。

在那个年代高谈阔论机械——的确是酸腐和迂远的事情。我翻看一张张老照片，最初只看见一台拖拉机。随着工地平整之后，画面上出现了简易的轨道，支架，钢丝绳，齿轮，轨道是木头的，齿轮很小，钢丝很细，支架如同瘦骨。

起始于 1964 年 2 月的这项工程，施工长度达八十三公里，从东莞桥头至深圳三叉河，分深圳、凤岗、塘马、桥头四个工区。来自广州的知青和东莞、宝安、惠阳等县的农民总计有两万多人参与建设。

这是一场不折不扣的大会战。今天的年轻人已经很难想象那样一幅绵延八十多公里的热火朝天的劳动场面，这是对将同饮一江水的同胞情的最好的诠释。

随着工程的推进，全国十多个省、市的近百家工厂赶制的各种机电设备出厂，交通运输部门一路绿灯，确保设备、物资及时运到工地。

1965 年 3 月 1 日，距工程开工仅仅一年之后，东深供水工程管理局正式向香港供水。将水位提高四十六米，使之"倒流"八十三公里进入深圳水库，再经三点五公里长的输水涵管送入香港供水系统——香港沸腾了，阿姐笑了，阿妈笑了，阿妈不再求神拜佛祈水了。孩子们笑了，孩子们在接收东江水的船湾淡水湖嬉戏、耍闹，竟抓到一条条大鱼，喜不自禁。清澈的东江水还营造了瀑布景观，大人、孩子站在瀑布下，尽情沐浴来自祖国母亲的甘露。

四

水是生命之源。人可三日不食，不可一日无水。

紫荆盛开，鲜花盈目，花朵的生命也靠的是水。

城市的稳定，人口的增长，经济的发展，市场的繁荣，若是缺了水的滋养，一切都苍白无力，黯然失色，无从谈起。

有一首歌唱道：

月儿弯弯的海港

夜色深深　灯火闪亮

东方之珠　整夜未眠

守着沧海桑田变幻的诺言

……

当东深供水工程正式对香港供水时，香港正处于经济腾飞的前夜。如果没有东江水，香港"龙困浅滩"，何来日后"东方之珠"的璀璨夺目？

1997年，香港回归祖国的怀抱。举国欢庆之时，香港同胞没有忘记，三十多年来，正是淙淙的东江水源源不断地流入港岛，才带给他们生活的幸福、财富的聚集，饮水思源，祖国真好。

岁月悠悠，在半个世纪的时间里，东深供水工程向香港供水量超过一个半洞庭湖，保障了香港百分之七十五的用水需求。

人们也许不知道，在回归祖国两年前，1995年11月，正常运行了三十年的供水工程遭遇危机：水位下降，不能蓄水。东江告急！深圳水库告急！香港木湖抽水站告急！当年12月，十九点五万立方米的石块，四点五万立方米的沙包，铺成一条宽三百米、长三百米的人工浅滩，将取水口的河床平均填高三米，让水位恢复。

人们也许不知道，1996年4月，建设者用五个月的时间，建成流量为三十立方米／秒的全国最大的潜水泵站——东江潜水泵站，为保证1996年冬、1997年春季枯水期供水发挥了重要作用。

人们也许不知道，香港回归前半年，1997年1月，总投资三点五亿元，设计抽水量为一百立方米／秒，设计停水机位为负一点五米的抽水站开工。一时间，东深供水工程取水口百舸争流，落石飞沙，蔚为壮观，建设者用豪迈的"东深精神"和挥汗如雨的干劲迎接香港即将归来。

人们也许不知道，2000年8月，经国务院批准，东深供水工程投资四十九亿元进行根本性改造，使清、污分离，实现管道输水。总装机容量为十二万二千九百千瓦，年供水能力达到二十四点二三亿立方米，年供水量比原来翻了三番。一般人都没见过那样粗的供水管道——我此次去的时候正是停水检修期，管道里一马平川，开阔得可以开进去检修车辆。

人们也许不知道，为了确保沿线群众和香港同胞喝上安全水、优质水、甘甜水，东江源头、沿线城市和百姓放弃了多少项目和致富的机会。

东深供水工程管理局如今叫广东粤港供水有限公司。我曾几次参观其总调度室和水环境监测中心。沿线管道三百六十度无死角监控；远程控制各个泵站阀门开合；每天三个指标，每周八个指标，每月三十多个指标，全年一百零九个指标全方位监测——你若问任何一个东深人，这一条输水管线意味着什么，他们都会毫不犹豫地回答：是生命水，政治水，经济水。所有的工作都是为了同一个目标：百分之百确保足量供水，确保水质安全。

东深供水工程是国家工程，牵动着多少位国家领导人的心，周恩来、陈毅、朱德、叶剑英、邓颖超、彭真……先后前来视察。陶铸还题写了"深圳水库"四个大字。一个供水工程，五十多年来为何得到如此多的国家领导人和很多省部级领导的重视和关怀？原因只有一个：一条东江水，一头饱蘸祖国情，一头浇灌同胞心。

夕阳西下，我站在绿叶荫浓、蓊郁青翠的梧桐山上俯瞰深圳水库——落霞染红了天空，白鹭自由地翱翔，水上巡逻队的皮艇疾驰而过激起一圈圈白色的涟漪……很快，夜色袭来，楼台倒映，水晶帘动，万家灯火，大地安详，真美。

《人民日报》（2018 年 01 月 24 日）

开发区

一

那里以前是乡下。北方的乡下种麦子、高粱、玉米、金灿灿的油菜花。南方的乡下则是大片的甘蔗林、香蕉、木瓜树、上海青和生菜，还有大大小小的水塘养鱼。由于地势低洼，这里形成连片的河滩、泥淖，又靠着东江，东江水常淹没田园，一片汪洋。

谷牧同志当年戴着草帽蹲在横沥河桥上为开发区选址时，那里通往市区的路还是一条土路，下雨就是泥路，南方雨水多，雨势滂沱，不见天，也不见地。

乡下人要进城，原来只能走土路。若干年后，我这个在开发区工作的人进城坐的是 242 路公交车，走的不是土路。从开发区始发，经南海神庙，在大沙地绕个弯儿，过黄埔，入东圃，摇两个多小时——人闷闷醒醒，呈醉酒之状。

中途下车，有时去天河城，天河城好比北京的王府井、西单；有时去购书中心，看书，买书；也去华师、暨大，都是老牌学府。我也通过这一条路线去市作协、省作协学习，请有名的作家到开发区采风、讲课。

城里人到乡下，原来也只能走土路。很多城里人就一辈子都没去过乡下，太僻背。

但我知道，三十多年前的一个冬日，三千多名不同肤色、民族、信仰、语言的宾客是沿着土路来到乡下的。岭南的冬天有时也冷得尖酸、刻薄，屋里屋外没有温差，一样的冷，十分难挨。人们想象温煦的暖阳像搅浑的蛋黄揉搓到脸上、身上、手上的感觉，可是，当一阵又一阵寒风密集地灌往脖子时，身体又抖成筛状。

人们来共同见证一个"元"——一元复始的元；一个点——起点，挖掘点，探索点，开拓点，创新点，汇聚点。

这是开发区的奠基仪式。

仪式只是一个形式。九层之台，起于累土——那是两三平方公里的荒地，要靠吹沙填土形成，荒地之上，苍苍茫茫，留给白手起家的创业者无尽的构想。可荒地之下，看似宁静，却不安分，遍布淤泥——淤泥之于荷花，是一种良好的生态环境，之于道路和建筑，却是隐患和灾难。

淤泥有深有浅，深处二十几米，浅处能没双腿。淤泥看似与世无争，宛如平常岁月，或有轻微的流动，你却感觉不到，只是，一遇外力，却会变形，这边挤，往那边走，那边挤，往这边涌，像极度软化的塑料，能在瞬间形成合围、吞噬、没顶之势。

人们投石问路，往淤泥之中扔石块、沙袋，投进多少，被"吃"掉多少，淤泥的欲望无休无止，俨然一个无底洞，一道深不可测的沟壑。这才知道，淤泥的面积无限外延，如没有河道的暗流，此起彼伏，挖空一层，又涌上一层。在局部埋下的管道，在淤泥的无形之力的作用下很快就弯如半月。平整之后的路面一夜之间能下沉一米，如同被抽去筋骨。

创业者寻找淤泥的源头。源头是东江流经开发区的流域。创业者用大半年的时间抽干东江前后几公里范围内河段的泥沙，使淤泥失去后盾。

让几平方公里软塌塌的土地硬起来，能够支撑九层之台，的确是一门学问。抽出流体之后，抛角石，下沉硕大的钢筋水泥箱体，夯实基础。让脚底板子能踩硬实，让建筑能巍然屹立，让地下管网能纵横交错，这一片土地才能集聚形形色色的产业，吸引四面八方的创业者，成为广州经济发展的增长极。

城里的人遥望广州以东。从那三十公里处不断弥散而来的尘埃中，渐渐知道了开发区。透过遮天蔽日的尘，一个轮廓渐渐清晰。

其实，开发区离繁华的天河商圈并不算远。只是，城与乡的界限，有时是一段路，有时是一种势——得势益彰。

二

我住在普晖村。普晖村叫村，却不是村，没有田，没有地，没有鸡飞狗叫和闲散得在太阳底下打盹的人。普晖村里有很多楼，都不新不旧，有的是住宅，有的是公寓，都住着打工者。打工者里，有金领和白领，也有蓝领和灰领。朝九晚五，早出晚归。有的工人成天穿着工装，与我曾经在一家铁路大厂穿的工装不同，颜色鲜艳，质地绵软。一张张年轻的脸上挂着细细密密的汗珠，看起来十分精神，如一棵棵点着露珠的青草。

此时的开发区与创业之初早已是两个概念，不身临其境，你很难想象它到底是什么模样。周末的时候，我喜欢沿着一条条路，一眼眼看。身边穿梭奔驰的是挂着香港和内地两种车牌的加长货运卡车。空气中弥漫着纯粹的工业的气息，我深深吸一口，很香。要知道，那时我刚到南方没多久，面对如此馥郁的经济与财富的味道，总会想起自己的家乡，一北一南，差距过于明显，心里有些"愤愤不平"。就像你去家境优渥的人家串门，难免顾影自怜。我惊讶地发现，我原来熟知的许多世界著名品牌都"藏"于开发区这个"深闺"。

开发区的第一家外资企业是一个加油站，规模不大。我去的时候，开发区志诚大道出现了一条旗帜长廊，一路数过去，六十多面旗帜在风中猎猎舞动——那不是一般的旗，是跨国公司的旗。

后来，我又去数那些旗，有一百一十九根旗杆，一百一十九面旗。最中央的一面旗，是五星红旗。

三十年弹指一挥，广州开发区由两万元筹备经费起步，到GDP、工业总产值、财政收入分别突破两千二、五千二、六百大关——单位不是元，也不是千元、万元，而是亿元，而这一数字还在与日俱增。东江之水欢快地流淌，激射出最美妙的财富之音——仿佛是对1986年8月21日邓小平同志在天津挥毫题写"开发区大有希望"七个大字的有力回应。

岁月荏苒。广州开发区由点及面，花蕾绽放——2005年，萝岗行政区设立；2015年，新黄埔区成立，原黄埔区和萝岗区合并，广州新的东部中心版图面积扩大到四百八十四点一七平方公里。

小蝌蚪一样的数字倘若孤零、单列，并无实际意义，但植于开发区这片土壤的这一串串煊赫的数字其价值不言而喻，浓缩其中的是一代一代创业者的梦想、青春、汗水。你便可以想象，当年，那些创业者为了跨过河涌，硬是脱去衣裤，穿着裤衩优雅地一跳。那些生活在市区、工作在开发区的公务员如何披星戴月，夙夜在公，直至雪染鬓发。

普晖村附近有一个街心公园，夕阳西下时，有很多老人带着小孙子、小孙女过来散步、聊天。他们说着各自家乡的方言，有的我能听懂，有的听不太真。那时我父亲和母亲也在开发区，父亲是医生，退休后在开发区的一家医院兼职，为打工者看病。老人家之间特别容易沟通，三句话不离本行——本行是各自的孩子，孩子们自然都在开发区工作，有的是企业高管，有的虽然没有什么职位，但企业效益好，孩子们收入很不错。谈到孩子，老人们都兴奋异常，眼里冒着清健的光芒。

三

你见过一生不语的雀儿吗？它们生活在天鹿湖森林公园里。当我真的看见那些"雀儿"时，委实吓了一跳。"雀儿"离我很近，咫尺之遥。我望着它们，俨然又回到童年时隔着玻璃与雀儿对视的时刻。这些"雀儿"没有丝毫的敌意与防备，黑芝麻一样的眼睛宁静而致远。它们站在树上，一只一只并排簇拥在一起，一点也不孤独。它们扎堆儿，却又不叠乱。它们的头大都齐齐地向里，只露出红色的尾巴尖儿和乳白却又带点嫩绿的"羽毛"。我稍稍喘息，再放眼四周，"雀儿"也不是离群索居，而是三五成群。有一缕阳光正穿越林隙，斑驳地落下，阳光让"雀儿"周身光泽四溢。我重又细细仰视最近的一簇，是的，它们不是真雀儿，只是像雀儿。它们有一个好听的名字：禾雀花。像雀儿的花儿，像花儿的雀儿。不同的意思，一种意味。

这些每年三四月间开放的像雀儿的花儿并不真长在树上。它们长在藤上。由一根极长的藤串起一簇簇的花儿。每簇一二十、二三十朵不等。远远看去，像一大串葡萄，近看，俨然是一群群禾雀在栖息、密语、商议大事儿。

我轻轻地坐在那一方被树木和禾雀花包围的"天井"里，各种鸟的叫声，蝉鸣，虫子的回响以及自然界其他的"絮絮聒聒"，让我无一点烦躁，相反却觉得鸣声上下不绝于耳，真是一种美妙的享受。

这便是广州东部的生态缩影。一座城，植被覆盖率超过百分之五十，有工作，有生活；有高速，有地铁；有忙，有闲——还是乡下吗？即便是乡下，也是最好的乡下。

元者，万物之本也。

开发区这只大鹏鸟从"元年"那一个冬日开始振翅飞翔时，或许没有想到这一天的伟岸。我的眼前，似乎呈现大鹏鸟在广州东部上空飞旋、鸣叫的情景，它注视着翅翼之下勃兴的工厂、企业总部、物流、贸易、科技、智慧……它掠经黄埔军校、香雪公园、玉岩书院、天鹿湖、凤凰湖，在历史的沧桑风云和重峦叠嶂间兴奋地寻觅；它一翼搭在"科学城"，一翼搭在"知识城"，强健的两翼在振翅间演奏开放、包容、普惠、平衡、共赢之音。

《人民日报》（2017 年 12 月 27 日）

回乡记

一

火车开过来了，停在夏官营。火车只停两分钟，等我们上车，找到座位，放下行李，向车窗外的亲人使劲挥手时，火车已徐徐开动并渐行渐远。我看见站台上送行的亲人追着火车跑，我的父亲和母亲泫然泪下，我的眼泪也扑簌簌地在风里乱飘。

那是 1975 年的一次迁徙。那时候的火车是绿皮的，时速六十公里，车轮与钢轨的磨合与撞击声清脆而响亮。我第一次坐火车，与亲人离别的悲伤很快被兴奋与好奇所代替，车厢里的乘客南来北往，嘈嘈切切地说着各自故乡的方言。

夏官营是榆中的一个乡，夏官营车站是榆中的火车站。车站很小，"级别"很低，快一点的车都不停。祖祖辈辈栖息于此的乡亲有的一辈子都没坐过火车。那时坐火车便意味着出远门，要去很远很远的地方，甚至是天南地北，海角天涯。一次别离，再见可能是几年后十几年后几十年后的事情。1985 年，我跟随父母返回故乡时已经从一个幼童长成少年。我们从东北上车，在北京中转，到夏官营下车，用了三天三夜再加三天三夜。不同的是十年前出行一路坐的是硬座，返回故乡时好不容易买到了硬卧。

夏官营车站位于陇海线上，前后两头牵着很多车站，朝西迎风而立，前头的大站是兰州，后头的大站是西安。我在兰州工作时也曾坐着火车回榆中，早上从兰州站上车，到夏官营站下车，换"招手停"到县城时已是中午。即便如此，每逢学生寒暑假和春节前后，火车票也是一票难求，眼见车厢门口站着人，厕所里挤着人，座位下面塞着人，行李架上睡着人，其情形犹如"叠罗汉"，人满为患。有时候人要从车窗进出，像一件包裹被人揉进去再被人推出来。

交通制约了故乡的发展。

我便盼望故乡通高铁。望眼欲穿之际故乡真的通了高铁，今年7月9日宝兰高铁开通，高铁途经故乡，站名叫榆中站，站址不在夏官营，在县城边上。母亲尝了鲜，她坐高铁去西安看望她的姑姑，从家里出发，十分钟到达高铁站，上了火车，一人一个座儿，不拥挤，不嘈杂，不颠簸，三个小时后到达西安，宛如平常一段歌，像平时随便走个亲戚那么简单。

今年暑期我回到兰州，专门去兰州西站乘坐高铁。高铁如卧倒的海豚蓄势待发。上了车我仍有些忐忑，似乎还在怀疑它是不是真的会驶向故乡。我想起四十年间一次次往来于故乡的经历和路径。高铁徐徐启动，眨眼间时速已是两百五十公里，可谓风驰电掣，故乡的山扑面而来，故乡的水扑面而来，故乡的田扑面而来，山花烂漫，树木葱茏……我拿着表掐算时间，五分钟、十分钟、十八分钟，火车如约而至，故乡到了。那天下着小雨，有些微微的冷，我出了车厢，走出站台，望着远处逶迤的群山，风扑面而来，雨扑面而来，我贪婪地嗅着来自故乡大地的气息，心潮起伏。

高铁的开通为故乡注入了一股鲜活的动力。故乡醒了。

二

那个村子叫许家窑，是我出生的地方。村子依山却不傍水。

村子以前没有井，只有一个洼，如一口炒菜的大锅。锅里的水是老天下的雨，老天下雨就有水，老天旱，锅就干了。

就算有水也是刚好漫过锅底儿。

锅没有盖子。天就是盖子。遇上沙尘天，大风吹起整个村庄动物的粪便，细菌在风中孤魂野鬼似地游荡，落入锅里，锅里的水就脏了。一眼看去，那水是浑浊不堪的，还漂浮着什么东西。到了跟前，你低下头就能清晰地看见水里浮游的生物。你用一个水瓢划桨似的摆动，微生物时而聚合时而分散，水会一时"清澈"起来，但水的本质不会发生丝毫的变化。二十年前，我曾蹲在"锅沿"边看锅里的水，我无法想象锅里的水被舀到真正的锅里然后进入人们的食道之后的结局。

不是乡亲不知道它脏，是没有选择。就那么一片"水泊"，你若讲卫生就等着渴死。

不是那里没有地下水。但打一口井需要很多钱，这钱没人掏得起。要是有一口真正的井，建个泵房，修个水塔，铺设通向各家各户的管道，乡亲们都能喝上自来水。

村子有路，但都是土路。阳光晴好时，乡亲走过，"噗嗞噗嗞"，脚下和身后冒起一缕一缕青烟，尘埃在阳光里萦绕盘旋，不停地往人的鼻孔里钻，呛得要命。下雨天路更难走，呱唧，一脚是泥，呱唧，又一脚还是泥，"土人""泥腿子"便是乡亲形象的写照。

村子没有电灯，更没有路灯，天一擦黑，整个村子就仿佛进入了原始社会，阒静僻陋，烟火稀疏。

村子离县城十二公里。出了村子有一条路通往国道，原来也是土路，坑坑洼洼，后来铺了沙子，硬化了路面，却很窄，一辆车可以通行，两辆车会车时要靠边再靠边，小心再小心，两边是沟，搞不好会翻车。这点距离对于城里人算什么呢？一脚油门，几分钟的工夫，可对于乡亲便是一道鸿沟，是城与乡的一道坎儿，是贫与富的一道屏障。

我曾经很多次回到故乡，望着光秃秃的山，看着乡亲们的生活，不由得感慨，外面的世界变化这么快，日新月异，故乡怎么老是一潭死水，不变呢？

这一次回乡，我欣喜地看到铺路工人正在修理地基，准备铺路。有一段，冒着热气的沥青已经堆在路上。这是村口通往国道的路。

乡亲们早已不喝雨水，家家户户都通了水管子。我拧开水龙头，清澈冰凉的自来水哗啦啦地流淌。我在乡亲们的树上摘了一个苹果，用自来水洗净吃，和我在城里的厨房洗涤蔬菜水果一样方便、干净。

我也看见，一幢幢红砖瓦房拔地而起；很多乡亲的院子里停着卡车、小汽车、农用车。

一个晚辈说，到十月份，咱们村更会大变样。

故乡会变成什么样呢？

前几天，新当选的村民委员会主任许立东在微信里告诉我，在县政府的支持和乡亲们的努力下，"村村通"四点五米宽和"户户通"二点五米宽的水泥硬化路面已经修通，各家门口都安装了路灯，还建起了图书阅览室和群众文化室。生我养我的乡村不再是"白天不懂夜的黑"。

"你淡淡的乡愁会变成甜美的乡情"。村里正在筹建戏台。在几千里之外，我仿佛已经听到乡亲们正唱着秦腔，那高亢、粗犷、清丽、煽情的旋律在耳边经久地回响。

三

榆中县城离兰州几十公里。对故乡来说，这段距离仿佛是城与乡的分水岭。已经开通的高铁拉近了城乡之间的距离，正在逐渐抹平城与乡的差距，规划之中的兰州通往县城的地铁像一朵油菜花盛开在希望的田野上。

县城属于城中有乡，乡中有城。我回去的时候正是瓜果飘香的时节，白兰瓜、桃子、西瓜，不但好吃，特别甜，还特别便宜，一斤西瓜才几毛钱。乡亲们推着车，开着车，从田间地头拉着丰收的喜悦到县城叫卖，满街都是卖瓜、买瓜、抱瓜的人。应季的蔬菜青翠欲滴，乡下的亲戚到县城卖菜，路过母亲的住处时捎来土豆、辣椒、茄子、西红柿、豆角，一堆一堆的，够我们吃十天半月。

小城虽小，却有历史。秦始皇三十三年（公元前 214 年），嬴政派蒙恬到黄河流域"斥逐匈奴"，在黄河沿岸"因河为塞"，建立四十四县，榆中县即其中之一。

小城藏着宝，《四库全书》这个宝贝曾藏于小城。

《四库全书》是清乾隆皇帝组织编纂的中国历史上规模最大的丛书，分经、史、子、集四部，故名四库。后《四库全书》奉旨总共缮写成七部，分藏各处。但在其成书后的两个多世纪中，世道常不太平，战乱频仍，灾祸连连，内忧外患，致《四库全书》命运多舛，屡遭劫难。二十世纪六十年代中期，文溯阁《四库全书》调拨甘肃省图书馆收藏。1971 年，文溯阁《四库全书》由军队秘密押送至榆中县，存放于占地面积三十亩、建筑面积两千多平方米的专库之中。

守护《四库全书》的人如今安在，住在县城一隅，离母亲的住处很近，叫刘永安。他清晰地记得在去省图书馆报到时老馆长亲口转述的周恩来总理说过的一番话，大意是，一座城市毁了，可以重建，但是《四库全书》毁了，就再也建不起来了。

对于《四库全书》的守护，组织上有纪律要求，《四库全书》是国宝，专库是保密之地，天机不可泄露。在很长一段时间里，刘永安的妻子不知道丈夫换了什么工作，具体工作内容是什么。有一次妻子去看望他，进了第一道大门，问刘永安你在这里干什么，他笑而不语。第二道门里就是《四库全书》，他没让妻子进去。

作为一名书生，刘永安何尝不想目睹《四库全书》的真面目？他多次进入藏书的密室查看保管情况，嗅着那一个个楠木、樟木盒子散发的迷人的香，他格外陶醉，但他一次都没有打开国宝。

多少个日日夜夜，刘永安都是在专库工作与生活的。正是在刘永安等人的精心守护下，《四库全书》没有发现潮湿、发霉、长毛现象，也无虫蛀、指印、唾液等污染。

问起刘永安当时的感觉，他说了两个字：寂寞，又说了两个字：光荣。

暮色四合，华灯初上。我站在四楼的窗口端详自己的故乡，路在变，街道在变，建筑在变，环境在变，尤其是最近几年，越来越多的兰州人和外地人移居于此。福建福州人柯学仁落户榆中已经有好几年时间，他在榆中娶了妻子，生了孩子，办起一所中西医医院，帮助榆中乡亲解决"看病难"问题。为了保护榆中农村的生态环境，家弟花了五年时间几乎倾尽家财研发成功低温电磁力垃圾裂解系统，我眼见他节能环保科技公司里的工人将生活垃圾、塑料、橡胶、医疗垃圾等填入系统，瞬间处理得一干二净，没有黑烟扶摇直上，没有刺鼻的气味四处弥散，让留住乡村青山绿水不再困难。

榆中县政府的工作人员对我说，不信你看，三五年之后，咱们榆中就是兰州的"后花园"，会有越来越多的人到榆中安家落户。

小城在变。小城人在变。小城人的生活在变。但不变的是悠久的历史、文化和乡情，以及一城人对文化与一草一木的敬重。

岁月静好，而今迈步。

《人民日报》（2017年11月20日）

流溪河畔的英雄

窗外的花静静地开了。是那种紫色的花，不知道名字，开在树上。我的书房在一楼，一扭头就能看见花。刚住进来时，树不高，花不多，一个季节过去，在另一个季节到来的时候，树已高过半窗。接地气的花枝如同墙上的一幅山水，一眼——一览无余。

只是，你再使劲也闻不到花香，隔着窗呢。也看不到蝴蝶，这是北面，到下午时阳光已挂到对面山坡的树上。我其实知道，在南方，花是一直开着的，包括在冬天里，有些极冷的天儿，我也能看到花开，看到花谢，花一直在凋零，化作春泥，也一直在重生，十里柔情，天上人间。

这是流溪河畔。河畔距我一箭之地。阳光暖融融的时候，我坐在南面的阳台上晒太阳，看风景。一楼很低，看不到河流，也听不到河流。那倚着墙开着的花，河边茂密的树，萦绕的蝴蝶，啼鸣的小鸟，语语的虫子，和煦的阳光，构成了午后独有的闲适与逸乐。偶尔有一只或两只蝴蝶翩跹而至，白色的，紫色的，五彩斑斓的，在阳台上无所顾忌地飞来飞去。有时在半空盘绕，逗人似的；有时在距我咫尺之遥的地方东触触、西探探。阳光把我的心晒得很暖，把我的目光也晒得很暖，我正捧着一本书，书香在阳光里弥漫，这些，它们一定感受到了，在没有一丝寒意、凶险、嘈杂逼近的时候，它们无忧无虑，快乐、肆意、逍遥。

夜里的天下，是鸟儿的，是虫子的，是花花草草的，是自然的，是万物的。

你也会听到蝉声。非常近，也很响亮。我猫着腰寻找声音的来源。我可以确信与蝉只有几巴掌的距离。蝉一定能感觉到我的呼吸和心跳，可它无所谓，冲着我狠劲地叫。我听多久它叫多久，不知疲惫。我夸张地起身，带出声音，它不叫了。我甚至拿着手电筒恶意地冲它晃了晃，它又抗议地叫了两声，偃旗息鼓。我笑了。

一切都没有远去；岁月如水如歌。

整个夜里，都是天籁之音——抑扬顿挫，此起彼伏，绵延整个河畔。我听到了，河畔的人都听到了。

英雄们也听到了。

流溪河仿佛一条长廊，廊头有迹可循。沿着流溪河畔一路向北，再向北，找到一片森林，找到"佳木秀而繁阴，野芳发而幽香"之地。

找到云台山。

"云台兀兀，郁郁苍苍，岩百丈，固若金汤。扼通衢而踞险要，守要冲而镇四方。广州东北之门户，从化古邑之名山，军事布防之要隘，兵家必争之险关。抗日战争、解放战争，两场激战，发生此间。烈士捐躯，血迹斑斑，可歌可泣，堪咏堪赞。"碑铭上，记录着英雄的壮举。

1949 年 10 月，广州解放前夕。解放军第 44 军 132 师奉命追歼逃至广州从化一带的国民党 107 师 321 团。12 日晚 9 时，作为先遣部队的 132 师 395 团的战士们在当地游击队和群众的引导下，从山路抄近道追歼败退的敌军，并与敌军在云台山发生激战。这一场激烈的战役历时七个小时，共毙俘国民党军五百多人，缴获轻重机枪二十多挺。可是，也有五十个英雄失去了年轻的生命，一百零九名英雄受伤。这是解放广州的最后一场战役。英雄用生命和鲜血迎来了广州解放，1949 年 11 月 11 日—13 日，解放军入城仪式在广州府前路市政府门前举行，时任广东省人民政府副主席、广州市人民政府副市长的民主人士李章达赞扬解放军部队，"纪律严明，进城之前宁愿睡在郊外地板上也不占住民房，对百姓秋毫无犯，这样的军队当然战无不胜。"

这些夸赞，逝去的五十个英雄没有听到。"青山处处埋忠骨，何须马革裹尸还"，他们如人民之子、大地之子，在岭南的热土上长眠。六十八年，两万多天，英雄的魂灵守卫着祖国南方的幸福、平安、祥和。

流溪河畔，阳光仿佛一下子涌上来细腻地覆盖了我的脸，我使劲揉了一把，把阳光抓在粗糙的手里——搓搓手指，指间温煦且醇厚，如英雄的鲜血。花朵也如阳光一般盛开，红色、紫色、白色、黄色……大朵的、细碎的、雍容的、妩媚的、娇羞的，在树上，在山上，在谷中，在河畔。有的近，有的远。一朵朵看过去，金茶花、白玉兰、樱花、桃花、木芙蓉、杨梅，叫不出名字的，好多。

我的目光非常贪婪，我知道这一草一木、这大好河山来之不易。我的目光不会浅尝辄止；我的鼻子要好好地闻，那是来自土地的带着一丝生涩的植物的气息，像一个小姑娘见了生人，胆怯又有一点慌乱。有一点淡淡的香，一丝淡淡的甜。香是藏在花里的，含蓄而内敛，一点点地释放，很吝啬。甜是藏在水里的，碧绿又澄澈的河水被温厚的阳光分解、稀释。

我贴近香的藏身之处——不能去触摸她们，薄薄的花瓣、娇柔的花蕊禁不住凡夫俗子的"摧残"。我只是一朵朵地闻，贪婪而又痴迷；我闭上眼睛，让淡淡的香缓缓地沁入；我使劲地呼吸，像要一股脑置换整个内心残存的潮气、浊气。

一路，花香很内敛，不曾肆意弥漫。走在整个森林里，偶尔会闻到一缕不知起于何处的馥郁的香，就一缕，你一扭头，踪迹全无。

芳草与秀木的气息却是浓郁的，它们被阳光撩拨得痒痒的，不再矜持，一股股地焕发。鸟儿啁啾、啁啾，音声相和，打破沉寂，婉转而又欢快。它们与英雄朝夕相处，比我更知道流溪河的美好与云台山的壮烈。

河流或隐或现。透过树的间隙，自上而下，我偶尔能瞥见一爿湖面，宛如明镜。我极力想分开那些蓊蓊郁郁、古木参天的丛林，将整个河面尽收眼底，却是徒劳的，云雾飘涌，横亘眼前。

山并不高。上到开阔处时流溪河完全呈现了。极目远望，河倚着山，山托着云，云映着河，水天一色。我默默地注视，一缕风飒然而至——近处，茂密的芦苇使劲地摇着，和着风，唱着歌，滑过河面，幽蓝而翠绿。远处，河流两岸，那些鸟，那些蝉，那些虫，那些花，那些树，那些夏，那些秋，那些冬，那些春，那些人，生生不息。

是的，这一条流域达两千三百平方公里的河流，从北到南，起于广州从化，经珠江三角洲入南中国海。这正是当年英雄们前进的方向。

《人民日报》（2017 年 08 月 12 日）

师　者

　　给大学生上课，母亲起初是为我担忧的——站在那里，像一根葱，要讲出话才行哩。上课前，我做了一些准备，比如制作PPT，写讲义。PPT是"现代化"的玩意儿，之前我问一位老教授，一定要准备PPT吗？他说，没有PPT，就要"板书"。讲义就是我要讲的内容。两节课，八十分钟，我写了五六千字，有的地方"描红"，有的生僻字作了注音。讲的是国学，孔孟之道、老庄哲学、六祖坛经、史学经典。都是中华民族的文化渊源。我反复读讲义，读了一个月。上课前一天，我在局促的客厅支了张桌子，上面放了一台台式电脑，这台电脑相当于教室里的投影大屏幕——我站在离桌子两米远的地方，手拿遥控笔，开讲。妻子和女儿，临时充当了我的学生。

　　我一拍"惊堂木"——天行健，君子以自强不息；地势坤，君子以厚德载物……

　　妻子和女儿没有笑，我先乐了。

　　再来。

　　"师也者，教之以事而喻诸德者也。"

　　从小学开始，我一直是插班生。父亲是个军人，戎马一生，漂泊不定。我在内蒙古上了两年小学，之后转学到了吉林。在吉林上了一学期的初中后，又转学到了甘肃。甘肃是我的家乡。这是一所重点初中，班主任姓金，叫金生荣，教语文。

刚到一个陌生的环境，一个十二三岁的少年内心极度不安，父亲不管这些，把我交给金老师，骑上车子一溜烟走了。我走进教室时，同学们几十双眼睛"欻"地扫过来，"打"得我一个激灵。我慌乱地在自己的座位坐下，大气都不敢出。金老师笑呵呵地对同学们说，今天，我们班转来一个新同学，叫许锋，你们知道吗？他的作文写得可好了，同学们以后要多向他学习。教室里一下子"叽叽喳喳"起来。重点中学的学生，个个都很牛，虽然年纪小，但心比天高。有了金老师这一番推荐，我忐忑的心渐渐平静，也感到了一缕温暖。

老师的关切，有时哪怕一句话，也会抚慰幼小的孩子孤独无助的心灵。

金老师是本乡本土人，普通话也不标准。那时，学校应该也没要求老师一定要说普通话。但他说的家乡方言我能听懂。既得老师表扬，我写作文时便格外卖力，面对题目，绞尽脑汁、挖空心思，语不惊人死不休。为了给作文增色，我还偷偷参考一些课外读物。父亲为了提高我的作文成绩，在我上小学时便工工整整地抄录了厚厚的几百页的"素材"，有写风景的，写人物的，写庄稼的，写心理的……可派上了用场，整段整段地抄，是不对的，但我也用过；经常是"改头换面""活学活用"。如此一来，我的作文脱颖而出，金老师很高兴，在班里表扬，贴到黑板报上，推荐参加学校的作文比赛；在学校得奖后，又被推荐到市里，一时风光得很。

我从小学开始便爱好文学，立志要当作家。到了初中后，由于金老师的鼓励，决心更大，课余偷偷地写作，偷偷地投稿，但一篇都没有发表。急得不行，有一次，找来两个铅字，一个是"许"，一个是"锋"，蘸了黑墨水，把别人发表在报纸上的一篇作文，用刀片将人家的名字轻轻刮掉，印上自己的名字。我看着"变成"

铅字的"许锋"，激动得像苍蝇似的到处乱窜。金老师看到报纸，兴奋异常，说，上课的时候我给全班同学宣布一下。

金老师走进教室时，我心里一凉——他手里没拿那张报纸。在讲课之前，他问同学们，大家到学校读书，是为了什么？

提高成绩、考上大学、建设祖国……回答五花八门。

金老师说，大家都知道孔子，孔子是至圣先师，有万世师表的美誉，孔子曰："人而无信，不知其可也。"知道这句话的意思吗？如果一个人不讲信用，那怎么可以？什么是信用，就是诚信，什么是诚信，就是说实话，一个人如果失去了诚信，就意味着失去了一切。所以，同学们到学校里来，学习是主要的，但做人更重要。不好好学做人，学习成绩好，将来更会危害社会。金老师话题一转，任何的学习与兴趣，都是循序渐进的过程，同学们要不骄不躁，只要努力，能吃苦，没有实现不了的目标。

我坐在第二排，不敢看金老师，脸上如一颗火球在滚，发烫，灼热。

在整个初中时代，金老师都没有再和我说过这件事，我更是回避。那张报纸，肯定早已被他撕了个稀巴烂。

语文老师一般都爱好文学。金老师经常胳膊肘夹一本杂志，《小说选刊》或《飞天》。那个时候，文学大行其道，有时候我们上晚自习，他就坐在讲台上捧着杂志静静地读，不出声，嘴皮子却微微地一张一翕，像一条小鱼。我能闻到杂志散发出的墨香。有一次，读到《山中，那十九座坟茔》时，他兴奋地站起来，在教室里转圈，连声说，"写得好，写得好！"一教室的小脑袋瓜都抬了起来。他告诉我们，这是作家李存葆的作品，李存葆的另外一篇作品是《高山下的花环》，都写得很好。面对老师的兴奋，可惜，我们这些读书娃儿年纪太小，没有读过《高山下的花环》，成不了金老师的知音。

但是，金老师通过这种方式不断传递出的文学情怀深深地影响了我。我确信，文学是神圣的，要用毕生的努力去追求，那是一座芳草园，是心灵的殿堂。

若干年后，前年，我回老家去看金老师。他已退休，住在城边，在自己的宅基地上盖了一栋别墅，独门独院，很敞亮。一见我，老远就喊：大作家来了。"大"字让我十分羞愧。这些年，发了一些文章，写了一些书，谨记金老师的教诲，不敢"拿来主义"，一字一句，言由心生。金老师看过我写家乡的散文《兴隆红叶情》，发表在很久以前的《人民日报》大地副刊，被选入实验中学语文教材，入选几十个选本，家乡的教育部门还编入课外阅读读物向学校发放，进入初、高中语文试卷，母校的学生答过这篇散文的阅读题。在老师眼里，每一个学生都是值得骄傲的，不吝溢美之词，是对学生的一种鼓励。但是，在老师面前，学生没有资格骄傲，当年那一次"事件"，是我人生的一个"污点"，而金老师是唯一的知情者。他保护了我。也保佑了我。

"人而无德，行之不远。没有良好的道德品质和思想修养，即使有丰富的知识、高深的学问，也难成大器。"这是习近平同志说过的话。习近平同志还强调："老师是学生道德修养的镜子。好老师应该取法乎上、见贤思齐，不断提高道德修养，提升人格品质，并把正确的道德观传授给学生。"

到大学，学什么呢？这个问题，我问过自己的学生，有的人说学技术。

伍新木教授也问过我们同样的问题，你们到武大来，学什么呢？

有的人说学知识，有的人说学技术，有的人说学文凭——众目睽睽，不敢说捞文凭，镀金。

伍新木教授斩钉截铁，声如洪钟：

学文化，学情怀，学人文情怀！

老头儿站在讲台上，滔滔不绝，没有PPT，没有讲义，空着手，七十多岁高龄，两个多小时。

文化，听起来好简单，你们读了那么多的书，来到武大，我让你们学文化？

什么是文化？

观乎天文，以察时变；观乎人文，以化成天下。

这是《周易》里的一句话。

那么，什么是人文？

人文就是伦理道德，就是人情，就是人气，就是人事。就是关心人、爱护人、尊重人、怜悯人。就是知道互助，敢说真话，不落井下石，不违背良心。

古稀之年的老教授，宝刀不老，口吐莲花。

伍新木教授是著名的经济学家，可是，他第一次课告诉我们的是该如何做人。

他讲述了百年风风雨雨中，武大的教授们是怎样做人做事的；讲述了半个世纪来，他在武大与教授们如何相濡以沫；讲述了在几十年的教学生涯中，教授和学生的故事。

他对"假"深恶痛绝，口诛笔伐。

文化、思想、学术、民族精神，"假"一旦渗透，会像肿瘤一样扩大膨胀，伤筋动骨。

要做个实在人，要做真人，要做有体温的人。

那次课，我始终处于激动之中；不知不觉攥紧拳头，捏了一手心的汗。

······

当我的学生告诉我到大学来是为了学习技术时，我说，这是主要的，但更重要的是学习做人，学习人文情怀。

我像伍新木教授一样激动：

同学们：

在大学学习应当葆有四大情怀。我的老师曾告诉我第一是人文情怀，这会让你们的心灵质朴与纯粹。还应该有另外三种情怀，专业情怀，让你们严谨；商人情怀，让你们务实；哲人情怀，让你们深刻。

古人说，读万卷书，行万里路，为的是什么？体察。进入大学，除了专业，同学们要带着你们的体温去体察，体察鳏寡孤独废疾者的求助，体察脚底板子上磨出血泡的滋味，体察八百里加急，体察家书抵万金，体察牵挂，体察路有多远、水有多长，体察"天高云淡望断南飞雁"的壮怀激烈，体察喜怒与悲伤，体察蛋黄一样的心被坚硬的冷兵器捅破的痛苦，体察"鸟飞反故乡兮，狐死必首丘"的凄苦，体察"天下熙熙，皆为利来；天下攘攘，皆为利往"的生动；体察诚信与一言九鼎的重要……

同学们瞪着眼睛听着，几百人的大教室如雪霁的清晨一般寂静。

我感动得几乎要流泪，我知道，这正是文化的传承，生之所需，师之所授，俱来自师——善莫大焉。

《人民日报》（2017 年 06 月 17 日）

青年，任重而道远

我登上了那个窄窄的阁楼。

阁楼没有亮灯。对面有一扇窗，透进来一点光亮。窗不大不小。我迫不及待地打开窗，一股春天的草木的气息扑面而来。站在窗口，能看见一山郁郁葱葱的风景。正对着窗的是一棵银杏树，拔地而起，直入云天。我踮起脚尖，尽可能地探出头去，局促的目光遥望远方。我的目光迷失在氤氲的雾气之中。这是春天，珞珈山芳草萋萋，百鸟啁啾，间或掺杂着乳雀唧唧哝哝的低语。

我坐在阁楼里的一把椅子上，定定地望着那扇窗。窗口略略透进来一缕清风，与阁楼柔软、温湿的木香混杂并融合；一点或明或暗的光照着我的脸，也直抵我的心。此时，我希望这样的光亮滞于静室之中，再恒久一些——便于从容地思考，一点一滴地打捞岁月的吉光片羽，回忆一个伟人——周恩来。他曾经一定也无数次地站在窗口，静静地遥望，那时，窗外的银杏树或者还没种上，或者，正冒着新芽。他的目光，绵延而深邃，掠过草，掠过树，掠过山坡，掠过校园，掠过破碎的山河；他的眉头紧锁；宛如一个铸铁疙瘩。他是不是也坐在一把木质椅子上良久地沉思？只是，他的思绪经常要被若隐若现的枪炮声阻遏，他清晰地听到了跌跌撞撞的脚步声，听到了河流一样涌动的流民的嘈嘈切切，看到了阴云密布的天空和满目疮痍的中国。

这是武汉大学周恩来故居。

周恩来故居位于武汉大学珞珈山别墅群中的第 19 号楼，始建于 1931 年，是一栋坐北朝南西式二层楼房。阁楼蜷缩于二层之上。1938 年 5 月至 9 月，周恩来和夫人邓颖超在楼里居住过四个月。

他们不是来听风看雨，修身养性的。

中国人素来以和为贵，只是，"和"并非一厢情愿的事情。"七七事变"之后，抗日战争全面爆发，国共两党实现第二次合作。南京失守前夕，国民政府和国民党中央机关大部西迁武汉。1937 年 12 月，中共中央在武汉设长江局（对外称中共代表团），周恩来从延安来到武汉，主管军事和统战工作，并任改组后的国民政府军事委员会政治部副部长。此时，华北、华东的大片领土和北平、上海、天津等重要城市相继沦陷，中华民族陷于水深火热之中。

山河破碎风飘絮，身世浮沉雨打萍。在中华民族生死存亡的危急关头，有为青年岂可苟且偷生？1937 年 12 月 31 日上午 9 时，周恩来在武汉大学作《现阶段青年运动的性质和任务》的演说，"我们青年再不能如过去那样地学习，找工作，结婚……再也不能依照平常的生活程序过日子了。战争了，我们再也不能安心求学了。"家国天下，没有国哪有家？周恩来激励青年走出校园，奔赴战场，同侵略者浴血奋战，保卫家园。面对日寇的铁蹄践踏和野蛮侵略，周恩来寄语青年要"努力去争取抗战的最后胜利，努力去争取独立的自由的幸福的新中国的来临"，"我们中国青年不仅要在救亡的事业中复兴民族，而且要承担起将来建国的责任。救国，建国，我想'任重道远'这四个字，加在中国青年的身上是非常恰当的。"

1938 年秋，周恩来又在武汉大学连续两晚演讲毛泽东的《抗日游击战争的战略问题》的基本精神。而此时的武汉，早已不太平，已成日军的眼中钉肉中刺，敌机的轰炸已是家常便饭。尤其是 7、8 月间，其凶残轰炸的频率、规模及程度达到沸点，美丽的江城遭受了亘古未有的劫难，与武汉大学毗邻的华中大学（今华中师范大学）遭到毁灭性破坏，三栋教学楼瞬间成为废墟，师生死伤多人，教室里、书桌上、黑板上均布满斑斑的血迹。武汉大学"活字典"、著名数学家李国平之子、武大历史学院教授李工真曾带着我们沿珞珈山路巡游，抵达此处。他介绍说，1938年夏天，空袭警报频繁，为安全计，人们就躲到防空洞或自家的床底下。中共武汉大学委员会《永远怀念周总理，誓将遗愿化宏图》一文中也有这样的描述，"……突然，响起了空袭警报。周总理镇静自若，从容不迫地指挥大家有秩序地进入地下室，而他自己则最后一个离开会场。警报解除后，周总理又继续讲下去。"演讲结束时，"有位青年教师拿着一本小册子，请求周总理签名，周总理满怀着对青年一代的深情厚谊，在小册子的扉页上挥笔写下了'周恩来'三个刚劲有力的字。这本周总理亲笔签名的小册子被当作珍贵的纪念品至今仍珍藏在我校。"

此时，阁楼之下，却是异常的寂然。岁月静好，现世安稳。我站在逼仄的楼梯上，甚至听到了屋外簌簌的雨声。二楼有三间房，一间是会客厅，一间是卧室兼办公室，另一间小房是警卫人员的住所。会客厅不大，正面墙上开着两扇古色古香的绛色的窗，在灯光的映照下显得典雅而别致；目光飘出窗外，绿叶荫浓，树隙之间，雾霭析出的光影仍是斑驳陆离。墙上贴满了周恩来当年活动的照片，我细细端详，那不再是一个英俊的目光炯炯有神的青年周恩来——而是顶着一头极短的头发，一缕坚毅在剑眉跃动，一缕忧患从星目闪现，消瘦的棱角分明的脸庞透着无比的刚定。

在这里，周恩来组织领导了"抗日活动宣传周""七七抗战一周年纪念"等系列抗日宣传活动。会见了斯诺、斯特朗、史沫特莱等国际友人。会见了国民党高级将领、民主人士、文化界和新闻界的知名人士，宣传共产党的抗日主张。如此，此处有了一个生动、亲和的称谓："国共合作抗日小客厅"。2001年，武汉大学周恩来故居作为武汉大学早期建筑群的一部分被国务院列入第五批全国文物重点保护单位。

在这里，周恩来还多次找郭沫若谈心，促成其就任国民政府军事委员会政治部第三厅厅长。周恩来此举意在使第三厅形成以共产党员为核心，团结各抗日党派和人民团体，团结思想界、文化界、学术界的著名人士，成为在中共实际领导下的抗日民族统一战线的战斗堡垒。

走出故居，雨似是将歇未歇。我没有张开小伞，而是任由雨珠落到头上、身上。雨雾弥漫之中的珞珈山林木葳蕤，恬静葱绿，如诗如画。我沿着蜿蜒的小径，逐级而下，台阶上满是夹杂着红的、黄的、绿的颜色的樟树的叶子。我拾起一片，脉络清晰，仿佛着了力道，无比遒劲。

边走，我边回望那栋被参天大树掩映的小楼，青砖红瓦，花树扶疏。我在想象当时身兼国共两党要职的周恩来每天忙碌的工作和生活场景；想象他披风沐雨，早出晚归，过往这条小径；想象二楼的办公室通宵亮着的灯光，一位注定要彪炳史册的伟人运筹帷幄，殚精竭虑；想象他站在阁楼，望着黑魆魆的江城，直至曙色初露，东方既白。

一颗水珠落在我的脸上，我听到了雨声；我也听到了挂在树上的风声。

我还听到了珞珈山下传来的青年的读书声。

《人民日报》（2017年04月17日）

珞珈山的春天

那几日，住在珞珈山旁，每天清晨，我都要站在窗口听一阵子鸟叫。5点多的时候我便清晰地捕捉到了第一只鸟的清脆的啼鸣，似乎总是那只，我快熟悉了它绵长、温润而且悠扬的叫声，我知道，是它完美地终结了一夜的寂静或者迷蒙，启封了一个新的清晨。但我仍是保持着聆听的姿态，没有起床，没有开灯，没有发出任何声响。它需要一个完美的聆听者。此时夜色尚未褪去，鸟就在窗外不远，它需要一点时间启明建筑，驱走倦潮。接着，第二只、第三只、第四只……像是幼儿园的孩子从梦中醒来，片刻的迷迷瞪瞪之后，一下子欢闹起来，此起彼伏的叫声穿越厚重玻璃的阻隔，在聆听者的耳边忽隐忽现。我便下床，打开窗，将窗口尽力扯开。这扇窗几乎是夹在树木之中的，我一伸手能拖住树叶。我没有尝试，这个动作过于粗俗，也会惊吓它们。我只是轻微地探手试了试风。没有风。这个动作对于珞珈山而言，对于一座高楼的一扇窗而言是微不足道的，但鸟们仍是发觉了，正如我已经看见它们在淡淡的雾霭之中留下的剪影。它们在葱郁、健硕的树间扑簌簌地呈直线、曲线或者弧线飞翔，叫声时而短促，时而悠长，咕咕，唧——唧，喳喳，啾——啾，翎毛带动了风，风推送着气流，气流裹挟着叫声，叫声旋了一股股草木的气息扶摇而至，从下边，从左边，从右边，从上边，似乎从四面八方涌来，瞬间便覆盖了整扇窗和一位聆听者，浓郁且清新。

这是珞珈山春天的早晨。是武汉大学的早晨。

走在路上，鸟叫声便更加真切；走一路，听一路，没有断层与片刻的凝滞。鸟们似乎不知疲倦，兴奋得忘乎所以。可是，谁会觉得它们的声音聒噪呢？整日置身于钢筋混凝土丛林中的人，偶尔见到鸟，听到鸟叫，内心都是欣喜的——或者窃喜，仿佛那叫声听一声便少一声。而我，已经听了很久——这样的生活，即便三五天，很短暂，稍纵即逝，已经格外让人满足与幸福。走一阵，我会停下，仰望那一棵棵高耸入云的树，樟树，梧桐，不知名的树，我在看树，也在看鸟，我的目光沿着声音寻找鸟们的踪影。我知道它们也是喜欢亲近人的。它们胆怯又迫不及待地想闯入我们的生活，与人近一点，再近一点；若它们确认你没有伤害它们的动机与动作之后，便开始落在你家的阳台上，甚至由阳台而至厅内，甚至穿越客厅，自北向南，由东而西，这个过程，对它们而言，对你而言，何啻一个仪式？前面冠以"神圣"二字并不过分。这是一族与一族的融合。此时，你万万不能做的是关闭任何一扇窗，一面门。你尽可以读书，喝茶，听你的音乐，说你的家常话——有时候，无视这些天之尤物的闯入，置之不理，反而是一种高贵的礼节。

依着珞珈山缓步而行。山路逶迤，时而上，时而下。路两旁是茂密的林子和茂密的叶子。林子随着山势起伏，柔肠百转。山色空蒙、清丽，草木翠绿、鲜嫩。昨夜的那场雨还挂在枝头、草尖，你站在树下，只是跺跺脚的劲儿，雨珠便情不自禁地落了你一头，一身，一嘴，舔一舔嘴角，甜甜的。被雨打落的红色或黄色的叶子或是铺在路上，层层叠叠，或是散落在草间、亭台，如青年们设计的传递春天讯息的一张张精致小巧的明信片。

这个季节，武大的樱花也开了。在草木莽莽榛榛间，猛然望见一树樱花，那艳丽，那矜持，那高傲，由不得你会一愣，心会一动，停驻，舍不得离开。你会站在树下，看着那些粉红的含苞待放的花蕾；你会凑得再近些，微距离地端详那些娇嫩的花瓣；你会闭上眼睛，贪婪地呼吸花瓣弥漫的芳香。你能感觉到一缕淡淡的香正流过你的血脉，滑过你的意识。我静静地站着，目光宁静而隽永。我如同注视熟睡的女儿。清晨的珞珈山路上，除了鸟语，没有别的声音。我可以旁若无人地孤芳自赏。我也没有摇，摇和拽一样，对于花木，始终很粗俗。我轻轻地弹了弹花枝，花瓣间的雨珠洋洋洒洒，掺着花香，落了我一脸。花瓣微微地颤动，却很自负，一片都没有落下。

成气象的樱花长在"樱园"。樱园里的樱花已经悉数绽放了。远远地，你看见盛装的白，闻见密集的香，便到了。这时候还早，四周没有什么人声，但我知道，也仿佛看见，摩肩接踵的人正在路上，宛如盛唐时赶着赏樱的盛景，白居易不是有诗云："小园新种红樱树，闲绕花枝便当游。"我很庆幸，此时，这个宛如云朵一般的世界是静止的，氤氲的雾气屏蔽了世间的一切闲杂之音。只有繁密的花瓣千姿百态却又杳无声息地开着，你不由得惊叹樱花既有梅之幽香，又有桃之艳丽，且清寂与孤傲，像一名来自宫廷或者民间的穿着白色汉服的绝色女子。

珞珈山的雨，又在林间淅淅沥沥地下了起来。我听见雨落在枝间，落在花瓣上；我听得到草木丰茂的生长，花瓣噗噗的声响，间或，一只只鸟儿，从珞珈起飞，唱着春天的歌，在苍穹划过一道道精美的弧线。

《人民日报》（2017 年 03 月 29 日）

迁　徙

　　一个人的迁徙，大概总与故乡有关。我固执地认为，所谓颠沛流离，也是离开故乡之后迫不得已的事情。而在故乡，即便你住茅草屋，睡瓜棚，在猪圈里蜷缩一晚，躺在草垛上看星星，在四面漏风的小院里听雨，不见得有多幸福，但至少心安，不担惊受怕和诚惶诚恐。故乡便是一个无形或有形的容器，它的功能是收心，把心收得死死的；它密实得一点空隙都没有；它的底部被岁月沉淀出一个巨大的漩涡，使劲吸附，几乎要吞噬那一具鲜活的肉体……

　　母亲的故乡自然也是我的故乡。那是典型的西北的村庄，黄土，黄山，满目苍黄。在村里走一遭，鞋上，裤脚，袜子，半截子腿，土气自下而上，很快霞光一样铺满脸蛋子，挂上鼻翼、双眉、发梢，整个人，一身的土。是浮的土，被你的步子惊扰的细微的颗粒，在刺眼的阳光中飘舞，你再怎么躲避，纵如侠客骑一匹快马，也无法潇洒地绝尘而去，整个乡村，都是尘的世界。尘始终半梦半醒，一点点的动静，它会警觉，兴奋，追逐，上蹿下跳，如村口的土狗。

　　树能够抑制尘埃。草也能。当然，水更能。但毫无悬念的是，在故乡，水是稀罕的，非常稀罕。有时候下雨，只是偶尔。像南方那样的倾盆大雨，连天的霏霏细雨，雨季，想一想都很奢侈。

　　有一些人，可能会离开故乡，去寻找山清水秀的地方。即便那是别人的地盘，别人的故乡。离开的方式，可能是逃脱，逃避，隐匿，或其他稀奇古怪的方式。

而母亲每一次离开故乡，都不是厌倦或厌恶。也不是刻意去寻找山清水秀。更与颠沛流离无关。是一种半推半就。

第一次远离故乡，母亲是随军家属。母亲嫁给军人，军人干到一定时候，具备携带家属到部队生活的资格。世间就是奇妙，换一个地方，就看到了山清水秀。那是北方的一个村庄，有树，广袤的树；有草，大把的草；有雨，丰沛的雨。山上长满果子，榛子。家门口的一截子圆咕隆咚的枯树干，看样子死去很久很久了，但一场透雨之后，树干上的犄角旮旯会冒出一朵朵木耳。我看到了木耳萌芽、绽开的完整过程。采下这些黑乎乎的柔嫩的小家伙，交给母亲，鸡蛋炒木耳，真好吃。

在离开故乡之后，我们没有过一天颠沛流离的生活。所有的日子都节制而规律。每一天，阳光都含着露珠，满眼是充盈的绿，水清冽且甘甜，生活自给自足。但是，母亲思乡，日复一日，年复一年。思念是河流，但故乡太远，流不回去。如果能驾一叶扁舟漂回故乡，母亲可能会执拗地不管逆流而上还是顺流而下，都内心笃定地朝故乡划去。

七十岁时，第二次迁徙又摆在母亲面前。这时，她早已回到故乡，又在故乡生活了几十年。而岁月，将她的父亲带走了，将她的母亲带走了，也带走了我的父亲。她一个人住在四层高的楼房里，老式楼房，没有电梯。老式的垃圾道，臭气在一楼门口处混合、发酵、升腾。她的腿不好，整日里用丝袜束缚着，以加固腿部血管，不让它们涣散。血压高，脑动脉硬化，血流不畅，头闷，忘事。在路上栽过跟头，一百六十七斤的体重，爬起来继续走。忘了出去干什么，忘了回家的路。她的身体与神经，被生活挖掘得太久，她的田里再也没有轻盈的风，鲜花盛开，溪水潺潺，充满诗意与想象。

解救她的方式，似乎唯有再来一次迁徙。我们早到了广州，一切顺理成章。她最关心的是跨省异地医疗。她刚拿到登记表就在电话里说，太麻烦了，太麻烦了，要盖很多章子，要找很多医院。她说户口不能迁，一迁工资就不发了。她煞有其事地说，你在那边办这些手续，太累了，不划算。你们广州热，那么热，我这丝袜怎么办。广州消费高，我这点退休金存不下多少，在老家，我每年能存一两万。

大街上，声音很嘈杂。母亲的声音被西北风刮得断断续续；她气喘吁吁，上气不接下气。我清晰地看到弱不禁风的母亲正站在一片荒芜的麦田上，努力迎着寒风，顶着烈日，试图做最后的无关尊严却有关痛痒的守望。

她还是舍不得离开故乡。

我才知道，迁徙，对于有的人来说，是喜，而对于有的人，是痛。

《人民日报》（2016 年 11 月 14 日）

第三十七团

对部队大院，我是熟悉的。就像一些孩子熟悉农家小院、四合院、居民大院、机关大院。说到部队大院时，我的目光如春天的阳光一般温煦，它让我想起苍茫的北方，快乐的童年，无忧无虑的小伙伴，白桦木围成的墙，一米深的积雪，解放牌大卡车，当兵的叔叔，叔叔们的女人——孩子们的阿姨。

大院在吉林，白城。吉林是省，白城是市。离开东北的三十年间，我极少听别人说到这个地方，除了我们一家人。如今父亲不在了，那一段生活也好像越来越远，我想牢牢地抓住它，怕它像南方的骤雨粗暴地冲刷我的记忆。

大院不在闹市区。大院又分两个院，前院住的是兵，后院住的是家属，前后院之间隔着一道大门。大院里住的是汽车团的人。我们也是汽车团的人。团的概念，小孩子哪里懂，更不懂得什么叫建制。只知道团长的官很大，很威武；政委的官也很大，也很威武。我们没见过团长和政委，只从父亲嘴里听说过；或者见过，但只是叫一声叔叔，记不住他们的官衔。孩子们的父亲，毫无疑问，都有一官半职，能把家属带到部队大院且能让他们成为大院里的常住居民，他们的父亲先要当很多年的兵，要从士兵成长为干部，要在干部岗位上干够年限。在那个火车最高时速只有每小时六十公里的年代，去一个地方要转好几次车的年代，天南地北，几千公里，等待是漫长且熬人的，故乡的女人和孩子们都望眼欲穿。

所以，从进入部队大院起，女人和孩子们对大院的热爱是来自骨子里的，尽管"爱"说不出口——不说，更爱。

我们爱车。汽车团车多，一色儿的军绿，在阳光下齐齐整整地排列着，很威武。战士开着车稳稳地驶出营门，穿越城市，去要去的地方，更远的地方，去边疆。一辆车，十辆车，几十辆车，数百辆车……从某个季节启程，到下一个季节，再下一个季节，翻过年的某一个季节，再挟一股风雪沧桑浩浩荡荡地回到营房修整，期间遇到什么，经历了什么，做了什么，我们一无所知。我们能感受到的只是季节的变化，春暖花开，赤日炎炎，秋阳高悬，大雪纷飞；我们能感受到的只是在上学和下学的路上，尤其是冬天，在没膝的冰雪中回大院的路上，望见"军绿"，都会停下，站在路边，注视着它开过来，开走，开远。漫天飞舞的雪几乎迷住我们的眼。我们隐隐约约能看见开车的兵，戴着驻寒区部队才有的皮帽子，车厢的帐篷被风掀开一角，里面也坐着戴皮帽子的兵。父亲有可能在某一辆车上，他是军医。孩子们的父亲都有可能在车上，张叔、潘叔、李叔、任叔、王叔……头顶着五角星的军人不会一直待在营房里。所有的女人和孩子们，在男人和父亲离开营房的日子里，心是一直悬着的，像秋夜高悬的月，像悬在半空的刀子，像白桦树尖悬着的雪；耳朵格外灵敏，不是听乡村土狗的叫，不是听夏夜的蝉鸣，不是听秋雨的寂寥，不是听雪地里麻雀觅不到食的叽叽喳喳，她们有限的听力被自己无限放大，试图捕捉远方的一切声响，枪声，来自大院的女人们关于边疆的一切可能毫无根据的嘈嘈切切的议论。是的，连幼小无知的我们有时都会听说祖国的边疆有敌人在捣蛋。

那时我们很幼稚和懵懂，对于这个团的一切一无所知。只看到父亲给老家写信，老家给我们写信，信封上有五个数字。并不知道那是部队的番号，就像现在我们的身份证，一个人一串号码，一个部队一个番号，很少能看到汽车团的字样。

但它是真实存在的。它经历过战火。上过刀山下过火海。它跨过鸭绿江。它在漫长的国境线上不知疲倦地穿梭，运送弹药……如果我在童年就知道这些，我可能会激动得整夜睡不着觉，童年的理想可能会沿着大院外墙跑一圈，再拐进大院的门。

"真相"于三十年后由一位老人道出。我和老人相遇在南方的春天，一个草木清新葳郁的季节。老人说，在白城，你小时候我见过你。老人紧紧抓住我的手，我也紧紧抓住老人的手。我们眼里都含着泪，但努力没有让它流出，他是军人，我是在部队大院里长大的孩子，我们都很坚强。他说，我没有给你带什么东西，送你一本小册子，你一定喜欢。

一本《简史》。封面的图片是硝烟弥漫的战场，敌机在上空盘旋，投弹。一辆辆军车在枪林弹雨中穿梭。

这是汽车团的《简史》，也是第三十七团的《简史》。竟然，我们童年生活的大院，是中国人民解放军汽车第三十七团团部，第三十七团是中国人民解放军组建的第一支汽车部队。

我迫不及待地打开"尘封"的历史，仿佛回到童年，又从1976年的某一个节点"回溯"第三十七团的前世今生。

1946年9月，东北战局处于敌我相持阶段，根据作战需要，东北民主联军总后勤部在哈尔滨市成立汽车团（即三十七团的前身）。

1947年下半年，我军由战略防御转入战略进攻新阶段，汽车团在东线执行攻打吉林、四平等地的战略运输任务。

1948年9月，汽车团"火速南进，支援辽西战役（即辽沈战役的序幕）"。

1950年6月，朝鲜战争爆发后不久，汽车团奉命入朝作战，编为志愿军暂编汽车一团；它也是1958年4月最后一批撤回祖国的志愿军部队之一。

……

一支走南闯北军功卓著的队伍。一个响当当的牌子。

我瞬间羞愧难当。竟然是三十年后，我才了解那个番号的意义，才了解自己的父亲，了解面前的这位老人。而父亲已经走了。像父亲的这位老人，是带着一缕斩不断的情缘找到的我。我像扶着父亲似的扶着老人徜徉在南方和煦的阳光里。他有时停下脚步，温和地看着我，目光恬淡。他看着一个在部队大院里长大的孩子，如同以前父亲看我的目光，充满温暖和爱怜。他说起汽车团时两眼蓄着一股泪，声音里夹杂着哽咽，我们彼此都能感受到来自北方那个大院历经三十年丝毫没有消融的情怀。

那虽然是"既和且平"的年代，但"天灾""人祸"不断。1976 年 7 月 28 日，唐山大地震。汽车团接到紧急命令，两小时内分别从白城、赤峰出发紧急前往灾区救灾。1979 年，汽车团按照命令进入紧急备战状态——我们这些傻傻的孩子啊，现在才知道那驶出营房的车，路上疾驰的车队，是去解救危难中的人民；那无畏风雪的军人，是去边疆，参加战斗，保卫祖国。他们有的竟一去不返。

"青山处处埋忠骨，何须马革裹尸还"——我再也抑制不住自己，眼泪为那些可爱的叔叔，那些飘逝的英魂而流。

在我的记忆里，父亲从未说过打仗的事。部队的事，在家里不能说，是纪律。但父亲后来配过一把枪，"五四式"手枪。我不敢摸，更不敢动。他擦枪的时候，我们站在旁边看。一粒粒金黄的子弹闪烁着光泽。他一拉枪机，"咔嚓"一声，很清脆，很响亮。我们看到的仅仅是枪，威武厉害的枪，神气的枪；了不起的父亲。和母亲一样的女人们看到枪，会担惊受怕，她们知道军人的天职和使命，她们祈望我们的父亲好好的出去，好好的回来。

她们不会说"和平"这样伟大的词语，但她们最祈望和平。只有外面和平，大院才能和平。

我想问老人见过我几次，那个时候我是不是很调皮。我们那些孩子啊，偷偷地爬过停驻的军车，溜进战士的营房，去报废的停车场找"破烂"，冲站岗的哨兵做鬼脸。但是，我们一次都没有打过枪的主意，我们是军人的孩子，偷枪，就是要父亲的命，要军人的命。

我们的童年没有五颜六色那般好看。在短暂而又漫长的日子里，我们无一例外地喜欢绿色。我们常穿绿色的衣服，街上特别流行军绿。戴"军帽"，帽子上也别五角星。母亲们给我们做的"军装"，有两个兜，两个兜的衣服是战士的军装，我们是大院里的小战士。

分别的时候，老人说，三十七团后来虽然裁撤了，但是，三十七团的人还在，三十七团的孩子们还在。

老人的声音陡然坚硬起来，在半空回旋，一树的鸟扑簌簌地飞向天空。

老人叫李晨旭，是三十七团最后一任政委。他们有一个"群"，叫"汽车第三十七团战友群"，"群里"有一百五十多个兵；"群外"还有一百八十多个兵，不会用智能手机，正在学习。

《人民日报》（2016 年 05 月 23 日）

佛山的清晨

　　我一直起得比较早，或许是每天睡得早、醒得也早的缘故。而在日修夜短的夏天，似乎醒得更早，有时怀疑是一种病态，直到前不久回了一趟老家，一觉竟睡到早上五点，且一连几日均是如此，才明白睡眠与海拔大抵有些关系。行医的父亲在世时也曾说过，南方海拔低，氧气充足，在我们这里睡八个小时，到南方睡六个小时就足够了。那时窗外还是黝黯且岑寂的一片，但拉开窗帘向远处或下方望去，被橘黄色的街灯覆盖的楼群和街道正从夜色中隐显出本来的样子。

　　街灯的那些光亮是覆盖不了楼群的，比树高不了多少如何"力"所能及？或是街灯，或是霓虹灯，或是远处的千灯湖的灯，甚至是湖水映射的波光，总之，佛山的清晨在一种光影和另一种光影的抵触与消融中缓缓而来，温和得像一位书生的眼睛。

　　是一个有风的清晨。我在阳台上像苏醒的鱼似的四下张望时，风在我们侍弄的浓艳的花花草草间肆意且欢快地游弋，树枝撑着叶子窸窸窣窣毫无节制地乱响——此时出门，在街上走一走，到千灯湖边走一走，瞬间成了我一件紧迫的事情。

　　门前是南海大道，这是城市的一条主干道，但此刻没多少车，不会有持续的嘈杂。偶尔有一辆车驶来，不知它去往何处，在如此静谧的清晨，由远及近时，发动机和车轮的声音如繁密的风带着某种紧张、刻薄的气焰，但很快会消失于街道的尽头。送菜的"三马子"一点都不收敛，发动机牛蛙一般连声叫着招摇过市，企图在夜幕和橘黄色的灯光遁去的一点时光里尽快穿越城市的大街小巷，把从自家田地里采摘的蔬菜送往目的地。这是严谨的城市街道经过梳理之后留给它们的一些自由。人行道上，偶尔有人经过，甩着懒散的胳膊、踢着松懈的腿，一副晨练的架势。天空差不多快明朗起来，但白色的如从飞机上看到的那样凝重的云遮住了一点点天空，云好像又被风推推搡搡一点点地游移，情愿或者不情愿。它们下方的那些鸟却快乐得不得了，其实离云朵还差得老远，只是我因为仰望而产生的错觉，鸟们在我的左上方——我头一次看到鸟们快乐成那个样子，可以肯定，它们比现在的我快乐，甚至比以往幸福时的我快乐。我像孩子似地站在路上，周围一片空廓且寂寥，时有啁啾的鸟鸣打破平衡，一阵阵纯粹的风拂过我的脸庞。佛山新的一天还没有完全开启，年复一年日复一日的车水马龙和流光溢彩的繁荣与喧嚣正在酝酿之中。

"它们到底有几只？"我伸出指头，但未及数完，小家伙们已飞得无影无踪；很快又出现了，第二遍仍未数完……最终，我想我是没有数错的，有十三只。对，你一定想得到，它们不会傻傻地站齐了让我数；你也一定想不到，那些顽皮的小东西竟会排着某种固定的队形在高楼的腰间一圈一圈地萦回……轨迹几乎是一致的，像在山谷中穿行的疾风。它们萦回的那个高度，楼的四周都是天空，没有能伤害它们的建筑、荆棘，它们可以再自由一些，再随意一些，可是偏不，它们始终以楼为中心，从我这个角度看几乎是保持着两米多顶多三米的距离，要知道，那楼不是圆筒子，是有棱有角的长方体。那可不容易做到——鸟们一定是刻意的，俏皮的它们想给这座城市的清晨增添一点风趣。要知道它们不是大雁，也不是燕子，只是一群普通的鸟，或就是麻雀，并不擅长这个。

我喜欢鸟，特别喜欢有鸟的城市，也喜欢有鸟、有猫、有狗的乡村，也喜欢山，喜欢水，喜欢花花草草。我自北方启程，一路上寻觅更为理想的栖息之所。我一直想为女儿找一个到处都是青山绿水的城市，空气湿漉漉的城市，繁荣且便利的城市。我并非弃故乡而去，我的故乡也不止一个。我虽然对周作人先生所言"凡我住过的地方都是故乡"不完全赞同，但长期生活过或生活了许多年的地方，可以当作故乡，也不算是对某个故乡的背弃。人有出生的故乡，成长的故乡，工作的故乡，赋闲的故乡。有的人一生没有离开过出生的故乡，比如我的外婆。而我，自幼远离西北而至呼伦贝尔，少年时至齐鲁求学……它们都是我的故乡，如根一样盘桓在我的记忆里。而到佛山之后，快十年的时候，我感觉自己的血液与思想与这座城市越来越黏，这应该是我的最后一个故乡，也是我生命中最重要的一个故乡。

　　我喜欢佛山格外多的树，格外多的草，格外多的水，格外多的各种各样的鸟，各式各样的蝶。你根本不用仔细寻觅、聆听，到处都是它们啁啾婉转的叫声和翩跹欢快的影子。在某些天，只要不开空调，窗开着，阳台的门开着，你便会在它们清脆的叫声中入眠，也在它们清脆的叫声中醒来。我特别想知道那一棵棵树间到底藏了多少只鸟，可就像鸟们没法知道一栋栋楼里到底住着多少人，我们和它们在亲密无间的同时又要保留一点隐私；它们有时会落到我们的阳台上，有时会在我们阳台上方的雨水管道的缝隙中栖息，不久，你可能就听到两三只雏鸟低微、娇柔、藏着一丝畏葸的叫声，千万不要理会它们，保持那一点点的距离，是对它们的呵护，也是我们对朋友应有的风度。

　　佛山的这一个清晨，由于风的缘故，人们所感受到的气温与南方夏季的燠热一点也不沾边。我步履轻松地行走，蚂蚱似的左顾右盼，一路欣赏风景。路人仍不多，多是老者，穿得朴素、简单，拎着羽毛球拍，提着收音机去晨练。我则赤手空拳，出门时原想顺一本书，一会到了千灯湖畔，自由自在、旁若无人地读上几篇古文，又怕错失风景，或扰了别人的雅兴，索性作罢。

南海大道上的那座过街天桥是一点都不逼仄的，宽阔得能并行七八个人，且台阶极为平缓，像是人生某个阶段的一种刻意的铺垫。随着缓缓的台阶拾级而上时，我遽然闻到从四面溢出的质朴且低调的花香——是的，远远的，你能看到这是一座被鲜花簇拥的桥，一道横亘于街市的风景。及至桥上，你的视野是开阔的，目光所及之处是一座城市的局部，或是她的微缩，有格子、窗子，有方块、线条，有圆、弧，有动、静，有慵懒，亦有紧迫，多砥砺，亦不乏自信与得意。

此时花香更趋芬芳馥郁，我使劲地闻，真是没有沾染丝毫的市侩与物质的香，是晨的香，风的香，被鸟的脆鸣吵醒的香。

前面是一条巷子。

我想起柯灵说，"巷，是城市建筑艺术中一篇飘逸恬静的散文，是一幅古雅冲淡的图画。"我走过佛山的许多巷，有的是散文，却不是飘逸恬静的，是充满沧桑的历史随笔；有的是简陋的，屋檐上长满青苔；有的则时尚且华丽，充满着现代艺术的气息。而眼前的巷，不古老，可能历经一些沧桑，又透着从容与淡定，在这样的清晨，它似乎还沉湎于梦中没有醒来。

我正站在海四路和南五路的交叉口，我有两种选择，或者进南五路，一条一目了然的小巷，尽头左拐有一个叫西约的市场，会是人声鼎沸的喧嚣与忙碌。或沿着海四路继续行走。海四路不是主干道，也不是小巷子，一年四季又悠闲与惬意——我这样的外地人都知道进了海四路十之有九是要去千灯湖的。人们或者像我一样，从北方逶迤而来，或者裹一身风尘在这座城市打拼，但闲暇之时一定会来千灯湖。我很羡慕住在这附近的人。一眼探进它的深处，便知道那一树树繁密的叶子如何遮住了夏日汹涌的阳光。那些房子里的人每天清晨打开窗子，先看到的是一树树叶子，甚至能触摸到顽皮的不甘寂寞的枝丫。如果那是一棵荔枝树呢，一株芒果树呢？他们那一户户阳台也蔓延出许多植物，那蓬松的交错的枝丫结着细碎的黄色的小花，有的竟伸到半空，再探头探脑地拐到楼下阳台的空间。相安无事。没有人会残忍地拒绝风景，哪怕是别人的风景。再说，风景还分你我么。

　　我在浓荫蔽日的树下徜徉，跳起时伸开手刚好够到树叶，如果夜里下过雨，便是雨珠纷纷扬扬洒落的情景，就算淋上一头一身，人们也喜欢。我微笑着从赤着脚打羽毛球的人身边经过，他们玩得很投入，没有注意我。园林工人正在清扫枯枝败叶，那是季节留下的痕迹，是对岁月的一种纪念。我踩着鹅卵石铺的路，路边有一个碧绿的池子，里面盛开着嫩嫩的荷。周围是城市独有的森林，长了十年二十年的树执拗且孤傲地盘踞在此，脚下是云朵一样松软的绿茵茵的草——如果我能像鸟一样飞上高空，可能会感到迷茫，是如此多的绿簇拥着千灯湖，还是千灯湖点缀着生机勃勃的绿，或者她们相辅相成，浑然天成？

　　我也算是走南闯北吧，看过一些湖，有天然的，人工的，成分复杂的。看湖与看海的心境完全不同，你宁静，湖则宁静；你思绪飞扬，湖则灵动与精致；当"风乍起，吹皱一池春水"时，你的思想或许也会像水汽一样弥漫。

　　千灯湖的确是一片宁静的水域，我来过很多次，今天一个人来，隐隐觉得不安——美好的风景要与爱的人一同欣赏才好。千灯湖是人工湖，在城市的熏陶之下，尤其在晚上会呈现美妙的风景。好的是，无论你什么时候来，都不会有摩肩接踵的拥挤与人声鼎沸的喧嚣，断然不会有"下饺子"一般恶俗的比喻。它的水域悠长且宽广，依地势而建，曲径通幽，顺势而为，凝聚、分流、化解、融合，似历史中浓墨重彩的烟云。

此时，它一定是温煦的，水面，漾着深深浅浅的绿，没有丝毫的生涩与萧索。水阻遏不住地流动，一圈圈的涟漪精巧且灵动。却听不到丝毫的水声，仿佛嘈嘈切切的私语尽释于苍穹。黑白相间的灵巧的燕子在水面上任意飞翔，似要打破这宁静与安逸。

水中的鱼，在影影绰绰地游弋。

我确信，千灯湖是永远不会浮躁的，鱼儿也不会浮躁，我也不会浮躁，来到这里的人都不会浮躁。

浮躁如夜一样遁去了。

阳光从云层中钻出来，照亮了云，打到湖面上，水中顿时莹莹孑立一把闪光的剑。它劈开萦纡的历史烟云，让千灯湖水更温煦地融合，在微澜不惊中起伏。

这景，湖畔吹笛子的人看见了，踩滑轮的年轻人看见了，周围矗立的楼群看见了。整个城市都看见了。

我相信很久以后，我还会有这样的记忆——一个清晨，一些景致，一些事物……仿佛被什么紧巴巴地拧在一起，拧出一种独特的滋味。

《人民日报》（2016 年 03 月 16 日）

冬天里的事情

　　那是冬天的事。我小时候在东北生活，真冷，你要是站在雪地里不动，骨头都能冻酥了。但小孩子又不是木偶，怎么会不动呢？我们生活的部队家属院里有一口井，不管是冬天还是夏天，吃水都靠这口井，自己压水喝——一根管子伸到地下，上头是一个呆头呆脑的铸铁做的圆家伙，我们通过一抬一压的重复动作，把管子里的气体抽空，把下面的水抽上来。一到冬天管子就被冻住了，要压水，先要提一壶开水，顺着管子浇，把里面的冰烫开，才能抽出水。有一天早上，没人注意，我悄悄溜到水井边，想舔一舔管子，想试一试舌头能不能把管子里的冰化开。我半蹲在地上，张开嘴，果断地伸出舌头，管子仿佛有强大的吸力，吧，把我的舌头粘了个结结实实，瞬间，一股寒气"沁人心脾"，透心凉。我感觉不妙，往回拖了拖舌头，可是，"焊"得很"死"。越拖，"焊"得越死，很疼。我要是再拖，结果只有一个，牺牲我那可爱的舌头。我知道壁虎的尾巴断了可以再长，但我不是壁虎。我一点办法都没有，纹丝不动地蹲在那里，挺着脑袋，张着嘴，吐着舌头，像一只仰天长叹的青蛙。连哭的可能都没有。在零下四十度的天气里，如果再冻一会儿，我会成为水井边的一尊冰雕。我特别盼望有人来救我，可是大地白茫茫一片，猴子也搬不来救兵。

　　那是几十年前的事，我现在还能写这篇文章，证明我的舌头还在——这是个错误的逻辑，我又不靠舌头写作。实际上，我很快就解脱了，但是我付出了"惨重"的代价，舌头上的一层皮不见了，永远留在了管子上。当我满嘴血丝呼啦地回到温暖的冒着炉火的屋子时，一家人吓了一大跳。我掩盖不住自己的伤，强忍着疼痛，诉说了刚才的经历。按照父亲的脾气，要狠狠地揍我一顿才行，可是，他是革命军人，不能打伤员。

　　东北的冬天给我留下了难以磨灭的记忆，我的舌头虽然不幸遭受了一场"浩劫"，但是在那一天的前前后后，它主要的作用还是用来品尝东北的美食。黏豆包。夏天没多少人吃，冬天的时候家家都做，蒸了一锅又一锅，放到屋外去冻，冻成冰疙瘩。吃的时候，拿进来几个，上火一蒸，冰雪很快消融，豆包呈黏黏糊糊的形状，又不会黏成一团，蘸着白糖吃，真甜。里面的豆沙馅也很甜。前几天，我和东北的同学说起黏豆包，他很惊讶，问，你还知道黏豆包？显然，他一直当我是西北人。我是西北人，但幼时跟着当兵的父亲在东北生活，他是不知道的。冻豆腐。东北的大豆好，做的豆腐也好。家家都有小小的圆圆的石磨，女人都会做豆腐。一盘盘热腾腾的豆腐在风里雪里很快凝固，坚硬得像一块块石头，颜色也由白变黄。冻豆腐是东北人冬天绝妙的美味，炖骨头，炖白菜，炖酸菜，炖粉条，都可以放冻豆腐，那与吃新鲜豆腐完全是两种感觉，咬着很筋道，味道很独特，百吃不厌。

　　我们虽然顽皮，却从不开食物的玩笑，也从不无缘无故地凶狠。我们滚雪球，打雪仗，用的都是雪。就算谁被打中，被打破鼻子，流了鼻血，也没有谁跑回自家的院子抓起冻豆包、冻豆腐，恼羞成怒地狠狠地向伙伴儿头上砸去。

　　那样的冬天，南方人是不敢想象的，也想象不来，有的人一辈子甚至都没见过雪。我在南方过了很多个冬天，南方的冷，往往是阴冷，有时候阴雨连绵，挺难受。但是，我是见过冬天的"大世面"的人，比如我正在经历的这一年的冬天，着实有点北方的特色了，有强烈的风，街上的树还好，但我们阳台上的那些树摇得很来劲，在屋子里都能听到树叶摩擦发出的欢快的声音。窗外悬着的一股股凉气顺着窗户缝隙一阵阵袭来，吹到脸上，但不刺骨，很清冽，让人清醒。桌上的一杯热红茶已成冰茶，很好喝。

晚些时，我走在路上，竟然下雪了，不过，那是一粒粒的小雪珠，是"霰"，是唐代诗人张若虚《春江花月夜》里的一句"月照花林皆似霰"的霰。我小心地捻着它，富于质感，柔韧且倔强。我用整个面孔承接了它，我整个人，从里到外，似乎都被漫天蕴蓄的雪珠涤荡得清清澈澈。清清澈澈的还有路边的花花草草，一棵棵树，它们虽然没有经历过这样的冬天，但是，很精神。

这时，我接到母亲的长途电话，她说，我看天气预报了，你们那里很冷。我说，怎么会呢？

我想让母亲来南方过个年，父亲已经不在了，她很孤独。我特别想让她来南方吃几顿我做的饭，还是我小时候她做给我们的，酸菜炖粉条，小鸡炖蘑菇……我不会做黏豆包，她要是肯教，我想学。天气好的时候，我想陪她到南方的草地上晒太阳。

只是，也许在她抵达南方的时候冬天已经绕走了。但冷与暖，永远是心里的事情。

《人民日报》（2016 年 02 月 03 日）

澳门的心

以前去过几次澳门，但是还想去。就想在街上走一走。这次没有从拱北口岸走，换了个地方，一个叫湾仔的地方。对岸叫内港。若后面都加上码头两个字，便成为两个点，起点的点，终点的点。过去的时候这边是起点，回来的时候那边是起点。从起点到终点，风平浪静之时，行船只需三分来钟。那时我的思绪刚刚开始在海面上打旋，还远远没有漂够，三分四十一秒，女儿盯着秒表说，爸爸，到了。

我是北方人，小的时候见不到什么水，眼旱得很。我刚才看海，也往岸上看。这边没有山，却有山的气象；水阔得很，无比的浩渺。岸上的这些楼，好似活活地长在水里，像我的故乡的土里茁壮生长的葱、玉米、树；漫山遍野仿佛都是水。一团团白的云，在楼与楼间，楼与天间，天与水间，两岸间，由着性子轻盈地游弋，让生于北方的我的眼里灌满了自卑与羞涩。美，的确会因水而生。在水一方的城美得令人窒息，它让人目光盈盈，仿佛含着笑——或者伤，或者悲，或者痛，杂糅着海水一样丰富的情愫……

我的家乡也有山有水，山叫兴隆山，距我生活的村子有些远，我幼时没有去过；水是黄河水，从兰州穿城而过，离我更远，我幼时也没有去过。西北的村子干旱少雨，我这样一个离青山远、离绿水远的孩子，自然是土里土气的，别人一眼就能看出你是从西北土沟沟里爬出来的，有灰头土脸的典型特征。不像出生水乡的孩子，眼睛是水灵灵的，皮肤是水灵灵的，说话是水灵灵的。水润泽万物，也润泽人的眼，人的心，人的性情。

那一年女儿才六岁，我想举家南迁；对于女儿来说，六岁是关键的一年，对于我，赤裸裸贪图的就是南方的水土，嫁鸡随鸡，妻子一定随我。如今，女儿已变成南方的孩子，会说些南方话，能听懂不少南方话，有时候能给我们当"翻译"。"后遗症"是，嘴巴一张，前鼻音和后鼻音的有些字竟然分不清楚。

我拉着女儿的手往船下走。船站在海浪里岁月一般稳健。但风一直执拗地鼓着气，耍着小性子，斗嘴，嘟嘟嚷嚷，一点都不像南方的小姑娘，让远处的楼和近处的楼，远处的山和近处的山，像要摇晃起来似的。我这样不识水性的人，离船的瞬间便有一点晕。

其实无所谓远近，我的目光所及之处，远的不远，近的不近，在水一方的物体，在风里、浪里、雾里、光里、影里，有时候是分辨不清的，乃至水天一色，如梦如幻，不过都很好看，很美。

从内港码头出来，我们几步就入了城，这是比从拱北口岸进去要便利一些的。那是所谓的城，我心中的城，它没有城墙，不要拾级而上，或者费劲地攀援、跳跃。我们似乎是在非常不经意之间，以不假思索的状态进入一种不同寻常的生活。像是回到故乡一般自然，没有大动静，风一样无痕。

我这样表达，一定是因为城与城不同。澳门与一般的城是不一样的。你一定知道澳门的历史。澳门自古以来就是中国的领土，却曾长期受葡萄牙殖民统治。1999 年 12 月 20 日，中国政府对澳门恢复行使主权。它宛如一个曾经被人以种种方式"收养"的孩子。

进入这样一座不同的城市，我认为只有行走才是与城市私语的最好方式。其实不管在哪一座城市，你都不要习惯于走马观花，一掠而过；略略看几眼，听几句，"到此一游"一番，便杂拌儿似的作一篇长文章——写则写了，人却读不到你的心，反而字里行间会有一股浮躁、急切之气奔袭而出。不管城市有多老，多神秘，多高傲，多富有，多凌乱，多朴素，或者多年轻，只要我们有耐心，耐着性子，用轻轻的、友善的、谦逊的步子和目光走过那一条条街，一道道巷，一种说不出来的很奇妙的感觉一定会油然而生。你甚至会产生错觉，自己就是城里的人，本地的居民，土著——一个一点都不伟岸的父亲，拉着女儿的手，在街头若无其事地徜徉，在超市里选一种水果。真是一股说不出的幸福。

有时，我们走在前面，妻子尾随于后；有时妻子走在前面，我们尾随其后。路实在不宽，两个人可以并排走，若三人肩并肩便会阻了别人的路。澳门的街，或者我们经过的街，没有十分长和十分宽阔的，有的地方如弯角处甚至显得逼仄和局促，但一路走来，你听不到半句吵嘴，没有人因为行路而产生不快；在澳门行走，你前面的路始终能见到阳光，闻到风，是通透的；你虽然与楼很近，却不感到压抑。没有死胡同。

澳门的老城是标准的"市井"制式。你看，前后左右四条道，差不多一致的长度，将中间围成一个方方正正的格子。格子里面、上头住人，格子四周都是店，格子上空都挂着这样那样的牌子，许多的老字号"悬"在半空。许多医生也"悬"在半空——"西医某某某"，地点正在楼上或地下室。我由不得会想起父亲，一个军医出身行了一辈子医的人，如果他还在世，被允许到澳门行医，挂一个这样的大牌子，该是多么荣耀。或者陪他到这里，拜访一下同行，该是多么喜悦。

他没有那个福气。他早就想到澳门看一看，可是一水隔住了他蹒跚的滞缓的步履。

我们所嗅到的澳门的商，是铺天盖地的商，不躲闪的商，澄澄澈澈的商。在这里，似乎无人不言商。不言不会让你显得高傲，反而另类。"巴掌"大的岛屿，买与卖之间，是澳门人的生活。为了生活，人便会无比勤谨与和气。不管是二十岁的少女、六十岁的老者、来自菲律宾的年轻打工者、川妹子或者湘妹子。离开人声鼎沸、人头簇拥之处，深入幽静的偏巷，在清淡寂寞得能落几只麻雀的地方竟也见到地上摆着几件"古董"，几本旧书……有"绝迹"的几十年前简体字版的《红岩》《水浒传》，叫人喜悦，却找不到卖书的人。我们煞费心思甚至蹲下去做出"胡乱"翻出一点动静的动作，仍是白等半天，白费工夫。我一点都不生气。这么好的一个早晨，一街都是来自海边的阳光，阳光照着我，照着女儿，照着妻子，照着街上的砖砖瓦瓦，一草一木。

我们的心像老街一样和气，像那些经了岁月和人烟的书一样朴素与敦厚。

一个一个的格子，由着我们一个一个地转。一个十来分钟。我们转了很多个格子，转得几乎迷了向，转到夜幕时分。可是我们很乐意迷向，这是中国，一个文明之地，谁也丢不了。

格子与格子连接的地方，有的有红绿灯，有的没有。我听见救护车的警笛声由远及近时，已离开那个路口二十多步，但我和女儿迅速停下脚步，小鹿一样眺望——一辆救护车闪着警灯疾驶而来——它前进的方向，是红灯……

这样一个镜头，充盈了我的眼，我的心，我的胸腔，对，那一刻，车、人，所有的，连空气，都给一个不相识的生命让出了宽阔的空隙。

——在一个没有红绿灯的路口，当我们的脚正要迈出去时，有车驶来，我们本能地退回，那车却无声无息地停了下来，里面的人默默地看着我们，像绅士或者淑女。我拉着女儿的手过，我轻轻地对女儿说，看见没，这才是城市的心，你要多到这样的城市来。

这一天是国庆节,澳门满街的红。出租车顶挂着精巧的国旗,有人手里拿着精巧的国旗,报纸上"连篇累牍"的广告是一个主题:热烈庆祝中华人民共和国成立六十六周年。细心的读者挑出毛病,有的广告上用的是"恭祝"两个字,恭祝那是祝贺别人的喜事,澳门可是中国的。言者无心,听者无意。今天的澳门,今天的中国,今天的世界,只有一颗心:爱中国。

夜里,我从一座高楼的二十一层的某一扇窗注视这座城市。我的目光所及之处灯火辉煌。我试图打开窗,在城市的上空听一听城市夜的脉动,但窗是被严实地封住的。我知道,这座城市丝毫不会感受到一个陌生人的呼吸与心跳,它经历了太多的沧桑和世事更迭,并非麻木,而是宠辱不惊。只是,我愿意细细感受与聆听它的呼吸与心跳,像回到老家,急切地抚摸那一草一木,感受它的温度与湿度;越过沟壑,爬上山冈,在高处眺望。

我有足够的耐心一夜不眠。妻子睡了,女儿也睡了,都像贪睡的猫。我望着远处的灯塔,像在恭候一个熟悉的或陌生的行者归来,迫不及待地给他讲述我所知道的城市的烟云。

其实,我知道什么?我只是访者,来过屈指可数的几次,在澳门深邃的目光中,我苍白得像一张纸。

直到第二天早上五点,我又一次听到了城市的动静。刚刚那动静是细碎的,零零星星的,轻微的,当,吭,有一点胆怯,也有一丝不忍。大概是"清道夫"的声音。然后,声音渐渐丰富起来。有了一辆汽车声,有了一些汽车声。从窗口下望,都是在各路上行驶的城市巴士。赶早的巴士。没有私家车乱跑,一辆都没有;没有什么人尖叫、练嗓子、歇斯底里地呐喊、跳广场舞。一切刺耳的令人惊悸或毛骨悚然的声音都不属于这座城市的清晨、白天、夜里。这是一种秩序井然的生活,特别温和的生活。

我们继续在城市行走,可能像几个探险者,却不是在探险。

是探索或者探求。

我们每一次来，其实都是在看这座城市的心——而有的城市，你是看不透的，如同看一个目光老是游移的人。

《人民日报》（2015 年 10 月 24 日）

里　水

那天下午我们到了里水，早就想去，好多次开着车绕着她的边上走，这个让人充满想象的很独特的名字让我记得牢固——里水是一定有水的，要不然怎么会叫这么个名字？我却想象不出她的模样，猜不出那水到底是怎样的水。

有水的城自是格外灵气的，可惜我见过的城并不都有水，满眼苍黄连一点绿色都不太见的城也是有的，看起来可能"雄壮"却很悲凉，在那里住上几天，嗓子眼冒烟，就想逃走。有的城地上无水，地下却有一些，却不充沛丰盈，老像使着小性子的姑娘，心思动辄就游移开了。眼睛总要看到，看到绿心会静，看到水心则活。有水的城，或城因水而生，或城中有水水中有城，而无一例外的要是活水才行，流动的，奔涌的，激荡的水不会禁锢一座城，也不会束缚城中的人，有了活水，城才自由，人才活泛。

第一次见到的里水不是很大，我知道她是一个镇，这或多或少限定了我对她的理解。自然，镇与镇不同，比起西北我老家的镇，她够大，比起更大的镇，她或者就小。人不比人，各有一副面孔，城不比城，各有各的风情。但我意识到确实应早一些来里水，就不至于这么迟才认识她，像早一些见到久违的友人与知己，喜悦与自在一定会充满我的心。

有水的城必然不缺乏绿色，我由绿色引着寻着那水。而绿色到处都是，到处是绿意盎然的树，叶子茂密得像浓郁的乡情，远远看去如大朵大朵的绿色的云挂在半空，遮掩与阻挡了我一眼望穿她的企图。我们"瞎"转着，车头一会向北，一会向东，一会又不知了方向，转了很多圈，不管是纷纷攘攘的街，还是车水马龙的桥，总有大片的连缀的苍翠的绿横亘在眼前，不大工夫，愈来愈像一些老朋友在各个角落等着我们的到来，使初来乍到的我们不急躁与焦虑，并放缓了行者的步履。

我们原想明天早上去里水的，只是我想看一看夕照的里水，朝霞自然是一种希冀，却是匆匆而过，夕照却是一种博爱，舒缓隽永，一个镇，一座城，城里的人，日出而作是一种志，日入而息是一种求，总要过一种经得起打磨与沉淀的生活，这大抵是不错的。但这个时间离夕照还有一点距离，但阳光不耀眼，反而柔和，水气十足，却又未氤氲得失了分寸，就斜斜地挂在树隙里，某一个角度的桥上，楼上，天上，偶尔她也会踪迹全无，我们穿越又一条街道时，头顶那浓密的树几乎遮蔽了整个天，那些叶子交错渗透连成一座过街"天桥"，或者一道绿色的拱门，像是一位渊博的学者极有涵养地望着我们这些不请自到的陌生人。

找到里水桥，就看见了里水河；寻着里水河，自然会到里水桥。里水河如同绿色的丝带将整个里水系住，且系法独特，在某处打了一个漂亮的一河三岸的结。我们先站在一岸，在女子飘逸的长发似的垂柳的缝隙里看着那河，我们与河的距离极近，能看见河里各种生物在不停地吐着圈圈，它们最该是庆幸有这样的水，水绿得那么纯粹，绿过岸上的树，绿过山水长卷，不掺杂一丝半点的杂念，没有任何的漂浮物招摇而过。我的眼是望不到河下的，顶多在河面打个折就被反弹回来，因为那是浓郁的厚积的绿，却一点也不含混，像淡淡的浆。对岸便是居民，我能清晰地看见房子，房子在水里的影子，人，晾晒的衣物，在水一方，栖于水岸，房基浸于水中，人在水上，饮这水，是一种或理想或现实的生活。

房的砖瓦因了水长期的浸润而斑驳，却是牢固的，水实则是一种聚集而非分散，"水生万物，万物复归于水"，我以为水是世间最凝固与强硬之物，力大无比，经水之冲刷与洗礼而坚硬的屋子便固若磐石，其中的人也便愈来愈坚毅与顽强。其实我早就向往过这样的生活，每日看水，望水，听水，触水，对水而文，枕水而眠。与水中的生物注视与私语，我的人我的思想会因潮湿而润泽与丰满。我看见一个和我同龄者自河中熟络地打水，然后返身去浇灌作物，每日的这样重复，对于他一定不觉得枯燥与乏味，我虽看不清他的脸，但他打水的动作与背影一点都没有传递出懒散的，疲惫的，无奈的意味，是一种踏实的快乐；他与水，早已是知己。偶尔的，一个窈窕的穿着黑白相间的格子裙的身影在我们眼前一闪，让对岸的生活更富有诗意与美好。

妻子看见了龙舟。其实我和女儿也看见了龙舟。她欣喜地叫着。瘦长的五彩斑斓的龙舟静静地搁在水上，倚墙而息。我们北方人见船少，龙舟这样特别的船更是少见，它如将军的马一样静静地等候出征。我刚觉得有些遗憾，一艘龙舟由远及近，像是将士得令出征，龙舟上十几个汉子边喊着什么号子边用力地划桨。龙舟文化和竞渡民俗在佛山已有两千多年历史，里水人已经习惯了一河三岸上百舸争流的盛景，每年的某个时段，里水所有的村子都会派出龙舟队上阵角逐"龙舟王"，眼前的这艘龙舟上的汉子不是在比赛，而是在与水的亲密接触中熟识水性，顺水而为，以当上下一个"龙舟王"。北方汉子决胜在沙场，驰骋纵横间攻城略地；南方汉子取胜于水域，顺水推舟逆流而上间攻无不克，都是一样的血性。

及至另一岸时，里水的轮廓已然尽收眼底，我们坐的那个位置不偏不倚看全三岸，我们坐在长条椅上静静地感受此处的生活。夕照已完全呈现，暖阳绒布一样流泻，整个河面有绿，有黄，有红……用五彩斑斓来形容她是偏俗气的；河岸上的所有的建筑都不再矜持，固守，不冰，不冷，不生，不硬，而暖，而温和，而厚道，仿佛夕阳把它们的神连同我们的心完全镌刻或定格于水面惝恍迷离的光影里。我瞬间就想起了母亲，要是母亲的余年有这样的生活该是多好，尽管她的窗前也有树，偶尔也能听到啁啾的鸟叫，却是缺水的，母亲的心因此而缺乏滋养。

女儿俯在水岸，她看见了密集的游弋的蝌蚪，兴奋地大叫。

清洁女工工余唱着粤剧，"此际沉沉静静，忽闻水上传来弦线和鸣"……

整个里水河岸仿佛都在聆听。

《人民日报》（2015 年 09 月 16 日）

乡村外婆

北方的乡村与南方的乡村是迥异的，几无共性。有山，却是土山；也有树，却稀稀拉拉；极少有地表水，干涸龟裂的大地贪婪地汲取着空气中所有湿润的成分。人的面目也有明显不同，北方人脸泛红，尤其是颧骨处，因为突出而被阳光中的紫外线格外关照，似乎非要给你来点印记，让人一看就知道你来自北方。那颧骨上的红刚开始可能也是鲜红的，像刚刚被红墨水湮湿的白纸，但阳光在脸上一圈圈地逡巡，日日月月，层层叠叠，那里终于布满絮状或丝状的网，细细看时，又如蔓延的枝或分岔的河，且有血液流淌，经由这里，不急不缓地流向近处或者远方。

我与外婆坐得很近，我握着她的手，一只皲裂的粗糙的缺乏保养的牛皮一样的手，有些变形，骨头却坚硬有力，我手上的力道传到她手上，都硬生生地返回来。外婆就笑了。这时我便更加看清了她的颧骨，突兀的骨头撑着几乎赤土一般的肤色，却是有光泽的，是来自阳光的光，来自生命的光。

外婆生命的顽强如同北方乡村的树，老天再是干旱，阳光再是暴烈，沙尘再是迅疾，都不妨碍她年轮的生长。她一生从未离开北方，那个叫榆中的小城，叫双店子的村。村子挨着国道，出门二十米便有威猛的"大货"轰隆隆地不停驰过，在城里是噪音污染，在乡村却是十分难得的机遇，你看，不管是南方还是北方，靠了市道省道国道的村子都很活泛。

外婆住的院子是典型的北方院子，更早时连院墙都是干打垒的，厚厚的城墙一般。院里的房子也是干打垒的，方方正正的院子，四周都是房子，有大有小，院角儿堆着秸秆，房檐下吊着金黄的玉米棒子，挂着鲜红的辣椒串，院里平坦的地上铺着厚厚的玉米粒儿或者麦粒儿，它们在阳光的照耀下散发着香味儿。门是木头的，两扇门，向里开，吱吱扭扭，怪好听的。里面有几样不起眼的摆设，年代久远勉强支撑继续发挥余热的面柜、炕柜、桌子、长木条做的椅子。没有床，是炕。炕仍然是土搭的。夏天时似乎不用烧炕，但北方的天气往往白日里阳光怒气冲天，热得汉子们要穿着汗褙子干活，晚些时却凉气袭人，要赶紧罩了外套，上了年岁的人晚上老腰若没有炕气烘托，怕是要受煎熬。黄昏时，外婆把点着的麦草往炕洞里一揉，炕的缝缝隙隙里便拐出了烟气，一时乡村的气息便格外浓郁。外婆却不进门，她还在院子里忙活，她趴在玉米粒儿麦粒儿中，弓着腰，一双大手耙子似的不停地拨弄，让它们趁着太阳还未完全下山把浑身的湿气尽快散尽。她不时也翻过脑袋看天，绚丽的晚霞映红了她健康的脸，可她没有心思端详自然的瑰丽，她怕老天突然变脸，刮风或者下雨，那一天的劳作就要化为泡影，也糟蹋了怪好的粮食。间或，她用手撑着身体，颤颤巍巍地用力站起来——可不是虚构，她一个小脚女人，心强，命硬，脚却是全身最柔弱之处，她整日里的忙碌，操劳，乃至走的每一步都靠柔弱的脚力支撑，那是她无法改变的命运。

那时外公还在，一个老实巴交的乡下人，心地特别善良。他和外婆生育了多个儿女。一些娃娃们读上了书，有的小学没念完，有的也读了初中、高中。他们靠外公和外婆在地里觅食养活。那是干涸龟裂的土地，哪里像南方的地，草木茁壮，池塘里鱼儿一圈一圈吐着涟漪，空气湿润得在窗台上随便搁一头蒜都能长苗儿。

北方人的坚毅与顽强像干打垒一般牢固，便是这自然磨就。

我一只手抓着外婆的手，想用另一只城里人的手触摸一下外婆的颧骨，可我不敢，也怕。那里应该很硬实，也很绵软，积攒的充裕的阳光若突然受到外力的摁压会是什么情形，像小溪中的蝌蚪一样四散而逃，像驻于花丛中的蝴蝶一样翩跹飞舞，像散落的雪花一样消逝于大地，像悠长的柳笛戛然而止？

　　记忆中的院子已悄然遁去。外婆此时踩的不是泥土，而是水泥。四周的房子由红砖垒砌，白墙钢窗红瓦。一圈房子连缀成一体，像城墙一般结实。老墙还有一截，老路，老门，门里却是一砖到顶的漂亮的房子。外婆住在老门里，从老门到新门，三十米。老院子里的那一棵梨树很久很久了，秋天时满树的梨，远远就能闻到果香。外婆是够不到树上的梨的，但她会等坠落的梨。梨子结实，落到地上也不会四分五裂，外婆一脚一脚挪到树下，慢慢地蹲下，捡起一个，吹两下浮尘，咬一口，果汁四溅，那真是一种朴素的原汁原味的北方乡村生活，透着清新的情调。

　　外婆与小儿子生活在一起。小儿子沾了国道的光。新盖的房子里外都有门，里面的是正常进出的门，外面的很宽阔，落地铝合金玻璃门，能轻松推拉——那是一间很大的铺面，铺子里摆了几排货架，摆满了人们常用的各种商品，俨然一个微型超市，伫立于国道一侧。超市刚开张时外婆一定是惊愕的，精于农活的她无论如何也想不到儿子会在自己家里开一个超市，以商品流通的方式改变一家人的生活乃至命运。她一双小脚在货架间流连、查看、触摸，像进了城的老太太，也从商品之间的缝隙中端详当了老板的儿子，一个踏实健壮的中年汉子。偶尔有顾客进来买东西，就有如机器人发出的自动"提醒"——您好，欢迎！那怪怪的声音吓了外婆一跳。两斤瓜子，一斤冰糖，几包方便面，或者一箱牛奶，乡下人也喝牛奶，这应该是外婆从未想到的。她看着来人掏钱，然后拿了商品而去，钱在儿子手里窸窸窣窣响一阵便进了抽屉，外婆就复杂地笑了，一个月得挣多少！

　　国道虽好，却如一条分水岭，外婆在这头，小儿子在这头，有个孩子却在那头，是老三，三儿子。三儿子沾不上国道的光，他家在村子中间，左右都是房子，院子，随意堆砌的柴火棍、秸秆，多少年用不上却舍不得扔的盆盆罐罐。院子外的路还是土路，狭窄得只能并排走两三个人，物流与商品被堵在村外头，让老三的家成为一个相对封闭的世界。外婆偶尔得了闲，从这头出门，一脚一脚挪到国道边儿，她想穿过国道到那头去看老三干啥呢，只是那可不是一件容易的事儿。国道上的车很快，可她走不快，有时还没走到路中间，一辆"大货"呼啸而来，她不敢前进，只有后退。若有车相向而来，搁在半截子路上的外婆就慌了神，小脚忙不迭地挪腾，蜻蜓点水一般，刚离开国道，大车已疾驰而过，掠起的风和裹挟的尘几乎打得她一个趔趄。那时她大概最恨的就是那双小脚，不争气的脚。不过，她总会过去的。晌午时分，南来北往的司机要歇息休整，路上便几乎没有车，偶尔有庄稼人骑着自行车晃晃悠悠地过来过去，外婆不怕，她气定神闲地一脚一脚坚定地踩过去，甚至都不看左右有没有车，是否存在突如其来的危险，她在乎的是与三儿子的距离。

　　老三长得人高马大，好一口酒，是有手艺的人：泥瓦匠、木匠；盖房子、搞装修。年轻时在工地上干活是一把好手，钱自然挣了一些，但刚够一家人吃饭。边挣边吃，剩不下多少。及至两个娃娃越长越大，上学，成家，也是不小的负担，总之，日子过得去，但过得不好，远不如小儿子和其他几个儿女，让外婆牵心。但外婆改变不了谁的命运，她就是想看一看，看见儿子母亲才会踏实。老三日子虽然过得窘迫，但心态好，老一副笑眯眯的样子，见老母亲来就埋怨，路上那么多车，我过去不就行了！说话间手机就响了，又是哪个工地上有活，一天一百块，包吃包住，干不干？

124

老三与那人讨价还价，有时讨不上，有时可以讨到一百五，甚至两百。更高的报酬在小城很难讨上，要去省城。母亲一听儿子又有活干，抬起小脚就走，嘴里丢下一串话，干去，干去！蹲在家里不成！

老三没去省城干过活，这里离县城近，坐上"招手停"十来分钟就到了。在县城干活方便，如果工地上不管住他晚上回家也不费事。

外婆偶尔也去县城，可不是去看老三，她一个小脚老太太去工地那可不是闹着玩的。县城还有她其他孩子。当年，六七十岁的外婆上县城独来独往，国道上的"招手停"随时都有，"招手停"车开得野，但见小脚老太太搭车可不敢马虎，一定待外婆上车，坐稳，才敢开动。到了县城，先去谁家，随她自己的便，一路东瞅瞅西看看，县城到底比乡下热闹，商店一个挨着一个，像地里的土豆一样密集。她兜里有钱，但她不花，也不会花。她认得娃娃们家的路，一路挪着小步子就到了。娃娃们住的都是楼房，没有电梯的楼房，楼梯可不像乡下小院里的地那样平整，一级又一级，小脚老太太颇费周折，她的小脚踩不稳当，就手扶走廊里的栏杆逐级而上，到了娃娃们的家门口，三楼或四楼，大气不喘，磕一下门，儿子或女子开门一看，妈呀，你怎么来了。外婆在儿子或女子家有时住个一半天，有时不住，当日去当日回。若天气好，偶尔住个三五天也有，一旦发觉老天要变脸无论如何便要回，没车走着也要回，倔牛一样让人无可奈何。她操心家里的粮仓没盖好，晒的东西还在院子里，让水泡了可不得了。其实小儿子儿媳妇都在家里看着呢。操心的命。

外婆像北方的松，那年轮一晃儿就转了九十圈，没病没灾，腿脚灵便，耳朵是背了，人在近前喊，也只是看你的嘴型。问外孙子一个月挣多少钱，你说什么数儿她都听不见，她端端地看着你，问，一千？两千？三千？要是到了五六千你还不点头，她就不再往下问了，头一偏，我的乖乖，你娃一个月挣那么多，你三舅辛辛苦苦才——伸出两个或三个指头，表示两千或三千。心里挂念，却从不会主动向别的儿子、女子、孙子、外孙子要钱贴补老三，也从不主动向任何人要钱留着自己用，这是一个乡村老太太的做人处事原则。

儿孙满堂，想给老太太钱就给，没人拦挡，或逢年过节买点东西孝敬孝敬老人家，老太太一脸喜庆，因老而狭长的眼闪烁着幸福的光芒。

然而，老太太长命，儿女们有的多病多灾，竟有的先她而去了。老太太竟叹气，该走的不走，不该走的却走了。

所以说，命是诡谲的，亦是公正的。

外婆王氏，生于斯，活于斯，最远到过省城，知家事，明事理——儿女们都好，大家才好。

《人民日报》（2015 年 02 月 25 日）

蝴蝶飞来

比我更喜欢花花草草的应该是蝴蝶吧，只是住在城里，花花草草虽随处可见，蝴蝶也随处可见，但想让蝴蝶飞到家里却是不易的。

也许这本来就是个奢侈的念头，不该有的想法。

我们在阳台上养过一些花草，花开时也鲜艳过一阵子，不过时间都很短，有点昙花一现的味道。也许我们不会养，侍弄得她们不舒服；也许那些花草本就属于大自然，被人一厢情愿地搬到钢筋混凝土的楼上，一下子失了地气，让她们打不起长久的精神。

真是事实。有一棵草，我还没来得及记住她的名字，在苗圃里长得青翠、精致，令人爱不释手，刚搬回来时还算精神，我们精心地呵护，把阳台上光线最好、最透风的地方给她，每天还蹲在她面前充满关切和爱怜地注视她一阵子，想着她能一如既往地活下去，可两三个月后她终于还是枯萎了。我们就在想，花花草草一定是有灵性的，或与人心灵相通，或与这间房子气息相连，她们好好活的前提是喜欢你这几张面孔，喜欢你这个环境，若是不喜欢甚至厌倦，她们便没有活的心劲儿。大多数花草从苗圃搬进阳台后都一度旺盛，那段时间其实是她们对我们的考察期，在没有确定最后结果之前她们宁可给你以假象，让你自以为是地乐一阵子，然后就等着看你伤心—就算她们最后勉强通过了对你的考察，也是要自暴自弃一段时间，无精打采，萎靡不振。你若

127

是忙碌，没注意到她们微妙的变化，她们则会很快利落地结束自己的生命；若是照顾周到，耐心地施肥、浇水，恰当地侍奉，她们经过一季、两季……乃至四季的生命轮回，大约就真正喜欢上了你的家、你的家人。像一个寄人篱下的孩子的心，起初胆怯，冷僻，孤傲，像一块冰，由冰到山泉的转变需要时间，也需要温暖。

有一棵杨桃树，在地面上还不觉得，往阳台上一扎便立时显得硕大无比—枝繁叶茂，绿莹莹的杨桃夹杂其中，给人以生机盎然的惬意。这样的"老"树想必会随遇而安，活起来容易，不爱使小性子，可是偏不，没多久，那些可爱的果子未及熟透便一个个坠落了，及至后来，叶子也一片片掉，早起时看见树下落一大片，怪心疼的，恨不得再给她粘上去。我们就怀疑卖树给我们的人是不是预先给她打了"兴奋剂"什么的，好看一时，蒙了我们的眼；再一想也不太可能，人家是专业的花工，侍弄花花草草一定有其独到之处。我们怕她再也活不过来，但让她更绝望伤心的是紧接着我们又出了一趟远门，虽然我们已想尽一切办法让她能"喝"上水，可是南方夏季灼热的日头照下来，我们预留的那点水估计没几天就被蒸发掉了。总之，我们回来一进门连鞋子都来不及换便先冲上阳台—全傻了眼，杨桃树的枝干已干得冒火，其他的花花草草也是病恹恹地处于弥留状态。

不过花草就是花草，生命仍是顽强的，经过如此磨难，除个别的与我们的阳台彻底别离，百合、绿萝、鸡蛋花、米兰、鸡蛋果、栀子花还是活了过来。这一次，她们显然谅解了我们，并且与我们不再有隔阂，她们应该知道我们不是故意的，我们已经尽力把该做的都做了。重新焕发生机之后的她们格外开心、快乐，以绿油油的叶和鲜艳的花在城市的上空招摇，在城市的风里轻轻地摇摆，我们渐渐闻到了花香，那种真正属于这个家的香。但是杨桃树粗壮的主干终于还是枯死了……

我们一直舍不得将她扔掉，那么高的一棵树，曾经那么荫翳，那么多果子。我幻想她也许还在赌气，像有个性的倔强的孩子……可是她的枝真的干枯了，轻轻地一折，像火柴棍那么干脆。

我们仍是每日给她浇水，仍让她占据阳台上最风光的位置，晨练的我们从城市的大街上仰望这个阳台，看到的却是像根却比根细小的虬须一样的枯枝。

突然有一日，我们却发现她的旁枝末节又吐了嫩芽，那些细嫩的小芽竟爬满了枝干，星星点点，不仔细看几乎看不到。我们高兴极了，欣喜若狂。我们围着她，围了好久。如果是一个亲人死而复生我们该泪流满面，对于一棵树，我们没有那么矫情，但心底里的感动充盈了我们全身，她知道，我们也知道，此后的她该彻底属于我们了，该与我们的心完全融合了。

她长得很快。没用一季就已枝繁叶茂，紧接着满树开了花，那些白色的或带着淡淡的紫色的花让整个阳台香气宜人。

然后——我终于要说然后——然后蜜蜂就飞来了，然后蝴蝶就飞来了。紫色的斑斓的蝶真的开始在阳台上飞舞。有时我们慵懒地坐在阳台上看书，看城市的风景，在午后，就看见蝴蝶萦回而至，她和我们一样，也最喜欢这棵杨桃树，因了她的高大、茂密、花香。我们一动都不敢动，生怕惊了这些可爱的小精灵，令她们一去不复返。蝴蝶格外聪明，门与阳台近在咫尺，她却从没试图闯入门里，她知道误入歧途的结果一定非常糟糕。

我们的阳台不是很高，但人是爬不上去的，而蝴蝶能，蝴蝶闻香而来，她知道什么是真正的香，什么是自然的香。在杨桃树刚迁徙此地时，蝴蝶不来，她知道那香不属于这个家，是临时的、短暂的，现在的香是质朴的、本真的，是杨桃树的，是一个家的，是安全的。

这真是些可爱的精灵。

《人民日报》（2015 年 02 月 02 日）

冬 天

　　北方冬天的到来绝不舒缓，迹象格外明显。不像春天，柳条一点点地转色；不像夏天，酷热虽汹涌霸道，但只有那么几天；也不像秋初，秋风虽毫不客气地横扫一地落叶，但在很多天前人已觉出了风中的清寂。冬天说变就变，就在某一天清晨你突然发现整个世界都变得庄严肃穆，万物的生机都被白雪笼罩——此时世界上最巨大与蛮横的力量，无疑当数雪。麻雀们侥幸，未被雪覆压，但受不了肚子饿得咕咕乱叫，试图从雪下啄出什么吃食。

　　冬日的北方总是苍凉的，黄河也因寒风的侵袭而变得冷酷。河岸会少许多人，水中之坻也再没有探险者的身影，更无痴情男女相互依偎的风景，再晚些时，那里或许还会被潮水覆盖。出门行走，人往往需要极大的勇气，风的刁钻让人的身体蜷缩与萎靡，此时对于阳光的念想超过任何时候。蜂窝煤开始走街串巷，让人们以最原始的方式抵抗风寒；传统的暖气在人们的翘首企盼中姗姗而来，却给有些人增加了许多烦恼，价格涨了，热度不够，冻得够呛。而我尤其敏感的是，在以往的任何一个冬天，我的父亲正在病床之上喘息与呻吟，他病弱不堪的躯体对温暖与阳光的渴盼甚至更早。那时南方还无处不弥漫树香、草香、花香、雨香，他却无福享受，他需要使劲熬过冬天，一股劲熬到春天——北方的春天。可是，在这个冬天来临之前，他进入另一个世界，永不回头，我不再牵挂他在这个世界上的冷暖，他也不用再看冬天的眼色。

　　其实，北方的冬天就这个性子，锋芒毕露又绵里藏针。这亦是莫大的优点，令人豪迈。那始于秋末结于春初的磨砺或者竟促成了北方人粗犷的性格与秉性，也让我的父亲曾经像荒漠里的草，生命表现得无比坚韧与顽强，面对那类似刻刀的季节，心甘情愿地被时时雕刻，于是，他的性情，他的情趣，他面对生命与生活的态度与观点，让我觉得人与自然的无比亲和。

　　但我也知道，冬日的北方并不全如此，一些地方似乎要与北方的冬划清界限——记得一年冬初时，我到过甘肃的成县，在此之前，我一直不知其有"陇右小江南"之称。进入小城，我发现那里的确是秀美的，竟领略到了山雨欲来风满楼的壮观。比起我的故乡兰州，她明显多水，空气潮湿，水分子仿佛在手上脸上慢慢浸润。其时我还未在南方长住，此时回想起来真与南方的一些时节像极了。漫山遍野都是葱郁的树木，正欣赏与行走间，雨已开始和我捉迷藏，眼见头顶这块天空碧蓝如洗，不远的高空那块天却已大雨瓢泼，像一对默契的小姐妹调皮着、玩耍着，在苍穹之上追来逐去。而远处的山崖不但突兀可见，还呈现黑色，像喷了浓重的墨。山崖之下的河流湍急地奔流，摄人心魄。近处都是田，我清晰地看见麦子还在茁壮生长，花椒树散发的浓香让人沉醉。那是我在北方从未见过的冬天。北方竟有这样的冬天！

　　我兴致浓郁地进入一间"农家乐"，准备品尝那些生于乡间的地地道道的菜蔬，此时，院子里又猛地迎来一阵大雨瓢泼，然后天气突然变得极冷。我慌忙逃至屋内加衣，当地友人朴实地笑了，说了一句："再怎么也是冬天了。"我也不好意思地笑了，一个"再"字用得真好，不卑不亢，又极巧妙地将成县与北方其它一些地方的冬天区分开了。

然后在很多个日子里，包括来到南方之后，我还老想着成县的树、成县的雨、成县的崖、成县的小院、成县的菜、成县人朴实的笑，十多年过去了还记得清楚。而真正的北方都市的冬天没有那么美妙，尤其进入供暖季，不清楚哪来那么多灰尘，先前它们都隐藏在空气之中或地表之上？在冬雨或冬雪的肆虐下它们原形毕露，此时你要有勇气或不得不沿街走一遭，再俯视你的裤脚，管你穿得雍容华贵还是克制内敛，一定是泥迹斑斑。甚至有些北方的沿海城市，空气仍然很糟糕，雾霾像幽灵似的不断侵袭着城市里的生灵，让人类不得不对自己的行为有所警醒，呵护自然是永恒的善举。

　　而栖居于南方的人此时还很幸福，街角的树木花草始终保持着粲然青翠不卑不亢之情状——那些我叫不出名字的各色的鸟儿在林木花草丛中振翅飞翔与肆意逗趣，发出啁啁啾啾的啼鸣，甚至可以不知疲倦地在耳边"聒噪"一整天，但又一点也不影响我在阳台上的阅读与我临窗的午睡，这该是令人心怡神悦的生活。不过，一旦南方进入真正的冬天——不用刻意等待，迟于北方两个月后，南方的冬天会毫不迟疑地到来，那时，一些令人躲避不过有时亦猝不及防的难捱的日子，比如潮湿、阴冷、冻雨萧萧会让你无处潜藏，而南方没有北方的暖气，所以，世界总是平衡与没有私心的，北方有北方的幸福，南方有南方的惬意，身居北方或者南方，哪怕抓住一点幸福与温馨，你就可以变得从容与温和，而不会牢骚满腹。生命正如花花草草，或许在北方的冬天你会猛地发现她们消失得无影无踪，其实她们一丁点儿也没有离开过这个世界。她们从上一个春天就快乐地活着，到下一个春天还快乐地活着，只是她们以不同的方式呈现生命的姿态。她们也和我，我的父亲，每一个人一样，正在或曾经经受萧瑟之秋、苦寒之冬、料峭之春，但从未灰头土脸、萎靡不振。她们总习惯于怡然自得，因为，冬天总会过去，春天一定会来。

《人民日报》（2014 年 12 月 10 日 ）

黄杨河的晨

一眼就能看到黄杨河。我在高处河在低处，与我约有一箭之地。但我看得并不完整，河面像切了一小块的梯田——我是站在阳台上从楼群的间隙中窥视的。此时，已有鸡开始打鸣，一声连一声，执意要催醒梦中的人。夜色尚未消失殆尽，黑魆魆的水面泛着微弱的光亮。但这个过程极为短促，似乎在我举手投足间夜色便伴着鸡鸣毫无商榷地隐去了。

小鸟们最先被鸡鸣逗醒。晨时的鸟鸣可不是叽叽喳喳的杂乱之音，先是一只，"啾啾，啾啾"，非常原生态的音乐；接着两只，很快便此起彼伏了。鸟们最喜聚拢，扎堆，从庞杂的声音中辨别这些形形色色的小生灵姓甚名谁对我是极难的一件事，如同从一场盛大的交响乐中分辨出某几种乐器。清晨最是令鸟儿们快乐的时光，尤其在南方燠热的夏季。清晨是短暂的，却无比宜人与舒适，鸟儿们的欢喜通过一点都不聒噪的群奏，让城市整个清晨完整、清晰且富有情调。

雾霭尚未从河面撤离，但觉醒的鱼群的晃动穿越雾霭迅疾传递到我的耳中，那一圈又一圈的涟漪和鱼群游弋所发出的时而细细碎碎又时而哗哗啦啦的声音，是水声，很柔滑，一点也不坚硬。凝眸间，依稀可见个别浮出水面的鱼与在河面低旋的一两只鸟亲昵的动作，嬉戏，挑逗，热情地打招呼——生物之间特定的语言和行为方式我无法洞悉。就像我的眼底河堤上那些褐色的石块间飞速爬行的河蟹，细细审视，才发现有那么多的河蟹宛如潜伏的士兵在紧张地备战，它们在石头缝间穿梭、寻觅、藏身。我轻轻地"喂"了一声，又使劲"喂"一声，想吓吓它们，但它们各行其是，没把我当回事。我暗自嘲讽自己，人家久经河水冲刷，见过大风大浪大世面，我这两声没有力道的外族之音哪里入得了人家的耳朵。

雾霭散尽，有一只黄色的蝴蝶洋洋洒洒地从岸上飞向河面，笃定地萦回。那鲜艳的黄在河面之上分外耀眼。我凝视着它，为它担忧。河面如此空阔，没有树、礁石、芦苇、船，可以依靠的任何物体。它飞得过河？这一定是一只懵懂的不谙世事的蝴蝶，被宁静且深邃的河面吸引与诱惑，像我独自一人早早伫立于河畔，目光逡巡，亦是为其美丽所吸引。

有一艘木船由远及近，传来发动机的声响。船头和船尾各立一人，因距离尚远，我影影绰绰只看个大概。都戴着顶帽子，似在紧张地忙碌什么，动作熟稔协调，连贯。影子时而弯，时而弓，时而仰，时而立，在河面光影的映照下有点剪影或皮影戏一样的感觉。船在行进间慢了下来，发动机声渐渐屏息了，少顷，小船开始靠惯性滑行，完全呈"泛彼柏舟，亦泛其流"的状态。

木船与我之间横亘的水面已布满了星星点点的光亮，更多鱼群搅起的一圈一圈的涟漪活泛地向四周扩散，像一队队士兵簇拥着什么，举着围着什么，执著地进行"生死攸关"的突围。木船已横在水上，呈自由漂浮状态。船上的人宁静下来，似乎在间歇与思考。我还是看不清他们的脸，但能感觉他们也在享受黄杨河的晨，无风无浪无庞杂之声的晨，也许这才是渔民的诗意，来自水和这方水域的诗意。水是天然的诗坛呢。我自是十分喜欢水的，我所居住的环境从未远离水，在兰州时，有穿城而过的黄河水；我的故乡榆中有兴隆山的雪水、溪水；至南方后雨水更多，水珠、水汽、水丝、水瀑、水帘……随处可见。你尽可绞尽脑汁想尽一切关于水之词语。水的湿润、丰富、内涵让人有活力，生活因此丰富而灵动。斗门因黄杨河而丰富和灵动，这是珠海西边的一座城池，环城的黄杨河为斗门人所津津乐道，像我这样的外地人也喜欢闲暇时寄居于此，看看水，听听雨，瞅瞅云，望望山。

黄杨河自不是孤立的。两侧有起伏的山岭，晨曦初现时，它们一律是褐色的，被雾霭笼罩，山顶有大块的云，云呈诡谲的褐色；但天是蓝的，与晴好时的甘肃河西走廊的天可相提并论。在天的映衬下，我所能看到的云朵像水墨、泼墨，十分壮观与雄伟，无需构思便是一幅绝妙的山水长卷。

云朵之下，渔家的炊烟已袅袅升起了。

须臾间，再看那些云，已渐渐衍化为鹅黄。

黄杨河醒来了。

在顷刻间，云朵已变成中国红。一片一片地聚拢，升腾，连缀在一起，燃烧了我的眼。河面也兀地亮了起来，两岸的建筑、楼房倒映于河中，让河面温暖且吉祥。大面积的鱼群开始彻底地毫无拘谨地在水面上游弋，像奔入城市的拥挤的人流，像城市的车水马龙，兴奋地喊叫。那大团大团移动的影子，时而像一条巨大的鱼，又像一棵健壮的白杨，又像一道耀眼的光束，变幻多姿。它们顺流而下的速度超过我的脚步，我友好地行注目礼。

光与影与水的融合是一种无与伦比的美。

兀地，从这个角度看去，河中央呈现了一道黄色的光束，分外明亮，但瘦瘦的，像一根巨大的火烛燃烧时的光芒。光自河的对岸而起，至河中央愈发璀璨、波动。那金澄澄的光亮随着我脚步的挪移而错落开来，又衍生出另一道光束。你走，它也走，行走间，光束变成两道，逐渐，从头至尾都鲜亮起来，像两根熊熊燃烧的火烛，像两座海洋中的夜航灯塔，两把烧得火热的剑戟。

黄杨河的水面瞬间像是撒满了金豆子。它们不断地伸缩，试图向岸边靠拢，跃动，漂浮，发力，与我愈发亲近了。

清晨的第一缕阳光给黄杨河的礼遇隆重无比。

这一切之后，河岸已完全复苏了。

远处，河水呈现蔚蓝，与天空一致，比天空更有层次；近处，河面一片深蓝，涟漪由远及近地像梦幻一般地滑行、扩散。

一艘采砂船稳健地从河面驶过，褐色的沙子被垒成一个个沙丘，尖尖的，像一顶顶帐篷，一个个山包。河水激烈地涌动起来，发出更欢快的磨合之声。

黄杨河的清晨——

年轻的父亲推着辆童车沿岸行走，婴儿叼着奶瓶躺在车里。

年轻的女子在岸边细致地为父亲梳头，那是一把黄色的玉梳子。

小伙子站在河堤上旁若无人地朗读，用着一种方言。

老太太抱着孙子在林荫道徜徉间自顾自地用另一种方言哼着某种我也熟悉的音律。

陌生的、不熟悉的、熟悉的他们，不经意间已如同影像镌刻在黄杨河明媚且温煦的气息中——那独特的气息熨帖得人的心灵契合且平整。

《人民日报》（2013 年 10 月 11 日）

澳门的街

城市的街，像城市的花瓣，散落得满城都是。更多城市的街，像更多五彩斑斓的花瓣，随着季节而甚至诡谲地变化。有的城市几年不去，一不留神就找不到原来可爱的样子，似乎消失得彻底、无影无踪。

但澳门的街，仿佛一年四季都是老样子，那路，那色，那咪表，那指路牌。上个夏天去，这个冬天去，下个秋天去，过上三五载去，容颜不改，风采依旧。车道上，各样汽车、摩托车、巴士往来穿梭；人行道上，各种肤色的游客踟蹰、流连、张望、行走。街上人的目光不生涩、不胆怯、不畏惧，淡雅、平和、宽厚。在澳门的街上，竟很少见到步履匆匆或者疾行的人。没有大包小包的行李，目光也很温和。在澳门的街上一路走下去，除了听到各种发动机的噪音，在其他城市所"享受"到的音乐的巨响，打扮得奇形怪状的店员"忘情"地招徕顾客的喊叫，人的各式各样的喧哗几乎听不到，所能听到的较为真切的声音均属于"自然而然"发出的，非人为制造。城市一切一切的情绪、喜好、品性，在街市之中都会显露无遗。街市，是固定或流动的风景，是人性的梭子。街上走一圈，如果你的皮鞋不染尘埃，城市就特别干净；如果无人乞讨，城市就特别温暖；如果无人诈骗，城市就特别安全；如果无人横穿马路，城市就特别规矩——澳门，完全糅合了如此多的优点，抑或被城市所具有的特殊的文化中和了。

澳门的街，似乎处处渗透着一种忠厚。这必是一座城市在相当长的岁月里在文化的浸染下磨砺出的收敛与包容糅合的品质。

　　完全想得到，澳门的街上多极了店铺。与其他城市类似，澳门街上的铺面也一间毗邻一间，从起点到终点，然后又是起点与终点。若一个生人，一个从没到过澳门的人，在午后或黄昏时分，站在澳门的某一条大街口猛地抬头望去，心大抵是要被震撼一下子的——那么多各色的铺面兄弟或姐妹似地连缀在一起，大有一荣俱荣，一辱俱耻的果敢与坚强，与以往在电影里看到的旧时的大上海非常相似——但时过境迁，包括上海，很多城市已完全脱胎换骨，发生了"粉碎性"变化，澳门的老街还是老样子。至少几年前去和今天再去，我未察觉出有什么不同。

　　我和太太、淼儿沿俾利喇街，罗利老马路，新胜街，乐上里，草堆街，长楼斜巷，果栏街，一路信步行走。眼前不断出现茶叶铺、古董铺、家具铺、裁缝铺、幼稚园、五金铺……真是大千世界，无所不包。多家铺子门头斑驳的招牌，非"现"做，店内的陈设，古朴周正。

　　一家茶叶铺。古色古香的茶叶铺，装茶叶的盒子清一色用灰铁皮制成，盒子正面的绛红色漆已残缺、脱损，但"乌龙""水仙""观音"等字样仍看得全。古板的盒子摆放在褪了漆的木货架上，原始且古老，弥散着浓郁的茶香——整间铺子，俨然一个历经沧桑的老者。我们进了这家铺子已觉得亲切，未买茶，唐突地问能不能拍照，女主人微笑曰，可以。再一问，这店已80年了。守得住80年的，自然算继承祖业。后辈能守住祖业，除了后辈对茶偏爱与执著外，还得靠一种文化传承——闻着不错的香片，一两9元，未品，我已然闻到烫水冲开的四溢的茉莉香儿了。

　　一间裁缝店。四周上下挂的全是衣服，像我家乡兰州榆中的玉米林一般茂密。铺子较"深"，最里面辟出一块地方，"地势"（实则是垫高了，有点像日本的榻榻米）略高出地面 20 厘米，上面摆着一架老缝纫机，机头上挂满线头。店里有 3 个人，一男，主人，个高，头发早白，精神矍铄，能准确无误地判断来客穿什么尺码的衣服，对店里的每一件衣服心中有数；一女，主人的太太，贤惠女人，言语不多，跟着主人的手脚或言语走，量裤长，剪裤脚，缲裤边儿，熨裤腿，爽利得很。挨着缝纫机不远，坐着一个慈眉善目的老人。四五十岁的店主身形快得像一只羊，忽而外，忽而内，忽而左，忽而右，忽而上，忽而下，身子和话头不怠慢任何人。来者都是客。令人佩服的是他能对来自"丛林"中每一个角落的疑问做出及时有效的回应，不是那种"哼哼哈哈"的敷衍。此乃地道的素养。30 年裁缝店的专业水准。这样的景况，在很多城市是寻觅不到的，有的人做生意，开铺子，待客猴急，毛毛躁躁，话头矛盾，客人生疑，走了。再不回头。

面家。不叫面铺、面庄、面行。叫面家，亲切。到家吃面，回家吃面，名儿真好。我是土生土长的西北人，无疑是爱吃面的。牛肉面一天不吃就想得慌，无奈奔至广州，不时在吃面上闹饥荒，更不奢望能时常吃上香喷喷的兰州牛肉面。我们走过果栏街时已入夜了，星空璀璨。街上，有的铺子已打烊了。但那面家的灯是亮的。透过门玻璃，我看到一个有 50 多年历史的面家的工作场景，那不同于老家机器压面，这里大部分工序为手工制作，不很宽敞的操作间，各样东西摆放齐整，面粉也不飞扬，面家一直坚持传统制面，搓面团、竹升打云吞皮、人手执面及天然晒面，在寸土寸金的澳门街巷，能坚守半个世纪的秘笈无他，唯诚信、童叟无欺、货真价实而已。

其实这一路走，不住思忖，这么多店铺聚集在一条又一条狭长的"走廊"中，原本该是逼仄的，令人透不过气。但我经过一家又一家店铺门前时，未觉得拥挤、局促、压抑。一路走，一路看，时而驻足，探头，抬步入店内细致欣赏、查看，均从容，轻松。

澳门的街真是密集得很。初来乍到的人容易转向，其实不管怎么转，只要不焦躁，不性急，根本不必担惊受怕。即便夜幕时分，在狭窄和狭长的巷子里穿行，在昏黄的高吊灯的映照下，你茕茕孑立，形影相吊，也不必担忧，因为举头间，"黄杨书屋"这样的招牌，"黎氏建筑"这样的墙画就在你周围，读者、游客，与你不远不近，传递着冥冥之中的温暖与问候。身处巷子里的你更像去探望一位老友，寻觅多年前的梦或一段往事。

那日走到老街"尽"头时，玫瑰堂出现在眼前，澳门乐团将在此演奏贝多芬的《降 E 大调七重奏》及《降 E 大调钢琴与木管五重奏》。入场券免费发放。

玫瑰堂始建于 1687 年，是天主教的圣多明我会教士初到澳门时设立的。教堂内，白色的柱子支撑着天花板，堂内墙壁四周设有围台，巴洛克风格的祭台上矗立着乳白色的童贞圣母和圣子像，还挂有耶稣画像。我们沉浸于贝多芬激荡人心的音乐中，整场未有一次手机铃响，未有嘈嘈切切的私语，未有不合时宜的掌声，未有人拍照。

距离玫瑰堂不足百米的另一处街边乃民政总署办公楼。楼内专设"休憩区"，开放时间，入得"区"内，廊灯橘黄，鲜花簇拥，长椅空闲，我们坦然落座，四顾左右，透过玻璃窗，民政总署公务人员的办公位，一桌，一椅，一柜，一电脑，整洁的桌面，清晰入目。

我们坐了多时，淼儿左顾右盼，未有人过来盘问。

——澳门整个城市仿佛有一种特殊的关怀，把人拉得很近，很近。

《人民日报》（2013 年 03 月 27 日）

小城与大城

　　小城总给人一种稀稀疏疏的感觉。楼都不高，六七层高的样子，很少有电梯。从外面看也都不新不旧，像一个个见过些世面，懂得点风情，却又时时朴直的汉子。

　　譬如玉门——有的人不知道，过来人说起铁人王进喜就都知道了。那是戈壁滩上的一个小城，海拔高，人老觉得睡不醒。玉门依油田而生，油田搬走了，玉门也搬到了另一处坦荡一些的戈壁滩。现在的玉门是一个新城，完全新的城。楼都不高，但都很新。楼的间距很开阔，疏朗得像奔涌的河流。灿烂的阳光从楼顶宣泄而下，地面的阴影几乎都很少。甚至大多数的阳光都是直射的，平铺直叙。玉门的瓜就很甜，甜到心里、骨子里。那样的城市，楼间距大，人的间距小。人与人，朋友与朋友，打着电话的工夫儿就照面了，兄弟似的亲切。

　　榆中——知道的人就更少了。其实小城很有一段历史。秦始皇三十三年（公元前214年），秦始皇沿黄河至阴山建立了44个城，最西边的城就叫"榆中城"。此时的"榆中"和彼时的"榆中"有一些地理上的差异，但属于同一脉。小城很小，巴掌大一点。绕城一圈，跑步的话就一个多钟头。但小城有山，名曰兴隆山。有泉，泉水潺潺，清澈，夏日里都格外冰凉，孩子们戏水时水珠像刚化开的冰粒一般在胳膊上乱滚。兴隆山上的树一律高耸入云，盘根错节。到了晚秋时，山上的红叶漫山遍野，油画一般的美丽。小城的久远与山的雄浑互补，但凡到兰州能住几日的人，十有八九会去30多公里外的榆中游历一番。有山的城，再如都江堰的青城山，城也许很小，但整座城都弥漫着山上的树的气息，黑土的气息，水的气息。空气自然，人情淳朴。在这样的城中生活，相当惬意与悠然。

大城则是令人眼花缭乱的地方。大城的楼普遍高，远远望去给人以排山倒海般的冲击力，震撼人心。乘飞机时的夜晚掠过一座座都会的上空，北京、上海、广州、深圳，那种流光溢彩的景象真的很壮观。尤其对于长期待在小城、很少到大城市的人而言，真是无与伦比的壮阔。那种感觉能在心中盘桓好长一段时间。人的心也在不断地动荡、撞击之中。在大城暂居的时间里，身处闹市街头，目睹车水马龙，感受摩肩接踵，嗅着仿佛熟了的风里飘过的各国香水的气息，耳膜被各种音乐敲打，但目光所及之处，却都是陌生的面孔和恍若隔世一般的场景，心里的孤独就像浑浊的河水一样溢得到处都是。

闯进大城，要做的是认真地修炼。从眼睛开始，至脚底板结束。从骨子里开始，到思想里结束。你会一下子失落得很，一下子若即若离，一下子亲切，一下子生分，一下子卑微，一下子荣耀。一下子在电话里大声地喊，我在广州！理直气壮。这就是大城、都市奇异的力量。

大城里的楼间距有时密切，黑压压一片；有时也"稀疏"得要命。那是很阔的感觉。阳光大多时只在大城的上空盘旋，始终不肯直率地落下；并非不想，是被无形的风、有形的云、奇形怪状的楼阻碍着，无处而入。

若你留心，任一座大城都有一些犄角旮旯的僻静处。也许是被城市遗忘了，仿佛一截被丢弃的历史，那儿的房子密集得令人有被压迫之感，与雍容、华贵、喧嚣的邻街格格不入。游人偶尔迷路，在小巷中穿行，起初慌张，待看到婴儿从母体吮吸乳汁，几个姥姥摇着蒲扇说东道西的场景时，忐忑的心就安静下来，脚步也不由得放慢了。继而仔细打量起这城市的陋巷，猛然发现其实四处都充满历史感和沧桑的岁月之痕，就是那些青苔和石板路，也十分亲切。我想，这才是真正的城市，自古而来的城市，城市最原始的雏形。

一般情形，生活在大城市里，呼吸是局促的，说话的语调是快速的，一句连着一句。要是慢条斯理地像小城一样进行某种表达，要么你很优越，活得舒服无比；要么你正在度假，完全卸去了束缚。那种电话里说着就到了面前，一定是大大的惊喜。人像孤独的蚂蚁，各顾各的忙。俨然失去了某种链接。越来越连同事结婚这样的人生大事儿，人家也不请客，不送礼，至多两人到办公室，一包喜糖，然后兴高采烈地说，我们结婚了。不像小城，一家的喜事，满城的喜气。

活心，在小城更好，工资低，生活成本也低，人心不设防；活人，就去大城，风风火火、毛毛躁躁几十年，也许功成名就，也许壮志未酬，待明白时，人生如白驹过隙，忽然而已。

《人民日报》（2012 年 01 月 25 日）

归来兮，黄埔

　　叫长洲的那个小岛，我是慕名而去的。位于广州珠江江心的小岛不是因为风景秀美，物产丰盛，历史悠远。都不是。

　　当然，"水何澹澹，山岛竦峙"的那种壮阔的美，长洲岛是不缺乏的。站在珠江岸边，望见岛时我的心情就澎湃起来了。我知道那是一座普通的岛，树木丛生，树林阴翳；也知道那不是一座普通的岛，曾经有一群男儿在岛上读书、习武、练兵、立志。

　　客轮由远及近时，那岛便更清晰地映入我的眼帘，开始是雄伟的，壮阔的，继而又铿然作响，分明是一群汉子抗战的誓言。其实不管你何时去，岛上到处都是树，随处都是绿意盎然的样子。也有很高的树，近前才发现其苍苍茫茫得很，与我家乡西北兰州兴隆山上的那些树没什么两样。那些我甚至叫不出名字的树有的长在山上，有的长在离地数十米高的台阶上。阳光灿烂的日子就有浓密的光点从树的缝隙斑驳而下，打得地面光怪陆离。若雨天上了岛，必然有风，珠江水面的风你可不要小觑，仿佛所有的风力都向岛心聚集，那些树仿佛猎猎的旗帜，舞动，飘摇——当然不会折断，都是些碗口粗的树，历经春秋的树，见过世面的树，乃至经受了战争洗礼的树。看着那些树，你恍惚觉得沧桑的岁月被启封了，那"革命尚未成功，同志仍需努力"的誓言依稀在耳畔回响。

　　是的，和我一样慕名而去的人，都是去寻找一位先生。寻找一群军人。寻找一些生龙活虎的面孔。先生叫孙中山。军人是廖仲恺、陈诚、张治中、周恩来、恽代英、聂荣臻……生龙活虎的面孔是那些为了和平而历经战火与硝烟的好男儿。

这里是黄埔军校旧址。

此时的长洲岛虽有"高柳鸣蝉相和"，有数不清的小鸟叽叽喳喳地叫，但不见了曾经黄埔军校里的哨子声，脚步声，枪栓的撞击声，朗朗的读书声，多少有些孤独。但1924年6月16日的长洲岛，是何等的喧嚣，那激烈的、豪迈的、英雄的情绪像华夏五千年的血脉，从长洲岛到珠江所流经的流域；从广州到岭南大地；从南粤到中国的四面八方；甚至世界的目光都被她牵引——"革命者来"的中国人已拧成一股绳。那一天，长洲岛有500名来自全国的教官和学生，包括共产党人和国民党人，举行黄埔军校成立暨第一期开学典礼。

在动荡的局势下创建一所军校谈何容易。当时的长洲岛到处都是残垣断壁，荒草萋萋，老鼠、蛇虫窜来窜去，败落得不成样子。而据资料记载，学校建成后，因为经费短缺，学生的"校服"只是一套灰布衣服，大家都没袜子，赤脚穿草鞋。宿舍更简陋得很，只有一部分学生借住从前黄埔陆军小学的瓦房，其余的人都住在临时搭成的棚子里。连一日三餐也难以为继，常是吃了上顿没下顿。——但这些都没有困住革命者。

孙中山先生知道，辛亥革命胜利后的中国并没摆脱列强的欺侮；封建军阀割据的混乱局面让他忧心忡忡。他创办"黄埔军校"的本意正是为革侵略者的命，完成一统中国的伟业。而将军校选址于此，大概是因为长洲岛历史上是我国对外贸易的重要海港，清朝的黄埔海关就设于此。是岛，却并不封闭。再往东是广州的萝岗区，再往东是广东省的东莞和深圳。而香港又与深圳唇齿相依。正所谓入则"独善其身"，出则"兼济天下"。

孙中山先生还知道，既为学校，就要兼容并蓄，要有"海纳百川，有容乃大"的胸怀。于是，你看，国民党人和共产党人在一个屋檐下避雨，一度相安无事。大家都为拯救中国于水火、抵抗外族侵略、营造和平华夏而拥有"风声雨声读书声，声声入耳；家事国事天下事，事事关心"的壮志情怀。在军校里，不分国民党人和共产党人，都能登台向学生作政治演讲，除军校领导人和政治教官如廖仲恺、周恩来、恽代英等外，当时的社会名人如毛泽东、刘少奇、何香凝、鲁迅等也应邀来校演讲。周恩来在黄埔军校担任政治部主任期间，开创了黄埔军校政治工作的先河。周恩来与从黄埔走出的国民党高级将领保持了良好的师生感情，也为其在抗日战争与解放战争中成为国共两党联系的纽带打下坚实的基础。

　　黄埔学子们也知道，既入校门，就要成为国之栋梁，否则有辱"黄埔军校"的名声。于是，你看，在日后抗击日寇的硝烟弥漫的战场上，在为民族独立而浴血奋战的行伍里，参战的黄埔师生，担任师、旅以上高级职务的在百人以上，大江南北，从正面战场到敌后游击战，处处留下了黄埔英杰勇猛的身影和足迹。

　　然而，孙中山先生英年早逝之后的1927年，蒋介石发动四一二反革命政变，遥控指挥，开始大肆抓捕校内的共产党员，并销毁一切有关三大政策、马列主义的课目和书籍，第一次国共合作的良好局面就此终结。

　　得民心者得天下——蒋介石此举，失了民心，自然，在20多年之后，也就失了江山。

　　如今馆内还挂着"陆军军官学校"的校牌，繁体的古朴周正的黑色字书写在本色的木板上，历经风雨沧桑不减严谨与威严——校门左侧有一个岗亭，木制的，大约是后来者仿制，油漆还很新，但想必丝毫未改变原来的模样。

时光流转至今，像我一样的普通游客、目光深邃的老人、饱经沧桑的军人、仍然在世的当年的黄埔学子，他们到此一游，或心潮起伏，或老泪纵横，或泣不成声，情感都那么复杂，又那么简单。复杂的是世事沧桑容颜已改，简单的是"黄埔"尚在，精神犹存。

那天离岛时，已是夕阳西下。珠江的浪花猛烈地拍打着船舷，仿佛在唱着一首歌——"怒潮澎湃，党旗飞舞，这是革命的黄埔。主义须贯彻，纪律莫放松，预备作奋斗的先锋。打条血路，引导被压迫民众，携着手，向前行。路不远，莫要惊。亲爱精诚，继续永守。发扬吾校精神，发扬吾校精神！"

归来兮，黄埔。

《人民日报》（2011 年 08 月 16 日）

在书院听书

南方的夏季是难挨的，仿佛很漫长，又没有风——南方似乎没有小一点的风，当城市有了风而且令碗口粗的树们禁不住摇摆乃至拦腰折断时，十有八九是周遭什么地方起台风了。台风是凶猛的，摧枯拉朽的，容易给什么地方造成莫大的灾难。城市里因台风带来的丁点儿凉意就显得"奢侈"，而且没有丝毫的"人性"了。

南方的热不像蒸笼似的，不像戈壁似的，不像炼钢炉似的，是黏黏糊糊的、混浊的、均衡的热，从早到晚基本上都一样，热得人满脸油光光的，仿佛很意气风发的样子。实则心里痛恨着这鬼天气。于是聪明的北方人都是在冬季来南方度假，在夏季又兔子似的溜回到可爱的老家独享清凉。

但我选择了南方，也就选择了她的脾性——诸多脾性中，天气算是最有特色又让人最无可奈何的了。

南方的夏季似乎经常下雨，有时连着几天雾气腾腾的，水的灵性与包容肆意盈漾。但天气又多变，热，走在太阳底下如五雷压顶，脑袋闷闷的；冷，凉气袭人，非常爽；大雨瓢泼，开玩笑、发神经一般，"哗啦啦"地来，又"哗啦啦"地走，一些大叶植物有时竟成了避雨的用具。

而北方的四季是分明的，该冷时就冷，该热时就热，不该下雨时，你就是眼巴巴地等，眼珠子都干涩了，也还是没雨。因此生活在北方，对于季节实在是不需要刻意等待的，春天去了就是夏天，夏天去了就是秋天，秋天去了，自然就到了冬天。由于四季如此分明，人们的衣装也早早就有了"四季"，穿衣戴帽，各有各的招儿，各有各的"风骨"。

但夏天的玉岩书院，却那么凉气袭人。第一次去时，遇到了雨。起初只是大团的云朵黑压压地自远处挪移而来，心想不好，大约三分钟的工夫，大雨滂沱，极有力量，砸得雨伞几乎要破一些洞。我四处躲藏，只是云朵掩映之下全都是雨，也就乐得变成落汤鸡了——在南方，有时一不留神你就成落汤鸡了，倒不狼狈。

黑云很快转移了战场，头顶的天空恢复了鱼肚子白，但地热蒸腾着雨，雾气梦幻般地飘游；也有稀稀落落的雨珠，或是树上落下的，或是风送来的，人便感到了些许的凉意，抬头时，正是书院。

书院在高处，我在低处。书院的墙基本是墨色的，夹杂着灰白，砖缝里满是青苔，如沧桑的壮男稠密的胡须。书院是有些历史的，它的前身为种德庵，又名萝坑精舍，为宋宁宗嘉定十二年（1219年）广州萝岗进士钟玉岩所建。因了年代的久远，它是古朴的，屋舍凭山势而建，由上下两进和东西三间组成，依山傍水；因了书香与墨香的熏陶，它又是优雅和宁静的，从山上穿行而下的清泉进入书院时，还是那么清澈、冰凉，似乎与南方的夏季唱着对台戏，你从泉水的出口处洗心池那里捧一把扔到脸上，水珠如冰粒似的在脸上乱滚，真是惬意。这是没有污染的泉水，当地人称萝坑水，有不少村民或者游客用桶装水带回家烧茶，我也用矿泉水瓶装了一瓶，想回家烧开饮茶，应是十分甘甜。

水流萦绕着书院，满耳都是叮咚叮咚的水声，但凡水流经过的地方，都是巨石屹峙，形态各异。一些人随着进入了书院讲学的地方，院前有两株植于宋代的古松浓荫蔽日，内有不少写景对联，有的刻在石壁上，有的悬挂在门廊上，有宋儒朱熹"忠孝廉节"

题字，以及相传文天祥手书的绝句四首木刻和清代郑板桥的春、夏、秋、冬四时画竹刻等。当年郭沫若访玉岩书院时，也即兴题诗："雪海香潮退，寻迹我到迟。萝岗半梅树，书院尽荔枝。"大清官海瑞也曾为萝岗题写一副对联："石橙泉飞山欲静；洞门云掩昼多阴"。

在广州这座繁华的大都市，年轻人爱好文学算得上是一件奢侈的事。但我和他们都是文学的"粉丝"。我们这些爱好文学的人，小的不过二十来岁，年长的已是中老年。在广州萝岗这片离市区不近不远的热土上，文学的青草正茁壮地成长。玉岩书院便成为文学"成长"的芳草园。

书院的学堂里侧，有一块巨大的渗水的岩石，因了水锈吧，那里已是一片深红，仿佛透着精灵的光泽，也如一位饱读诗书的老者注视着我们。

大家坐在讲堂里。那时真的很宁静，很清凉。有风。我敏感地搜寻着来自古代的学童稚嫩的读书声，那时的一些孩子，一定或者坐着，或者站着，在绿树、泉水、山岩，以及自然的光亮里朗声读书，何等的美好。读累时，在院里嬉闹，爬树，玩水，在岩石上刻字，涂鸦，性情平铺直叙，像极了孩子。

在那样的一所书院，全国知名的作家循着古代的书香和墨香，在那里与一群热爱文学的青年一起谈论与文学有关，与历史有关，古往今来的故事与传奇。作家与讲堂便这样"联姻"了——有历史文化的玉岩书院，再有现代文化的说书人和听书人，玉岩书院自是生趣盎然的。

南方的夏天便很可爱了。

《人民日报》（2010 年 09 月 15 日）

阳光之舞

其实，各处的阳光是迥异的，个性鲜明的。它有时凌厉，有时妩媚，有时刻薄，有时暧昧。它好像很复杂，一点也不单纯；好像很简单，有时一点也不作态；好像很肆意，有时一点原则都没有。

阳光确如女子，总在进行灵魂之舞，企图迷幻你的眼和你的身体。岂止是你，苍生在它的眼里，也不过是蝌蚪一般的生物，微不足道。

戈壁上的阳光则是另一种味道。戈壁你真是该去的，哪怕一生只有一次，哪怕你从未离开过南方。在戈壁上伫立，你会发现阳光是那么的与众不同，它不全是炽烈，也不全是游移，似乎是淤滞的，如同倔脾气的顽童执拗地望着你，恨恨地盯着你，又如同威严的老人，一本正经严肃刻板。但它是坦诚的，一览无余，胸怀大爱。

戈壁上的阳光也不再是一束一束的，而是一块块，一团团，一坨坨，被胡杨、沙枣树、红柳挂着、阻隔着，被凹凸的沙丘、大地的裂隙吸纳着，藏匿着，无与伦比地表达着执掌戈壁的广袤与旷达。

自然，它多时是明丽的，清爽至极，你的目光丢得再高也不会被它刺伤，但若你长久地在戈壁上游历，阳光便会在你的脸上留下印痕，不但如此，它还能使每一棵植物变得坚强，每一种动物变得果敢，每一粒沙子掷地有声，每一幕风景温暖久远。

戈壁的阳光的从容淡定，是穿越历史烟云之后的伟岸与雄浑，处身之下，你顿时会觉得自己渺小得可怜，再不敢自大，孤傲。荒无人烟的戈壁，那古丝绸之路曾经是那么甚嚣尘上，那么多的英雄美人在古道驼铃夕阳西下瑟瑟秋风中挥鞭驰骋、笑傲江湖，阳光都看到了，皆是过眼烟云。

乡村就不同于戈壁了，乡村的阳光有时也是一道风景。一棵树，一道炊烟，一排矮屋，一道山梁，一两个顽童，在落日的余晖里楚楚动人，那是生活的构图，简单却隽永。西北的乡村总是土里土气的，一点也不风流，也不别致。阳光就很质朴，富含麦草与炊烟的味道儿，被那样的阳光抚摸十几年乃至二十几年的后生们，到了乡村以外的地方，就还是那么质朴，有时憨憨地笑笑。是的，西北的农人还是习惯于日出而作日落而息，那是历经千年的习惯。但阳光的性子有时就很暴烈，留给农人湿润的清晨和温和的黄昏的时间太短，大段儿是那么的炽烈，那么的义无反顾，促使土地龟裂，禾苗嗷嗷待哺。一年到头，有那么几天阳光才躲起来，让农人焦躁得起皱的心略微平坦一些。那里的农人靠天吃饭，阳光就是天，当阳光不是风景时，它的舞蹈便是魔咒，所到之处摧枯拉朽。

我仍是喜欢阳光的。连着蒙蒙的雨天儿，突然一道清丽的阳光从外面斜插进来，驱赶着满屋子的潮气，真让人高兴。那些阳光使屋子明快起来，使大家的屋子都明快起来。我从阳台向左侧望去，几十米开外的河流就有了粼粼的波光，河流也很快乐。城市的阳光总让人迅速地除去心头的阴霾，那种整日穿行在地下铁和写字楼之间的沉沉的面孔见到阳光时，会猛然灿烂一下，灿烂一下，一天就很快乐。

城市的阳光的舞步多时就是细碎的，尤其在愈来愈大的城市，高架桥纵横、地下铁穿梭、楼群高耸得几乎够上云，阳光就有了身价儿，若是谁的房子清晨溜进来一抹朝阳，却能避开夕照；坐在客厅里，有风微微地涌动；阳台上的用五彩的贝壳穿缀成的风铃相互触碰发出音乐一般的声音；自然，还不能听见如雷的车阵——那样的房子，阳光的身价都被悬得高高的。

阳光会剖析人的灵魂，它看清了一切，又不会乱说；它温和的笑间，就有了世事的变迁与更迭。

历史则在阳光之舞中演绎。

《人民日报》（2010 年 3 月 22 日）

兰州浆水

　　到了夏季，城里人似乎更关心"天气预报"，眼睛盯着报纸，手里撑着阳伞，嘴里喊着真热。如果说以前很多人是"跟着感觉走"，那现在出门上班、旅游、度假则是跟着"天气预报"走了。7月的天，像孩子的脾性，时好时坏，当然，说好也好不到哪里去，要是突然有一阵风或偶然下一点雨，那就好得不得了了；说坏，又能坏到哪里去？无非一个字：热。叫闷热，叫炎热，叫酷热，叫火热，七月流火，一点都不夸张。南方如此，北方如此，黄河穿城而过的西部兰州也是如此。

　　老天的热情打压不得，连气象台的同志也是日复一日地"苦口婆心"：要注意防暑，要多喝水。兰州人也喝水，不过水喝得再多似乎也不过瘾；兰州人也爱喝酒，大热的天喝白酒容易上火，那就喝啤酒，啤酒填肚，却不怎么解渴，好，那就喝浆水，这是不是兰州的特色，我不是很清楚，至少我去过的一些城市，是没有浆水的。浆水不是一般的水，也不是饮料，更不是什么时髦的、含有先进科技成分的东西，它只是家庭主妇们拿手的一种绝活，只是这个季节兰州万家灯火中的一道风景，只是男女老幼鼻翼间的一股清凉、一抹鲜香。

　　浆水是酸的，不像醋那么强硬，不像酸奶那么厚实，它的酸中有一股清淡，有一股质朴，再加上细碎的香菜叶儿，再加上大粒的花椒果，不要说喝了，只是闻一闻，就已经让人垂涎三尺，来不及细细咂摸，而是一口气喝个"水饱"。

浆水好喝，做起来却没那么简单，甚至很"烦琐"。城里的家地方小，摆不下大盆大缸，就是有足够大的地方，也不能做足够多的浆水，否则，一时喝不了，大约就要被无孔不入的细菌蚕食了。于是，一次只能做一点。每次做浆水菜前，是要到菜市去选菜的，只所以说成选，因为菜的成色决定浆水的成色。做浆水的菜也因不同人的喜好而有所不同，有芹菜、有白菜、也有萝卜，还可以是各种蔬菜相混合。听人说萝卜和葱相混杂的浆水，色香味俱佳，我却没有品尝过，也是一种遗憾。菜选回来，去掉不该要的，留下用得着的，然后用清水冲洗干净，再把菜叶或菜秆放入有浆水酵子的坛坛罐罐中，加入开水，或者煮过手工面条的汤，用木质的杈子或筷子搅拌均匀，然后将口子密封，让它继续发酵。之后大约一天，最长不超过三天，看老天的脸色而定，去掉盖子时，就已经有缕缕清香往鼻孔里钻。嘴馋的先舀一口尝尝，那酸酸的味道真是格外惬意。不过最好不"生"喝，倒入锅里煮开，然后放凉。讲究口味的同时，更要注意卫生不是？说到酵子，也不是市场上能买到的，或者是我孤陋寡闻，它仍是一种自给自足的东西，关键是利用好炎热的天气所产生的力量，用高雅一点的词语就是一种物理反应，应该划不到化学反应的范畴中去。

如今兰州人也学"精明"了，除了饭桌上享用之外，有的人也提前把煮熟的浆水装进不大不小的瓶子，然后放到冰箱的冷藏室里，等下午上班时，手上一提，热时来上几口，感觉真是美极了，你若要以为是什么饮料让人如此舒坦，然后满大街去找，那一定会劳而无获，这个秘密一般人是发现不了的，这是一种"小聪明"。

只有家庭里飘荡着浆水的味道，这似乎不够壮观。其实这个季节的兰州，满大街都是浆水，高档的酒楼有，一般的饭馆也有，甚至有的老奶奶闲着无事，也把精心做好的浆水装进袋子拿到市场上去卖，有些外地人如果诧异兰州人怎么满大街买水，那就是另一种"孤陋寡闻"了，这仍是个秘密。于是，你去饭馆吃饭，饭前要一碗浆水或者饭后来一碗浆水，或者连喝几碗，那是不要钱的，套用鲁迅先生的一句话，浆水本来不值钱，因为喜欢的人多了，所以就有了准备。大热的天，在兰州，如果哪一家饭馆连一碗浆水都没有，那是大跌眼镜的。

因为有了浆水，所以就有了浆水菜、浆水面、浆水馓饭、浆水搅团，或者还会有浆水饺子、浆水馄饨也保不准；因为有了浆水，家庭主妇们沾沾自喜，老少爷们自豪满足，上班有劲儿，干活精神，然后天儿不再那么难熬，夏天很快就会过去；因为有了浆水，城市的钢筋混凝土和栅栏一样的门窗也柔和与生动起来，你家没有了从我家舀，我家没有了去你家"借"，楼道里满是欢声笑语。

这个季节的兰州，于是就充满了一股香。

《人民日报》（2004 年 11 月 06 日）

城市的风筝

"又是一年三月三，风筝飞满天。"三月三还早，但风筝已经在天上飞了。

这是城市的上空，很少有人仰望。因为仰望很累。因为城市的上空很少有奇迹。所以，偶尔的风筝只是孤独地飘荡着，引不起人们的注意。倒是孩子们，像心灵感应似的，小脑袋瓜不停地看天，倘若真的看到了风筝，便会兴奋地大叫，像突然看见喷气式飞机长长的尾巴。到这个季节，城市的街头便有了卖风筝的车子，风筝那鲜艳的色彩和繁杂的样式让孩子们的腿再也挪不开，那种吸引力甚至比肯德基的炸鸡腿要强很多。如今风筝的造型当然不局限于小动物，制作风筝的人知道孩子喜欢什么，一些抽象的、虚拟的形象随着电视动画片的传播早已在孩子心中扎了根。相比，我们就显得"弱智"或者没见过世面了。

我给女儿买了一只"燕子"，很大，尾巴很长，风筝的线板都具有现代科技成分，像轮子，可以飞快地旋转。自拿到手那天起，女儿就嚷着要放。

风筝当然不是拿在手里看的，飞不上天的风筝就像被关在笼子里的鸟，很可怜。更可怜的是孩子，那副委屈和期盼的样子让人不忍。于是，在我们傍晚时分去幼儿园接她回家时，我将风筝带上了。

时间还早。我们在幼儿园门口摆开了架势。这是一座公园的门前，人来来往往，车却极少。预备——放，我一路大跑，没料到展翅的风筝挂在了树上；预备——放，眼看着飘起来了，路却到了尽头，风筝终于还是一头栽落，像中弹的鸟；预备——放，我一路拽着风筝，绕过人群，绕过台阶，风却突然小了，转而销声匿迹，我的风筝像迟暮的老人，无力地坠落。

小时也是放过风筝的，没这么费事，人大了，高了，风筝却飞不起来，我很尴尬。我知道，周围的人先是期盼我能放起来，后来见没希望，便满眼的揶揄或者嘲笑，尤其是那几个已经放飞的人，他们的风筝是自己糊的，和我小时一样，他们的线板是自己做的，和我小时也一样。新潮的玩意儿或许比不上原始的东西。

一会儿时间，孩子们像鱼儿一样游了出来，孩子们一致把脑袋瓜仰向天空，然后发出惊讶的叫，那些并不美的风筝让孩子如此兴奋——如果我的风筝也能放起来，那又是怎样的情景呢？

我老远看到了女儿。我想她也看到了我。可她的目光始终没有抬起来。到了跟前，她仍没抬头，她盯着我手中的风筝。在孩子眼里，也许飞翔是一个梦，一个美丽的梦。可是，城市的天空太小，楼群、高压线让风筝担惊受怕。

城市的街道很宽，却被车盘踞着。

城市的楼顶很大，可是，却不敢奔跑。

所以，城市的孩子对风筝始终停留在幻想阶段，在他们手中，无忧无虑的风筝是没有的，就像燕子，现代工业的空气让它们气喘吁吁。城市风筝的线是一条链子，很沉。

我终于想，放风筝还得到乡下去。跑多远都无尽头，放多高都没关系。然后，躺在厚实的土地上，仰面看天。

《人民日报》（2004 年 04 月 24 日）

兰州的桥

　　一座城市，能够有一座桥，一座有水的桥，该是多么有趣。

　　兰州的桥因黄河而建。黄河把这座西部城市拦腰截断，人们不可能天天撑着羊皮筏子摆渡，当然，很久以前，这大约是很多老兰州人每天的必修课。后来就有了铁桥，后来铁桥老了，有人说铁桥是需要保护的，有文物价值，所以，现在的黄河铁桥开始限制大车通行。以前不是没想到这一点，而是原来桥少，放着铁桥不走，总不能涉水而过。

　　黄河让这座城市富有了灵性。她每天奔腾着从市区穿过，想看黄河的人，外地来旅游的人，总是跑到铁桥，站在桥头或者桥的中央，看河水的流淌、听河水的咆哮，偶然会有水丝溅到脸上，像婴儿小手的触摸，舒服得很。尤其是酷夏，当人们穿着不能再少的衣服还喊热的时候，到了黄河之上，便有阵阵凉意扑面而来，像是一架天然的空调。所以，要说夏天兰州人都扎堆往黄河边挤，那是一点不夸张。

　　要说历史，黄河铁桥真是够沧桑的了。清光绪初年，左宗棠督师甘肃，拟修黄河铁桥，因德商索价过高而未成。清光绪三十二年，由清廷代表彭英甲与德商泰来洋行经理喀佑斯签订了修建铁桥合同。合同规定，铁桥自完工之日起计算，保固期八十年（1908 年至 1988 年），在保固期内，无论冬夏，倘因"起蛟"，河水暴涨，水势过大，漫溢进城，将桥冲毁时，与泰来洋行无关，除此之外，若有损坏，泰来洋行一定赔修。如果不是我孤陋寡闻，水淹金城的事恐怕没有发生过，但是在很长一段时间内，黄河铁桥都是在超期服役，铁桥老了，却老得威风，老得越发叫兰州人喜爱了。

当然，兰州除了黄河铁桥外还有很多的桥，兰州握桥，与"卧"谐音，是一座伸臂木梁桥，坐落在城西二里阿干河上，传说始建于唐朝。兰州浮桥，远在唐宋时期就屡经修建，明初又在兰州城西数次修造浮桥，至清末铁桥建成前一直使用。

有水就有桥，而有水的地方是不是也多泉？反正兰州的泉不少，五泉山因泉得名，兴隆山有太白泉，永登有龙泉，皋兰有石洞寺泉，还有什么方家泉、万眼泉，没有仔细统计过，不知道数量的多少。

因为有桥，有水，兰州人便多了许多的雅兴，每年火辣辣的天，你要是到黄河两岸走一走，看一看，保准会大吃一惊，喝茶的、聊天的、唱歌的，像是赶大集，人山人海。黄河渡轮也是通宵灯火辉煌，人们品着茶、喝着酒、喧着天，在黄河的围裹和吹拂下，

真是不亦乐乎。

站在桥上的人看黄河，站在桥下的人听水声。火辣的夏天，黄河流动的声音是悦耳的，是清晰的，是娇嫩的，这是自然的造化。

去过很多城市，也有很多的桥，但很多不是那种与自然结合的桥，是钢筋混凝土搭建的桥，那样的桥不是用来欣赏的，只是一种工具，不会让人留恋。而兰州的桥是值得人留恋的。兰州的桥因为水而富有灵性和生动，像一篇抒情散文或者钢琴曲，欣赏的过程就是朗诵或在弹奏。桥与水是一座城市的魂。

《人民日报》（2003 年 08 月 09 日）

美好的山谷

　　去嘉峪关，为的就是看长城。提到长城，得说一个农民。他叫杨永福。一个农民能和伟大的长城连在一起，这到底意味着什么。

　　石关峡，因有泉水从峡中流出，又名水关峡，是古丝绸之路上的重要隘口。石关峡长城与万里长城一脉相承。这段明代建筑原总长约 330 米，现在我清晰地看到了它的原貌。而且，在杨永福戈壁的院子里，风中摇曳的杨柳、细细碎碎的石子路、清爽的阳光以及泛着涟漪的池塘，似乎在诉说着关于这段长城的神话。

　　什么神话呢？这位不到 40 岁的地道的西北汉子，两年来几乎砸锅卖铁倾家荡产把石关峡长城垒了起来，而且，没有一点人工的痕迹，没有画蛇添足的败笔。我说真难。他说是难。

　　但我想象不来是如何的难。我只知道，登上它，站在烽火台上，那是一种大累，又是一种大度，杨永福很小的时候便开始无数次地攀登，无数次地喘息，无数次地说，我要在这里站起来。

　　农民的心中没有一点功利的影子，他只知道，长城不能在我们这一代人手里垮掉，那是民族的魂呵。

　　我于是相信，嘉峪关并不仅仅因为明代长城西端起点而著名，更因为有和杨永福一样执着地捍卫着的更多的人，才使这戈壁盈漾着风情。

　　嘉峪关，古称壁玉山，以美玉得名。意为"美好的山谷"。秦后，因其地理位置的重要而成为兵家必争之地，有"河西咽喉"和"边城锁阴"之称。现在，没有了刀光剑影和战马嘶鸣，在这略显寂静和个性的城市，人们或在街头悠闲地散步、或徜徉在雄伟的关隘，或像我一样，站在一座别致的四合小院里仰望着戈壁的阳光，听风、看花，我自私地想，这要是自己的家该多好。可我只是匆匆的过客。

雄关的脚下，有这样一个群落，那是碧波荡漾的、是鹿鸣鸟啼的、是古色古香的，我没有想到，胜过江南的风景也在这里出现了。久居闹市的人，来到这里领略典雅、大气、古朴和雄浑，一定乐不思蜀。

最动人心魄的是万里长城第一墩。我起先并未在意，不就是一个土台子么？可是在呼啸的风尘中爬上去，站起来，才发觉它让人心悸、让人豪情满怀，放眼望去，脚下是滔滔的雪水、深不可测的悬崖，不大的墩，猛烈的风，让我这个弱小的人摇摇欲坠。这就是一个支点呵，它支起的是中华民族的脊梁，是国人的自豪，是放之四海的豪情，如果真有人无动于衷那倒是不可理解了。

"严关百尺界天西，万里征人驻马蹄"。有空，不妨去嘉峪关坐坐，看看修长城的人，看看雄关，仰望大漠夕阳，不会作诗，来一首打油诗也不错，不过，不是"某某到此一游"的骚情。

《人民日报》（2002 年 09 月 28 日）

小巷足球

这样一条小巷，年代久远的青石路，坑坑洼洼的路面，两侧的墙壁上挂满青苔，然后没有汽车的噪音，没有市俗的叫嚷，几个孩子穿着短裤，抱着足球，冲进小巷，那球当然不会偏离跑道，不会消失得无影无踪，只会顽皮地在孩子们的脚下穿梭、滚动，那将是多么动人的情景。

年代久远的小巷，像一首老歌，调子老了，心情不老，歌词老了，人不老。小巷的岁月，雕琢着小巷里的孩子，小巷孩子的梦，是从一个足球开始的么。

但是，当我从城市穿越的时候，尽管我在竭力地寻找这样一条小巷，和小巷里奔跑的孩子，甚至在幻想奇迹的出现，失望总是像地沟里的水，溢满大街。真的，这样的小巷和这样的孩子已经很难找到了，算作的小巷中也不再飘荡细风带来的米的微香，城市，在现代的鼓点声中，脱离了质朴和粗陋，有时高雅得让人手足无措。城市淹没在一片汪洋的楼群当中，即便仍然有小巷的影子，也被摊贩们肆意地占据了。

听说马拉多纳就是在小巷中踢球然后成为明星的，高（单立人加求）则是很市侩地踢球然后成为显赫的政客，两人无法相提并论，但都没有摆脱小巷情结。

其实，小巷就是一种生活的影子，它注定不会波澜壮阔，不会惊天动地，却是实实在在，像沉默了很多年的路上的青石和青苔，无论哪个孩子走过，无论被球撞击得多么惨痛，它都会大度地接纳，永远不会翻脸。

小巷是狭窄的，但喷薄而出时力量却是巨大的，因此，造就英雄的大都是小巷，城市的；乡路，农村的。小巷不就是民间真实生活的写照么。在小巷中长大的孩子，没有霸气，有的只是宽容，像足了小巷的品质；没有做作，有的只是直率，像足了足球的性格。

于是，我相信，在城市小巷中踢球的孩子是幸福的，他们忘记了母亲的叮咛，忘记了过往的行人，忘记了被磕伤的小胳膊细腿，仁厚的城市小巷让孩子们一天天长大，孩子们让城市小巷见证了关于足球的启蒙。

足球与孩子本来就是一对小冤家，而小巷，恰恰使孩子们从很小时起便有了与冤家正面交锋的可能，孩子们是快乐的，而足球也像快乐得要死，它们在孩子脚下，不停地翻滚，不停地逃脱，然后，孩子去追逐、去争抢，那么和谐，那么欢快。

有一首歌唱得好，为什么明明相爱，却最终要分开；有多少爱可以重来，有多少人愿意等待。足球不正是这样吗？多少人爱得发狂，多少人潸然泪下，它承载了太多的重负，太多的等待，太多的期盼，长大的足球远没有小巷中的足球那么轻松快乐，当然，如果小巷中的足球也像长大的足球一样，那孩子们大约都会抛弃它，因为它让孩子们不快乐。

楼下的几个孩子踢球回来时，本来应该是兴奋的，可他们都耷拉着脑袋，母亲们询问时，他们说，为了庆祝，他们把仅有的零花钱凑起来买了一瓶啤酒，每个人喝了一大口，就变成这个样子了。你看，孩子们多么快乐，知道庆祝自己，以足球的名义。

小巷终于要在城市绝迹，我们越来越多地看到的是宽敞的大路，是矗立的楼群，是奔驰的车辆，孩子们不敢在马路上玩耍，甚至不敢在马路上停留，踢球，开始成为一个遥远的梦。

关于小巷的记忆是久远的，就像你舍不得离开你生活生长的小院，恋旧情结让我们痴迷。但我相信，如果更多的孩子打小就想当一名足球明星的话，那我们的足球一样会爆发动力，后天的培养，只是机械的运动，就像先天的营养不良可能会让人受一辈子罪。

小巷作为一种启蒙，就像一首儿歌，唱熟了就再也忘不掉了，忘记它你觉得痛苦，离开它你寝食难安。

多少个孩子还能在小巷中得到快乐，很少；多少个孩子心目中把足球当作民族的骄傲，也很少，那么，我们究竟为孩子做了什么。

足球，圆周 68 到 71 厘米，球重 396 克到 453 克，这么一个小东西让多少人醉迷，这么一个小东西演绎了多少人间欢爱，这么一个小东西让多少个民族焦虑，再没有其他的东西让这么多人关注，让这么多人跳跃了。

誓言只是一种表白，小巷却是实实在在的，没有功利，没有势利，不狗眼看人，每一个孩子都能在小巷里狠狠地踢它一脚，就这一脚，可能就是神气，可能就是发泄，可能就是一个梦的开始。写这篇小文的时候，正是中国国歌响起的时候，国足队员们大声地唱着，他们手拉孩子们的手，孩子们的眼睛里有那么多的自豪和骄傲，也有那么多的幼稚。我分明听见了他们心底的声音，我爱你足球。

《人民日报》（2002 年 08 月 15 日）

兴隆红叶情

在城市，大抵是寻不到红叶的。到了晚秋时候，城市的树们开始焦躁不安，像幽怨的妇人，面无激情。叶子开始无奈地脱落，然后被路人踩着，被很快地扫掉。那叶子是桔黄 兴隆红叶情

在城市，大抵是寻不到红叶的。到了晚秋时候，城市的树们开始焦躁不安，像幽怨的妇人，面无激情。叶子开始无奈地脱落，然后被路人踩着，被很快地扫掉。那叶子是橘黄的，斑驳的，脉络模糊。像是去妆的女子，

苍白无力。

于是你看秋天的树，连同叶子，都被人们漠视了。树下不再有情侣们的呢喃，不再有孩子们的欢笑。倘若有人仍然站在树下，仍然对着树干发呆，那也许能引起不大不小的围观。

城市的树们因此是悲哀的，城市树们的叶子因此也是悲哀的，不比乡下的树，不比原始的森林。

在这个季节，我突然发现了离兰州不远的兴隆山的红叶。漫山遍野，灿烂夺目，在蒙蒙细雨的掩映下，像一幅泼墨的山水画，镶嵌在山体上，并且呈现突兀状。那红是大气的，具有山的奔放的秉性；又是含蓄的，似乎是在压抑，等候着进裂的时刻。这个时候，红叶正是可爱的。

小桥流水人家，这样的景致在城市我更觉得是一种幻觉，有幻觉其实也是难得。但在这里却很实在，有桥有水，至于人家，

便是清扫梯道的山姑了。红叶便是在这个时候，轻轻地拂动着，你的目光随着，你的心情随着，你的思绪也随着，甚至在红叶们跌落的那一瞬间，你的心也猛地一坠。

红叶们是令人肃然起敬的，尤其在微冷的山间，在有些萧瑟的深秋，它们活着，活泼地活着；它们笑着，灿烂地笑着；它们既陪衬着山影的苍茫，又主宰着生命的本色，因此它们是有理由骄傲的。

站在树的脚下，以仰望的姿态，你会发现红叶是那样的鲜嫩，细细的雨珠随着轻微的山风不停地落下，文弱和温柔的感觉会马上在脸上洋溢开来，如果你忍不住想去触摸，你大概要落一身雨了，或者你还没有爬上树，红叶们便萧萧而下了，于是便很后悔。其实再美丽的东西攥在手心里，也会黯然失色，红叶的美丽就在于仰望。山峡、涧谷，或者在路旁，远远地看着，远远地静视，或者是透过车窗，在一首悠扬舒缓的音乐中，认真地望一望，你的心灵大约会平静许多。

红叶们的精神是积极的，张扬的，不做作，不掩饰，不虚伪，不欲擒故纵。这样的景物，也难寻了。只有在大山里，在没有污染没有浮躁没有物欲的纯净的自然中，她才会真实地存在。

红叶就是这样一种感觉，远观时美丽无比，近看时娇柔可爱，我甚至不知道红叶的真实的名字，不知道生长红叶的树们的真实的名字，可这些很重要吗？就像街头款款而行的女子，倘若你知道她从哪里来，到哪里去，知道她的脆弱，她的瑕疵，那么，你的目光是不是会游离？

我说，要是阳台上有这样一树红叶，那该多好。友人说，离开这里，红叶都会死掉，即使不死，那红色也是搀杂着另外的成分，像城市的女人的脸，被化学的东西淹没了。

离开时，我捡了两片刚坠落的红叶，一圈是鲜红的血的颜色，中间是深厚的黄，茎像一根细微的红烛，我想女儿看到，一定会发出惊讶的叫。在城市，她也许永远都看不到真实的红，真实的黄。她的眼睛被捂得严严的。

　　为什么要捂住自己的眼睛？这个深秋，看一看真实的红叶不好吗？即使想象一下在红叶的笼罩下听雨的感觉，那你就会选择逃离的方式走出城市。

《人民日报》（2002 年 01 月 17 日）

文学与生活，从未分离

这几年，我仍花了许多时间在读书上。

读过《潘汉年的情报生涯》，我感受到了在中国共产党领导的新民主主义革命进程中，隐蔽战线上的惊心动魄、波诡云谲；读过长篇小说《第一缕光》，那是一名农村少女冲破封建思想禁锢，走上自我觉醒之路，并加入中国共产党的故事，在虚构与史实交互之间展现时代的变革；读过《闲云出岫望黄公》，那是一场作者与黄公望的对话，更是对《富春山居图》深入灵魂的解读……

庚子鼠年，新冠肺炎疫情暴发，抗疫文学作品给我带来太多的感动和力量，白衣天使们的身影深深地印刻在我脑海中。如今重读那些作品，我还会潸然泪下。当时，我也参与到抗疫文学的创作中，和作家张培忠合作写出了《千里驰援》。

我仍喜欢从报纸副刊中寻找自己喜爱的作家和文章。常看《人民日报》的《大地》，了解脱贫攻坚的进程、小康生活的美好；常看《光明日报》的《文荟》《作品》《大观》《雅趣》，作家们与先生们的视角、学问、文采，令我长见识；常看《羊城晚报》的《花地》，一窥作家的闲情逸致；常去《深圳特区报》的《前海》，看深圳的古往今来……

每次经过报刊亭，我总是一股脑买上《小说选刊》《当代》《读者》《青年文摘》《故事会》……"雅文学"与"俗文学"，都是我的"菜"。老作家有新作品，大作家有小文章，小作家有大部头。捧着杂志，于灯下徜徉，于文字中漫游，充实而美好。

于成年人而言，阅读，本来就应该"叨空"——片段时光与片段阅读融合，你会发现，一年下来，读了不少书、不少文章。你也会发现，很多熟悉或不熟悉的作家，一年又一年，似乎从未懈怠，他们不停地为人民书写，为时代记录，为文学忙碌，在用一支支笔构建自己的精神大厦的同时，也为这个伟大的时代留下了一篇篇、一部部精彩的作品。我想，若干年后，它们会成为另一种意义上的《史记》。

文学与生活，从未分离——生活润泽了文学，文学斑斓了生活。

《光明日报》（2021年12月10日）

孔子管人

管人是一门学问。从人力资源的角度讲，有人说一个人最多直接管理七个人，可以多管，效果不好。可以试试，管三五十个人，甚至管三五百个人，一竿子插到底，中间不分层级，结果怕只有一个：乱成一锅粥。还有句俗话，兵熊熊一个，将熊熊一窝——一个团队，领队很重要。

孔子以弟子众多著称，"弟子盖三千焉，身通六艺者，七十有二人。"这么多人，如何管呢？学生面貌还颇复杂。家穷的，家富的；小孔子几十岁的，小几岁的；兄弟同窗的，父子同读的……真不好管。

怎么办呢？

孔子先做到自身正。学高为师，身正为范。老师的威信唯有从自身来——道德、学问、形象、做人、做事。孔子乃至圣先师、万世师表，自身正，毋庸置疑。日常之中，"子温而厉，威而不猛，恭而安"——大师之气度，"全体浑然，阴阳合德"。如此，一般小子，焉能不服？

管心。人心隔肚皮。孔门弟子不是神仙，肚里常有"小九九"。孔子要求学生做君子不做小人，因"君子坦荡荡"，而"小人长戚戚"。一个团队，君子多，自然风气正，个别人捣蛋，却掀不起大的风浪。管住了大家的心，老师则不必或少耗费心力于平衡、调解学生之间的人际关系。

一碗水端平。群众的眼睛是雪亮的。作为团队领导，孔子处事公平公正与否，大家心里一门清。宰予天赋佳，嘴头子好，孺子可教也。但孔子发现他大白天睡懒觉，毫不客气——"朽木不可雕也，粪土之墙不可杇也"。"朽木粪土"便成为一个损人的成语。孔子的这句狠话流传千古，宰予被动地被老师"一骂成名"。孔子还骂过冉有。冉有给季氏当管家，替富人敛财，孔子气恼："非吾徒也！小子鸣鼓而攻之可也。"老师气得要清理门户。孔子也批评过冉求。冉求不好好学习，还堂而皇之地找借口，"非不说子之道，力不足也"。孔子毫不客气："力不足者中道而废，今女画。"孔子说，你哪里是力气不足呢？你那分明是在原地踏步，不想动弹。无论涉及谁，只要行为不端，孔子就狠狠地批评，不偏不向，不包庇不纵容。是谓真公平。

一副好心肠。孔子十分体恤人。孔子一生，志向远大；但理想丰满，现实骨干。出乎其类、拔乎其萃、优秀得不能再优秀的他始终壮志未酬。"CEO"这个层级，他想都没想过；"股东"，他也没想过。后世的司马迁给了他"世家"之荣誉，相当于"名誉股东"。老师混得不好，学生跟着受苦。不过，孔子在当上鲁国司寇后，行使过两次"分配权"，一次是对于原思，即子思，他给老师当总管。孔子给他定的年薪是"粟九百"。子思觉得太高。高不高呢？有关资料缺乏，但可从侧面佐证——《孟子·梁惠王上》载："百亩之田，勿夺其时，数口之家可以无饥矣"。百亩可产多少粮食呢？"今 1 夫挟 5 口治田百亩，岁收百 1 石半，为粟 150 石。"（《汉书》卷 24，《食货志》）子思年薪 900 石，一人可养活五六户、几十口子人，不可谓不高。如今在大城市工作的很多人，养活自己已属不易，养家糊口更显捉襟见肘，养活一个家族，门都没有，凡事一对比，便可参照。子思感到"压力山大"。孔子曰："毋，以与尔邻里乡党乎！"孔子的意思是，不要嫌多，你吃不完，那就送一些给乡里乡亲嘛。孔子这样想，是因为他知道子思出身贫寒，一路走来，受过很多人的帮助，得还人情、"还礼"。老师对学生的体恤可见一斑。但对另一个学生公西华，孔子却非常抠门，又是何故？孔子派公西华出使齐国，公西华的老同学冉求想"巴结"一下公西华，给公西华的母亲送点礼物（粮食），请示孔子，子曰："与之釜。"请益。曰："与之庾。"一釜是多少呢？合六斗四升，十斗为一石，连一石都不到。冉求觉得拿不出手，没面子。孔子又提高了一点，给一"庾"，即十六斗，一石多。冉求还是觉得不好意思，便自作主张，给了公西华的母亲 800 斗粮食。——打个比喻，孔子刚开始的价值标准是一盒点心；后来的价值标准是一盒点心加一盒茶叶；冉求最后送去的是一套"烟酒糖茶"，且前面均得加上"最好的"之定语。

孔子这样做的原因是——他了解到公西华出差，"乘肥马，衣轻裘"，日子过得相当滋润，衣食住行都很讲究，那他的母亲便不需要额外的帮助。

心里一本账。

孔子一生，颠沛流离，"有权有势"的日子没过上几天，但依然有众多弟子矢志不渝地追随，说明，孔子管人，靠的是人格魅力、学术魅力、思想魅力。

归结为两个字：文化。

制度管人，文化暖心。

《光明日报》（2021 年 11 月 5 日）

古诗词中的"物流"

　　物流——即为"物的流通"。中国古代为农耕社会，商品意识淡薄，谈不上全面的"物的流通"。20 世纪八十年代，我在读铁路学校时，老师讲过铁路货物的流通，我记住了一个名词：位移。"位移"与"物流"，"名异而体同"罢。

　　1921 年，美国人阿奇·萧在《市场流通中的若干问题》一书中言，"物资经过时间或空间的转移，会产生附加价值"。在第一次世界大战时期，英国人成立了"即时送货股份有限公司"，把商品及时送到用户手中，或为"物流活动的早期文献记载"。

　　如今，人们对"物流"已不生疏。有不少大学尤其是职业院校，都开设有"物流专业"。我工作的大学校园里，各个快递公司各显其能，每日清晨，快递堆积如山，及至傍晚，小山消失，物流之快件，各寻到各的主人，于人于物，便利至极。而其中的"快递小哥""快递小姐"，正是物流专业的大学生，同学们利用课余时间兼职，既挣了生活费，又体现了"学以致用"。有的因为上过我的课，我去取快递时，服务态度特别热情，让人暖意融融。

　　中国古代虽没有物流的概念，但并非没有物流之物。从古诗词中，大抵能看到它的影子。

　　最出名的一首"物流诗"应是杜牧的《过华清宫》，其中几句读者都很熟悉：

　　长安回望绣成堆，山顶千门次第开。

一骑红尘妃子笑，无人知是荔枝来。

此处之"骑"，便为物流运输之工具。那时最快的是马。官方的快递小哥骑着快马，从南方出发，一路向长安（今西安）疾驰。至于"南方"究竟为岭南还是蜀地，学界仍有争议。司马光《资治通鉴》载："妃欲得生荔枝，岁命岭南驰驿致之"；《唐国史补》载，杨贵妃虽生于蜀，但"岭南所生（荔枝），尤胜蜀者"。"巴蜀"一说，指的是岭南离长安远，巴蜀距长安近——远近，相对而言，按彼时的运输条件，纵然"八百里加急"，不管是舍近求远，还是舍远求近，杨贵妃想吃到原汁原味的"鲜活食品"，是不容易的。而普通百姓，于日用饮食方面，想第一时间尝到南方的新鲜果蔬，纵是涎水垂三尺，也只能干瞪眼，无计可施。

"胃口"无法满足，"情义"又何尝不是？

唐朝诗人杜甫的《春望》诗，读者仍然熟悉，其中有：

烽火连三月，家书抵万金。

白头搔更短，浑欲不胜簪。

"家书"自然指亲人之间互报平安的信件。一封信，何以能值"万金"？有文学夸张的成分，更因为战争，驿路不畅，信送不出去，也送不过来，眼巴巴、望眼欲穿，听不到亲人的消息，心急如焚。

其实，即便没有战争，百姓之间的书信往来也走不了官方"快递渠道"。邮驿属于官方机构，传递官府文书、军事情报，民间书信，搭不上车。

杜牧有一首《旅宿》诗，"远梦归侵晓，家书到隔年。"——一封家书，寄到旅馆时，已是一年之后的事情。纵然家里出了天大的事情，游子也只能望"信"兴叹。古代交通之不便可窥一斑。

民间物流，可走的"路"不多。若有，也许就是我们从电影电视中经常看到的"镖局"。但镖局押送的都非一般货物，与百姓日常关系不大。

其实，我国邮政业务历史悠久，《秦邮律》便是我国最早的邮驿法规。而在此之前，上推至商周，官方也有传递信息的组织。传递的形式有两种：乘车和骑马。但乘车送信慢，快马加鞭快，逐渐，"马递"代替"车递"。而在水系发达之地，则靠"船递"。

无论何时，道路状况好坏，是物流能否畅达的关键。周朝时，道路的规模和水平有了很大的发展。《小雅·大东》记载："周道如砥，其直如矢"。指通往周京城的道路如磨石一样坚硬平坦。但此"周道"是"周的军用公路，禁止小民行走"。

从某种意义上说，古代中国真正的国际长途物流运输之路，最早应为汉武帝派遣张骞走出的古丝绸之路。这条路联通中国、印度、希腊三大文明，长达数千公里。借助此路，汉朝使者、商人接踵西行，西域使者、商人纷至沓来，让中国的丝绸制品、西域的奇珍异宝实现互通，进出两旺。

正是物流，促成了司马迁笔下的"天下熙熙，皆为利来；天下攘攘，皆为利往"。正是物流，让如今的人们足不出户，"坐享其成"。

流者，活也。

《光明日报》（2021 年 05 月 14 日）

三水的火车

绿皮车

三水是佛山的一个区，以前是县，县的历史悠久，自明朝就有。

很久以前，我路过三水时，蓦地，听到了火车的声音。在城里生活，如果不去旅行或者不住在铁道边，是不大容易见到火车的。我站在路边，透过栅栏和稀疏的行道树，看见一列绿皮火车疾驰而过，"况且、况且、况且……"乘坐绿皮火车是我难忘的记忆。5岁时，我跟随当兵的父亲从西北去东北，在北京中转，坐的就是绿皮火车；16岁时，我从西北去孔子的家乡读书，坐的也是绿皮火车；后来，我乘坐绿皮火车往返于故乡和工作的城市兰州。这半生到底坐过多少次绿皮火车，数不清楚。

我便想踩着枕木，一路向前，到火车站看看。可是，车站周围已被围栏围住，客运已经停了。车站不大，有几座建筑，那一座黄色墙皮的应该就是候车室，年代久远，很破旧。这条铁路，历史悠久，叫广三铁路，全长48.9公里，于清光绪二十七年（1901年）动工，16.2公里路段先行通车；1903年10月，佛山至三水一段建成，广三铁路全线竣工。广三铁路与西江、北江航运连接，是当时通向粤西、粤北的主要通道。

不到50公里的铁道线，现在看来不长，但在那个时代，是广东的第一条铁路，是中国最早的复线铁路。有了它，广州与三水便连通了。有人收藏了那个时代的信封，通过邮戳发现，铁路通车之前，从广州寄往三水的信件要在路上跑两天，靠船运；通车之后，靠铁路，当天即可到达。铁路与邮路是连在一起的。

铁路与人们的生活也是连在一起的。那时，清明节，广州人回乡祭祖，乘坐这列火车。坐的人多，就要加班次，有点像现在的春运。1938 年秋，日寇进犯三水，为了抵抗日寇的进攻，佛山到三水段的路轨被拆除。广三铁路的每一根铁轨，轨道上的每一颗石子，都见证了烽火连绵、硝烟弥漫的屈辱的历史。

车站在河口，这里依然热闹，集市嘈杂，人们摩肩接踵，卖水果的、卖杂货的、卖河鲜的、卖蔬菜的，喧嚣，鼎沸，讨价还价之声不绝于耳。20 世纪初，正是广三铁路成就了河口"小广州"的美誉。那时广州人坐车来，到河口下车，采购新鲜的鸡鸭鱼肉果蔬，再坐车回去，煎炒蒸焖，大快朵颐。

土生土长的三水人便对河口火车站感情深厚，我能体会到。他们对河口站的怀念，如我对家乡夏官营站的怀念一样，多少游子，从这里出发，再从远方归来，一生行走，乡情与乡愁如云烟一般在心头缠绕，挥之不去。听说，三水正在修葺老火车站，要把它打造成一处历史文化名胜——让人们有个留存记忆的地方。

城轨

绿皮火车停运，是因为城轨开通。2016 年 3 月，广佛肇城轨正式通车，连接广州、佛山、肇庆。正是那一年，女儿考入肇庆的一所大学，这条城轨便成了她的通勤车。

有时，我会站在三水的家的窗口，高高地、远远地看三水北站，以及围绕北站而建设的三水新城。北站与我之间，遍布良田、美池、桑竹和俨然的屋舍，一年四季，都是山清水秀。大地之上，苍穹之下，浮云缭绕，若逢雨天，雾气蒸腾，恍如仙境。世世代代的三水人，在此栖息、繁衍，生生不息。

有时，看着看着，我就下楼，去北站。假如向左，便去肇庆，看女儿，看包拯曾经待过的端州；假如向右，便去广州，找正宗的兰州牛肉面解馋，都是半个多小时的路程。我还去广州站接过母亲，她从遥远的西北乘坐绿皮火车奔我而来，下了车，一身疲惫。简单地换乘之后，上了城轨，列车徐徐开动，很快风驰电掣。她倚靠着窗，眯缝着眼，似在小憩，其实我知道，她在悄悄地打量窗外的风景。她来的时候，北方正是寒冬腊月、冰天雪地，而此时的南方，春天般舒爽。我沾沾自喜的是，给母亲寻了三水这么个好地方，进退还在半小时之间——她晕车，年纪又大，禁不起太多颠簸。

由城轨串联起来的都市生活，有一种新鲜的滋味。正如北上广深的青年，每日在地下穿梭，虽然累，但那是一种快节奏的生活，他们喜欢，他们宁可挤得前心贴后背，也不愿意离开。

高铁

三水南，是高铁站。

我是个喜欢尝鲜的人，尽管三水南离我住的地方有十几公里远，但我还是去买了票，上车，坐到了广州南。两地之间，高德地图导航距离是 60 公里，若驾车，一个多小时；若搭乘公交车，3 个小时；若乘坐动车，仅 34 分钟。高铁缩短了时空。

每每看到交通的改变，我便悄悄盘算，自己的生活会发生哪些哪怕是细微的变化。正如故乡开通高铁后，到省城兰州仅需十几分钟，到西安缩短为 3 个小时。铁路，可以改变很多，包括生活方式、思维、物流、经济、文化。

我还从三水南乘坐高铁去了一趟桂林，感受了桂林山水甲天下的自然之美；也到了香港西九龙站，感受香港回归祖国之后的繁华……每一次游历，我都想带上女儿，我始终觉得，人生，不仅要读书，还要行路。我在课堂上给学生讲司马迁青年时期的第一次漫游，从长安出发，出武关，经南阳，越汉水，过江陵，到汨罗江，往九嶷山，登会稽，上姑苏，驻淮阴，拜孔府，去洛阳，入函谷关，返长安——何等的壮阔。司马迁的时代，路漫漫其修远兮，跑一趟委实不易，如今，高铁四通八达，若还没有行万里路，不是不能行，而是没有去行。

一座小城，有绿皮火车，有城轨，有高铁，实属难得。且不说，三水还规划有地铁。这是它打动我的原因。很多城市，可能不大，甚至很小，但因为交通的改变，吸引了很多人。我想，所有人都应该感谢这种改变以及承载这种改变的时代——时代的列车，让我们轻易地认识了城市与城市之间的同与异，大地之上大大小小、长长短短的河流的刚与柔，藏匿于沧海桑田中的厚与薄，历史尘烟中的歌与泣、悲与喜、憎与恶。

然后，我们的心灵，便时常像蝉翼一般微微震颤，浮想联翩。

《光明日报》（2021 年 03 月 07 日）

梅岭脚下访农家

一

我俯身去看炉膛，里面塞的是一截圆木，着得正旺，火焰又红又亮，四处弥散着略带点焦味的木香。共有四个炉膛，都在红彤彤地燃烧。炉膛上面是灶台。炉膛与灶台间是厚厚的水泥隔层，这使得热能能均匀地散开，不至于在某一点"纠结"。灶台则像一条宽大的水渠，又被木条隔成一个个规规矩矩的隔档。隔档里，缓缓受热的乳黄色的豆浆正慢慢凝固。工夫不大，钟九妹小心翼翼地把"薄凉凉"、湿漉漉又热腾腾的"豆皮"捞起，熟练地搭在灶台上面的木杆上，搭好一张，再搭下一张，循环往复。由于常年被火烤，被汽蒸，她的脸有些褐红，却显得更加健康。

我试了试隔档里的水，烫手。

钟九妹是曾维常的妻子。夫妻俩做的是腐竹。

南方人爱吃腐竹。餐桌上，芹菜炒腐竹、腐竹炒肉片是家常菜。还喜欢用腐竹煲汤，滋味鲜美。

这间作坊是两口子新建的。此前，他们也一直在做腐竹生意。刚开始不大，但够养家糊口。往后，有了一些积蓄。可是，2016年3月21日，他们平静的生活被打得支离破碎——那一天，曾维常记得特别清楚，早上八点左右，他把孩子送到学校后刚回到家，就觉得不太对劲，也许是一种预感——连日大雨导致河水暴涨，而他们家正处于河畔不远处。他隐隐听到不知从哪里传来的

"咔嚓咔嚓"的声音。这个瘦小、单薄的男人突然紧紧拉住妻子的手就往山上跑，疾跑三百多米，终于登到高处。夫妻俩正大口大口地喘气时，一阵摧枯拉朽般的声音传入耳膜，一回头，一股山洪像猛兽一样扑向他们家，瞬间，两人眼睁睁看见自己的房子没了，房子里的家具没了，做腐竹的豆子没了，做好的腐竹也没了……一切都没了。

"真是一下子变成了贫困户。"好几年前的事，但是每当回忆起来，曾维常的眼角都湿漉漉的。

2018 年，夫妻俩想重操旧业。村里经过协调，给他们找了块地方，还给他们争取到三万元贴息贷款。有了地方，有了钱，他们新建了这一百多平方米的作坊，起名为"东福腐竹小作坊"。"东福"，是曾维常的小名。

日子总算又有了盼头。

"在家门口做乡亲们的生意，更要讲诚信。"

两口子用的是本地产的黄豆，加工过程中什么添加剂都不加，破豆、泡豆、磨浆、过滤、烧浆、下锅……一天能用掉六十斤豆子。一斤豆子最多做半斤腐竹，这样下来，一天能做二三十斤。一斤腐竹能卖二三十元。除去豆子的本钱，剩下的就是利润。我大概估算了一下，一天有二三百元左右的收入。效益还算可以。

曾维常说："没有那么多，这块地是租的，签了十年合同，每年租金是一万元，都要摊到成本里。"

为了过上更好的日子，曾维常还常出门打散工。什么活儿都干，不怕脏不嫌累。妻子也抽空在自家地里种了点儿花生和水稻。

虽已立秋，南方仍燠热难耐；作坊里又炉火正旺，热气蒸腾，我只待了一会儿，已是汗流浃背。而这对夫妻，每日里挥汗如雨，勤谨劳作，真是不易。

我出去透口气。作坊后面，靠墙，堆着一些干柴；地上，立

184

着一个个小木墩子。村子周围重峦叠嶂，林木多，枯木也多，曾维常常上山捡柴。

"木火烤的腐竹，原汁原味，既有豆香，又有柴火香。"

临走时，我想尝尝两口子的手艺，也为了鼓励他们，就买了几斤腐竹；他们选了最薄最好的给我。他们站在门口送我时，我让钟九妹赶紧进去，别把腐竹烤煳了。

午后的阳光正打在曾维常的额头上，一排汗珠折射出亮晶晶的光。

二

顶着午后的日头，我来到陈伦宣家。他家在村子里头，靠着一条村道。村道的施工正在收尾，一侧道牙子露出来一截用来加固路基的钢筋。

这座房子是陈伦宣新盖的，总共花了十二万多元。建成并通过验收后，年底，国家四万三千五百元贫困家庭建房补贴便一次性打到了他的账户上。

我坐在沙发上，环顾四周，客厅有电视、冰箱；有一张橡木餐桌，配了四把橡木椅子。还有几样简单的家具。地上没有铺砖，是很多农户都喜欢的干爽的水泥地。家里养了两只狗，大狗拴着，只听其声不见其形；小狗顽皮地跑来跑去，向远道而来的客人示好。

他属于建档立卡的贫困户。墙上挂个牌子，我溜了一眼，是没有技术的一般贫困户。

我蹙了蹙鼻子，空气中飘荡着"鸭屎香"。我来之前就了解到他是养鸭专业户，但家里不可能大面积养鸭，那这味儿从哪里来呢？原来，他在厨房外面的院子里养了一些乌鸡，厨房连着客厅，味儿就随风潜入了。"咯嗒嗒"，乌鸡下蛋了，他转身出去，摸回两只"翡翠蛋"。乌鸡蛋一般为绿色或白色，比普通鸡蛋小一圈。他把蛋放进冰箱冷藏室，自己吃，也给乡亲卖。一只乌鸡蛋一块五，比普通鸡蛋贵。

始终没见到女主人的身影。

他倒不遮掩，说早就离婚了。

"什么原因离婚的？"

"穷呗。"

为了改变穷困面貌，陈伦宣先虚心地向村里的老人学习养鸭技术，学得差不多了，在离婚后第三年，靠着驻村干部和村里的帮助，办起了一座养鸭场。他先买回来一些公鸭和母鸭，等母鸭生了蛋，再把受精蛋送到专门的孵化场，二十九天后，一只只小鸭子破壳而出。看着一大群"乳臭未干"叽叽喳喳的鸭苗，他心里喜悦，总算是看到了生活的希望，也暗暗发愁，这能养活吗？

功夫不负有心人。此后五六年间，他经过"自我循环"，让养鸭场的规模始终维持在一千二百只左右。一只鸭子差不多赚二十五元，每年下来都能挣三万元左右。

可是，今年也许是受新冠疫情影响，肉鸭没有市场，卖不上好价钱。为了加快资金流转，他开始做鸭苗生意，卖刚破壳而出的小鸭子。但是，鸭苗也不好卖，费了很大劲，才卖出去两千多只，这还是亏本卖，一只鸭苗成本两块五，市场价才两块。到后来，白送都没人要。不得已，他把辛辛苦苦"攒"的八千多只鸭苗全部扔掉。

淡淡的愁绪笼罩在这个五十三岁的男人眉目间。

"不过，现在行情又好了，一只鸭苗可以卖三块五。"

他现在还有一百三十多只种鸭，八十多只种鹅，那是他全部的希望。

屋角放着几袋子玉米糁子，是给乌鸡吃的。我问可以买一盘你的乌鸡蛋吗？他挺高兴，用菜市场常见的那种敞口容器给我装好，再盖上盖子。他个子高，足有一米八九，就半蹲在地上，用一根红色的塑料绳顺着"沟槽"一道一道、横着竖着，勒好、勒紧，打了结。我说有车，不用那么仔细。他笑了笑，我们干这个的，习惯了，这样才结实。

一路带着乌鸡蛋回到广州。午饭时，炒了一盘西红柿乌鸡蛋，真是香。

我就想，一个长得高高大大、有技术又想改变境遇的男人，一定能渡过难关。

三

这是一座占地面积二百亩的基地。地里，种的是鸡骨草。我头一次听说这种中草药，一问得知，其功能为清热解毒、疏肝止痛。在广东这样的湿热地区，还能用来煲汤。

正是生长的季节，鸡骨草郁郁葱葱，连缀成片，一眼望去，绿茵如毯。

村民梁润金是基地的领班，她正和姐妹翻晒去年收获的鸡骨草。那些鸡骨草被扎成一小捆一小捆的，大手一只可握，这样方便市场零售。她说日头好的时候，天天有活儿，一天能挣一百多元；日头不好的时候，就扎捆儿，扎得越多，收入越高。

在基地的带动下，很多村民也开始种植中草药。不但本村人种，邻村人也种。我遇到六十六岁的卢德南，便是洋湖村人。先前，他找到基地负责人，请人家给参谋参谋看他的地适合种什么；之后，投入三万多元种了六亩天冬。我问他长得怎么样？他给我看了照片，叶枝翠绿，三枚成簇，腋生花朵，蔓茂喜人。预期收入呢？他说他一个人种，又是刚学，心里没底儿。但如果顺利的话，一亩地种一千二百株，一株产八九斤，一斤的市场价两三元。

里东村的邱子文则种得多。我来到他的种植基地，好家伙，漫山遍野，恍如花海。一株株石参根，如从土里突兀地生出，"石峰耸立"，尖角朝天。近距离俯身端详，直勾勾的草黄的枝身裹了一层紫、粉、白相间的花朵，宛如七彩祥云萦绕。

他种的中草药足有七十亩之多，品种还有五指毛桃、天冬。

这么多地怎么种得过来呢？原来，他雇了人。

他说自己交过"学费"。去年三月，他也觉得种植中草药前景不错，就开始租地，再雇人挖地、平整，一晃儿几个月过去了。由于心太急，忽略了农作物的种植规律，七月间下了种，结果长势不好，"溃不成林"，十几万的投资打了水漂。

我道："看来，干什么得学什么呀。"

我让他估算一下收成。他说，如果年成好，这七十亩中草药两年可获毛利一百万元。

我信。

里东村在广东省南雄市珠玑镇。里东村是梅关古道必经之路。向北十余公里，便是赣粤交界处——梅岭大梅关。梅岭是"赣南三年游击战争"的主要根据地。1936年，困境之中的陈毅在那里吟出豪气冲天的"绝笔"诗——《梅岭三章》。

英雄的南雄，梅岭的脚下，注定会生就一代代穷则思变、坚毅且乐观的里东村人。

村支书告诉我，2008年，村里有村民三千三百多人，人均年收入六千多元；现在，有村民三千六百多人，2019年人均年收入一万一千多元。

人口和收入"两个增长"！

干了十几年村支书的壮实汉子颇为自豪。

《光明日报》（2020年11月06日）

从大地到苍穹

塔台

塔台，透明的落地窗，呈三百六十度环回。

塔台之中，目光所及之处尽收眼底。

左侧上空，隐约飞来一只很小的燕子。它穿越蓝天、白云，眨眼间，由远及近，再看，竟是一只大鸟。

"东方航空 2422 航班请求降落。"

"同意降落。"

"同意降落。"

四十秒后，飞机下降，机头对准跑道俯冲，刹那间，机轮与地面发生剧烈摩擦，底部窜出一股白烟；发动机动力反推，引擎喷出强大的气流，拖住带着巨大惯性仍试图向前滑行的飞机。此时，机舱里的人一定是喜悦的，叽叽喳喳、嘈嘈切切之声在相对密闭的空间流淌。南来北往的人，出差、旅游、回家、过路，亲人间一肚子的话，在手机屏幕上浓缩为三个字：已落地。

左侧待飞区。刚才静候的一架航班缓缓驶入跑道，调正机头。东方 2422 航班机尾刚脱离跑道，待飞航班机长发出申请："准备完毕，申请起飞。"

"同意起飞。"

"同意起飞。"

青岛航空 6057 航班加速，再加速，起飞离地，如一支箭斜斜插入云霄。

与此同时，左侧上空，又隐隐约约飘来一只很小很小的燕子……

重复这一过程：A航班落地——B航班驶入跑道——A航班脱离跑道——B航班起飞——C航班落地——D航班驶入跑道——C航班脱离跑道——D航班起飞……循环往复，周而复始。

一架飞机与另一架飞机之间，看似没有关系。停机坪十几架、几十架飞机整整齐齐地排列时，它们之间的确也没有什么关系。只是，当它们进入循环往复的工作状态后，一架飞机与另一架飞机动作发生的间隔以秒计——二十秒、三十秒、四十秒……墙上的格林尼治时间显示，没有超过一分钟时，它们之间，便有了关系。

飞机怎么飞，由空管指挥。

空管，空中交通管制员的简称，他们是天上的交通警。

塔台的空管管飞机的起落。管飞机在地面滑行的进入位。管从机场地面到海拔两千七百米高度的空间。

起飞、落地、航速、航向、高度……空管发出的每一个指令都与飞机有关，与旅客有关。瞬间的判断与决定，关乎一架架飞机上一个个鲜活的生命。

我小心翼翼地站在距离地面五十米高的塔台外侧环绕的边廊上，风声呼呼灌耳。我看见东航2422航班已经安然地停在停机位。不大工夫，机舱门打开，"缩小版"的旅客拎着行李箱，一个接一个走下舷梯，踩到地上，有的抬头看了看天，有的四处张望。但他们的目光都没有在塔台停留，他们不知道这一座机场范围内最高建筑物里面的年轻人，刚刚为他们乘坐的航班提供了导航。此时，这些年轻人无暇凝望旅客，哪怕一眼。蓝天之下，大地之上，三十年前，兰州中川机场每天航班起降为几十架次，如今，为几百架次，这些年轻人要为瞬息万变的空中流量寻找并提供最为安全可靠的解决方案。

进近

离港的航班扶摇直上。从海拔两千七百米至海拔六千六百米高空，由"进近"负责。

进近空管看不到飞机，两眼"茫然"。他们面前的一台台显示器，或高或低，或左或右，悬挂与摆放。整个大厅是仪器的世界，雷达、气象、飞行轨迹、航班号、飞行速度、风向、风力……星罗棋布，密密麻麻。"指令"声此起彼伏，不绝于耳，但声音都不大，互相不干扰。几十个空管与几百个机组或机长热线对接，传递信息。看似程序化，没有温度，其实，温度高度浓缩于异常简单的指令，一架架航班的机组、机长，是能感受到的。

从海拔两千七百米向海拔六千六百米高空拉升的过程中，飞机风驰电掣，不断穿越云层。上了飞机，坐在舷窗旁，你便会看见那云。云海翻卷、起伏，扑面而来，恨不得将你围裹、吞噬。飞机仿佛受到某种巨大的阻力，呼啸、破解、裂竹之声在人们耳边诡谲地响起。还可能经历狂风骤雨，撞见雪，遭遇冰雹。一切的不确定因素，空管运筹帷幄，决胜千里。让飞机穿越祥云，避开雷区；让一架飞机与另一架飞机，错位、错层；让区域内所有的飞机，各行其道；让飞机不追尾，不对撞；让一架架飞机各归其位，是空管的职责所在。

但如此精密的操作流程，也无法保证让无垠苍穹无风无浪。

2019 年 7 月 12 日，从兰州至杭州的一架航班飞至海拔三千米高度时，机组报告发动机显示异常，超温，申请低高度盘旋等待检查故障。空管王克杰、李迎春立即指挥其上升至海拔三千六百米高度，围绕 DNC 雷达盘旋检查。此时，飞机开始以七八百公里的时速绕圈，是一个巨大的圈。这个圈子里，圈子外，方圆十公里，上下五公里，不能出现其他飞机。空管冷静、高效地指挥其他飞机避让。四分钟之后，故障没有排除，机组申请返航。返航，便是打破既有的航班进离场顺序，加塞、插队。空管依靠雷达引导指挥其直飞"五边"，优先加入进场序列，以便最大程度地节省时间，节约燃油。十一分钟之后，机组报告已建立盲降，可以依靠仪表着陆系统降落。接力棒又由进近空管传递至塔台空管指挥。四分钟之后，飞机正常降落。

何磊高高瘦瘦，往我面前一站，我瞬间感受到压力。他担任空管已有六年时间，小时的理想是当飞行员，却被近一米九的身高限制。他将理想束之高阁，决意当好空管。他每天工作五六个时段，每个时段两个小时。每天要与机组进行近四百次的沟通，并发出准确无误的指令。在沟通过程中，如果遇到外籍机长，便要说英语。这里所有的空管，都会说英语，都说得很熟练。这是他们上岗必须具备的素质。

区调

海拔六千六百米之上，由区调空管指挥。

接过"进近"接力棒，还要接"别人"的接力棒。在浩瀚的星空，上百名空管指挥的飞机不再是几十架、几百架，而是几千架。几千架飞机以九百多公里甚至更高的时速飞行，其状蔚为大观，但复杂程度也超乎人们的想象。区调控制室分十个扇区，每个扇区负责一片区域，区域内，一架架飞机或入境，或出境；或飞往北上广深，或飞向山地丘陵。朝晖夕阴，气象万千。二十四小时，指挥不间断，年轻人通宵达旦，夙夜在公。

而从未谋面的机长，有的幽默，有的古板，有的说中文，有的讲英语。只见区调管制室，宛如宾朋满座，大厅东南西北角，无屏障，无遮挡，一个个年轻人或立或坐，头戴耳机，手持话筒，仰头看气象、看雷达，俯身放大或缩小屏幕上的"飞机"，"丈量"飞机与飞机间的"尺寸"。于一桌一椅间，于一台台显示器间，于一个个电话间，传递温暖。我想象，万米之外，宾客肃然起敬，满目含笑。

民航甘肃空管分局的前身是民航兰州空管中心，是全国民航空管系统成立的第一个空管中心。分局所辖区域地跨甘肃、青海、宁夏区域全境及内蒙古、新疆、西藏、四川、陕西等部分地区。

两千多年前，汉使张骞率队出使西域，开辟了中西商贸文化交流的通道，将亚欧非大陆众多国家紧密联结在一起，便是"丝绸之路"。

如今，空中丝绸之路的黄金段，正在一百六十六名空管所负责的东西长约一千四百公里，南北宽约一千二百公里，总面积约一百五十万平方公里的空域。这是一条内地、东亚、东南亚通往中亚、西亚和欧洲地区的重要通道。

离开机场时，回首间，又一架飞机从云中钻出来，准备降落。

我冲着塔台挥了挥手。

《光明日报》（2020年02月07日）

百姓的生活

一

岭南，一年四季大都天气澄和，风物闲美。这样的地理与气候，适合桑葚生长。

我孤陋寡闻，不知道桑葚就是桑树的果实——虽然都"姓"桑，我以为果是果，树是树。

那个桑葚园在广州从化西和小镇。从化是广州的一个区，在广州东北。

西和打的是"美丽乡村"牌。进入乡村，客家风格的亭台、楼榭、展馆，小桥、流水、人家，凸显南方水乡特色。行走间，便看到桑葚园的招牌。一道简易栅栏门，是开着的，一个年轻人正在里面忙活。我问："桑葚熟了吗？"他迎上来，笑言："可以吃了，每位15元，任吃。"我问："摘了之后在哪里洗？"他说："不用洗，直接吃。"他看出我的疑惑，说："西和空气好，没有污染源，都是边摘边吃。"

我第一次走进桑葚园。桑树长得不高，叶子绿，万绿丛中一点红——不是一点，是一点又一点，一串又一串。桑葚压弯枝头，圆嘟嘟、胖乎乎的样子特别像我小时候吃过的软糖。颜色有的鲜红，有的红中带紫，有的紫得发黑。紫得发黑的桑葚是最甜最好吃的。我摘一颗塞进嘴里，一咬，汁液毫无矜持地乱窜，甜，带一点点酸。我们边摘边吃，不由想到《诗经》里的几句："十亩之间兮，桑者闲闲兮，行与子还兮。"

虽然主人阿俊让任吃，我们却懂得礼节。临走，我问他："桑葚差不多都熟了，可是没什么人摘，你打算怎么办？"他不发愁。桑葚采摘只是他生活中的一个插曲。南方人天生是做生意的料。他用桑葚泡酒，泡了一房子。他养鸡，叫"果园鸡"。他和叔叔开"农家乐"，在他的宅院，叔叔主厨，拿手菜是"桑果鸡"，桑葚炖鸡，味道鲜美。他还有几处鱼塘，塘鱼活蹦乱跳，你钓上哪一条，厨师就给你做哪一条。

阿俊是土生土长的西和人，这些年，村子不断发生变化。以前，村里的路都不通，如今，他有车有宅，有事做，有事业。不过，山还是那山，水还是那水，树还是那树，青山绿水，原生态。

二

广东潮州。午后。我坐在一间茶室里等老人。茶室是他儿子的。

喧嚣的街市车来车往。我看见他骑着一辆脚踏板摩托车缓缓而至。

他是老兵。六十有三的老兵经历了风风雨雨，然而好汉不提当年勇，他只想跟我喝茶，聊天，我再三恳求，他的心才如春天的土壤一般松动了。

老兵当年在边防某高地驻扎。边境沟深林密，山峦起伏。地形对我方有利，对敌方也有利。两军对峙的情况不多。狡猾的敌兵擅长搞偷袭，躲在暗处打冷枪，在我军驻地周遭埋地雷，防不胜防。

老兵踩过地雷。一次，一脚踩下去，感觉下面的土松软，知道踩到地雷了。是那种压线雷，一抬脚便会引爆。老兵纹丝不动，等工兵来排雷。雷被排除，老兵荷枪实弹继续冲锋陷阵。老兵配的是半自动冲锋枪，有300发子弹，还有4颗手榴弹。

敌军在丛林中埋了很多铁钉。铁钉上有一个直尖儿，有一个朝下的弯钩，状如鱼钩。一旦踩上，脚底板子被刺穿的同时，铁钩钩在肉上，拔不下来，硬拔，能钩掉一块肉。为破除敌军的毒招，我方战士都换上了特制的厚底子的帆布鞋，即便从一米高的地方跳下，陷阱之中的铁钉也穿不透战士的脚底板子。

老兵负过伤。敌军一发炮弹在他附近爆炸，他及时躲避，但仍有3颗弹片飞入他左耳上侧，鲜血直流。他简单包扎之后继续战斗。以为是小伤，没太重视。战斗结束三四天后，他的脑袋开始疼，头痛欲裂，到医务室一检查，伤口已经化脓。好在时间短，没有伤及大脑中枢。弹片被取出之后，他一天都没休息，返回战场继续战斗。

为躲避敌军炮弹的轰炸，战士们晚上住的是"地下室"。所谓地下室，是在两侧战壕中间挖一个深达两米、面积10平方米左右的空间，头顶上架一排梁子，梁子上铺一层草，压一层土，土上再铺草，草上再压土，土上再铺草。

……

老兵喝了一口茶。茶气氤氲。他棱角分明的脸疙里疙瘩，如岁月在山岩留下的凿痕。他时高时低的潮州腔粗线条地勾勒了自己曾经硝烟弥漫的人生，沉稳的语调像一条缓缓流淌的河流。

30多年前，他退了伍，退伍时，刚27岁。几十年，他打工，做生意，挣的钱盖了房子，娶了媳妇，生了孩子。儿子很能干，大学毕业后自主创业。他有两栋楼，都临街。上面住人，下面经商。

近40年里，他不轻易向人说起当年的光荣。国家和平，日子平和。他居于潮州一隅，与老伴儿喝喝茶，与老战友聊聊天。儿子做茶生意，他特别叮嘱："钱可以慢慢挣，人要做好。"

三

广州开发区有一条繁华的商业街，叫青年路，开着服装店、餐饮店、皮鞋店、手机店……人头攒动，熙来攘往。商业街四周，楼房鳞次栉比，有的办公，有的经商，有的住人。

有一个鞋匠，姓王，我叫他王师傅。开发区大概就这么一个鞋匠。在正街中间的一段儿，凹进去一个口，是王师傅的工作间。

很多人都上他那儿修鞋，有的是鞋面开线，缝线；有的是鞋跟磨斜了，补橡胶皮；有的是换鞋底。我有时补鞋，有时修拉链。最上"档次"的一次是换鞋底子，而且是两双。那两双鞋都不错，皮子好，保养得也不差，但底子一个通了，一个断了。扔了可惜，到鞋匠处一问，能换底子，一个底子70块钱。140块可以拯救两双皮鞋，值。王师傅说，这活儿马上干不来，因为底子要根据鞋的尺寸定做。我不急，说好一个月后来取。鞋放他那儿，他也不收定金。

鞋匠看起来不算老，个头也不高。头发比板寸略长，中间夹杂着许多白发。他坐着干活，干活的时候要用力，整个身子蜷着，如一张弓，手攥着锥子往鞋上使劲。他看起来近视得厉害，拿着鞋看的时候，眼睛与鞋子的距离只有10厘米。

王师傅健谈，和我聊了不少。

他是1992年从湖南农村来开发区的。那时，开发区正在大搞建设。他先在一个工地当小工，累，但挣钱不少。第一年回老家过春节，他带回去120元。过完春节，他返回开发区，又打了一段时间零工，发现这个地方没有修鞋的，索性改行当鞋匠。刚开始手艺不行，但勤学苦练，无师自通。

这些年，他一直租房子住，开始是套小房子，老婆来了，在这里生了儿子；一晃儿子大了，娶了媳妇，换了大点的房子；儿媳妇生了孩子，换了更大的房子。

在开发区，他是人在屋檐下；在老家，他则有自己的房子。几年前，他们一家人合力，靠打工挣的钱在湖南衡阳市区买了一套150多平方米的房子，四房两厅两卫，很阔，又是6楼，好楼层。戊戌狗年春节，一家人聚在自己的房子里欢欢喜喜过了个年。

谈起儿子儿媳妇，他的眼睛里迸射出一缕光芒。他儿子在开发区一个大公司上班，儿媳妇在跨国公司工作，钱挣得都不少。

"当！"他用小锤子砸了一下铁撑子："我今年60了，好日子来了。"

《光明日报》（2019年01月04日）

澳门散记

一

我问酒店的小保安，那叫什么桥？他一脸喜气，答道，友谊大桥。

友谊大桥连接澳门半岛新口岸水塘北角与氹仔北安码头。那桥跨海。

每一次来澳门，我都要先去看海。

初冬的澳门，天气不冷，但海边风大，风裹挟着寒气漫卷而来，也驱散了云。天上仅剩下蓝，阳光便无阻无隔，肆意流泻。近处的海面折射出点点亮光，随着起伏的海面不停地闪烁。有那么一会儿，风声渐息，涛声四起，由远及近，此起彼伏。海燕、海鸥在海面飞翔，悠然自得，红色的轮船穿越于桥下的行船通道。我知道，此景被澳门人整日地望着。

与海相伴的人，内心旷达，敦本务实。

到桥上，又是另一番风景。海更加壮阔，天更加辽远，海岸上的一座座建筑或中或洋，或伟岸或秀丽，并不密集，疏疏朗朗，被阳光镀上了金和银。而远处的一大片海面，阳光平铺，宛如金毯。海中的澳门观光塔，优雅别致，直刺蓝天。我上过那塔，站在223米的高处，远眺澳门，远眺珠海，远眺香港，目光所及，大湾区都市群连缀成片，蔚为大观。

从桥上遥遥望去，还能看到被誉为"现代世界七大奇迹"之一的港珠澳大桥。千里烟波，雾霭沉沉，大桥若隐若现，如一条雄健、伟岸的长龙，飞架香港、澳门、珠海三地。

二

从手机地图上看，那是一片水塘。走到近前，其实是海塘。塘水蔚蓝，和海一样。

围塘而建的是本地人的住宅。海塘，便是社区的一个中心景观。

塘边，设置着休闲椅、健身器材，还有亭子。亭子下有两把椅子，一张方桌，桌上固定着一张金属制成的中国象棋棋盘。

棋盘表面光滑，又"履痕"处处，必然是棋子与棋盘经年累月地摩擦而留下的痕迹。

正是午后，饭点，住宅楼里户户飘香，无人前来和我对弈。我瞅着棋盘，想起了父亲。父亲生前也爱下棋。西北小城的老年人下棋，总是自带棋盘、棋子。棋盘有木制的，下着顺手。有塑料布的，方便，往地上一铺，人往那儿一蹲，棋局拉开。树荫下、街道口、家属院，"啪""将"，有时候"杀"得脸红脖子粗。

我想象，日暮时分，海塘四周的居民，男女老少，出了家门，信步闲庭，来到此处，在海霞的余晖里，找到棋友，杀上几盘，红红脸，发发汗，不亦乐乎。

我闭上眼睛，感受澳门的美好。此时的北方，已是千里冰封，万里雪飘，而我在澳门，被风之爽，负日之暄，旧事从记忆中捞起，慵懒从骨子里弥散，何其美好。

离开海塘，沿曲径通幽之处上行几级台阶，半坡处，女贞、龙眼、乌桕，树木丛生，绿意盎然。抬眼间，豁然开朗，澳门的街衢、店铺、车流，又尽在眼底。

三

在澳门行走，常遇内地人。酒店那位一脸喜气的小保安，来自广东云浮。在氹仔官也街附近的一家中式餐馆吃饭，厨师是江西人。

澳门商业气息浓郁，是"淘宝"之地。内地人前来，有的办了工作手续，打工挣钱。有的饱览风景，到此一游。无一例外，来的时候两手空空，走的时候收获满满。

澳门的超市，名字中多有"利"字、"来"字。应了司马迁所言，天下熙熙，皆为利来；天下攘攘，皆为利往。澳门人深谙此道，整日为利而忙忙碌碌，然而他们在商言商，诚信，童叟无欺。

澳门人餐桌上的蔬菜、生鲜食品，大多由内地供应。"来来"是澳门的超级市场，蔬菜货架上，整整齐齐地摆放着青翠欲滴的"中国茄瓜""中国西兰花""中国菜心苗""中国生菜"……商家的诚信体现在细节之中，你想象不到，即便是一包生菜，价签上也清楚地标明了制造商、电话、地址。正如我曾在一篇文章中写道："我们所嗅到的澳门的商，是铺天盖地的商，不躲闪的商，澄澄澈澈的商"。

在澳门行走，我又禁不住念起父亲。他生前很想到澳门来看看，但最终没有成行。那时来澳门，他得先回老家办港澳通行证，也不能"自由行"。如今，便利了许多。我拿的是电子通行证，入关出关只需要刷脸、验指纹。多来几次澳门，还摸着了门道，旅行中不必打车、坐公交车，各个口岸都有专车往返接送。

流连于"威尼斯人"，美得令人窒息的人造天空下有河流，河流中飘荡着贡多拉船，船在如梦如幻的仙境中飘荡。河的两岸，酒吧、商店、旅馆如大幕徐徐拉开。大三巴牌坊则是澳门最具代表性的名胜古迹，是世界遗产"澳门历史城区"的组成部分，体现出东西方艺术交融之美。它历经四百多年沧桑，见证了西方文明进入中国，以及澳门曲曲折折的回归历史。

　　下午，阳光愈发热烈，冬季的气息荡然无存。大三巴牌坊前人潮涌动，摩肩接踵。纷至沓来的脚步是对历史和文明的敬重。我站在台阶上，仰视着那些栩栩如生的雕像——飞翔的白鸽、灿烂的日头、璀璨的星辰……澳门，因其厚重、包容，所以繁盛。

《光明日报》（2019 年 12 月 20 日 ）

父亲的档案

夏日的清晨，我打开了父亲的档案。

父亲去世后，我复印了他的档案。我无意窥探父亲的秘密，他也没有秘密。但他的一生有几个重要的节点，我想知道，他如何从一个节点走到下一个节点，节点与节点之间，有着怎样的联系。

父亲生于新中国成立前。新中国成立后，上过小学，上过初中。初三没有上，在大队参加劳动。父亲装上满满一架子车草，摸黑，从村里出发。从村里到兰州有近50公里的路。村里的路坑坑洼洼，出了村，还是土路。土路也不平整，有上坡，有下坡，有小坡，有大坡。上坡时狠命地拉，下坡时狠命地拽。父亲个子不高，身单力薄，负重爬坡，汗流如水，气喘如牛。赶十个多小时的路到兰州时，已过晌午。卖了草，还要赶十个多小时的路回去。我成年后多次和父亲走那一条路，不是走，而是坐车或者开车。路其实已找不到了，某些路段可能并入了312国道。国道是柏油路，虽然有的地方也起伏不平，但比起父亲当年走过的路已是天壤之别。从兰州到家乡还有一条高速，车行40来分钟即到。家乡还通了高铁。

父亲面对艰苦的环境没有怨天尤人。他努力地改变自己，先加入共青团，又担任团支书。劳动之余，拜师学艺，学中医。他在"业务自传"中写道："中医学徒期间，（我）系统地学习了中医的基础理论知识及常见病的诊治原则，特别对张仲景的《伤寒论》等名著的学习较为扎实。"

1965 年年底，父亲应征入伍，成为中国人民解放军汽车第三十七团九连战士。第三十七团是一支英雄的部队，是中国人民解放军历史上第一支汽车部队，第一个汽车团。

父亲被分配到团卫生队卫训班，几个月后，成为卫生员，这是父亲一生行医的起点。这个机会，是部队给他的。他那时的津贴每月 6 元。他曾先后两次共买了 72 本毛主席著作送给团员青年和战士。他常说："人民给了我最高的待遇，我应该把人民的钱用到最需要的地方去。"

父亲一走就是两年，服役满 3 年才可探亲。家里去信，母亲说想去部队探望，父亲"无情"地拒绝了："我们正是青年时代，是为国家出力的时候，自己的事情应该抛远点。"然而母亲还是擅自去了，在部队待了 5 天。

1969 年，汽车第三十七团从洛阳调防吉林省白城市。这一年，父亲被提干，担任助理军医。提干，是对优秀战士的奖励。又是几个月之后，父亲成为中国共产党党员。"入党介绍人的意见"是："自分配到卫生队后，热爱本职工作，工作中埋头苦干，能吃苦耐劳。在 67 年支农中出色地完成了任务，积极宣传毛泽东思想……"在支农中，为了抢救农民兄弟，父亲先后两次献血。

1970 年年底，父亲进入解放军第二军医大学军医系学习，成为工农兵大学生。喜报从遥远的东北传到故乡，故乡轰动了。爷爷村头的老宅子里，一拨又一拨的乡亲前来道喜。母亲也笑了，笑成一朵花。结婚 6 年，看似不起眼的父亲带给她的巨大惊喜冲淡了她受的所有委屈。母亲终于可以大大方方去西安，看望她军校的丈夫。父亲也有了假期，可以回来与家人团聚。

从农家子弟到军校大学生，父亲实现了人生巨大的转变。大学毕业后，父亲担任汽车第三十七团军医，开始履行医生的天职。

后来，我们随军了。一年在东北，当我们进入一个村庄时，一缕悲伤的气息从某个角落悄然弥漫，村里人告诉父亲，葛家的女人快不行了，棺材都准备好了。我们迅速来到葛家。见到头顶着五角星帽徽的军医，一院子的啜泣停止了。女人正躺在炕上，面如死灰，气若游丝。父亲取出听诊器，听了听她的心跳；掰开她的嘴，看了看她的舌苔；翻开她的眼皮，瞅了瞅她的瞳孔……葛姨得的是痢疾，肠道传染病。父亲开了药方，让老葛的儿子去镇上买药。工夫不大，人带着青霉素回来了。一针见效。葛姨气色好转，呼吸均匀，睁开眼睛，第一眼看到解放军，泪水顺着眼角小溪似的流淌。老葛的三个儿子齐刷刷地跪在院子里，朝屋里磕头。父亲冲出来，冲老葛使劲摆手，说，赶快让孩子们起来，把棺材搬走！

档案中显示，父亲在担任军医之后的 7 年里，抢救各种类型的休克 11 例，充血性心力衰竭 18 例，中毒性痢疾 50 多例，小儿肺炎合并呼吸衰竭与循环衰竭 9 例，胸栓塞 1 例，脑血栓形成 2 例，蛛网膜下腔出血 1 例，急性克山病 50 余例。有 3 例死亡，其余全部成功。"有一个孩子，痰液阻塞气管，心跳每分钟仅有十多次，呼吸已停止。经 6 个多小时的口对口吸痰，人工呼吸，抢救失败死亡。"

1984 年，父亲转业到地方工作。在县医院门诊工作期间，有两名患儿因痰液阻塞气管而窒息，面色青紫，心音微弱，已处于濒死状态。父亲口对口吸痰，一口口地将患儿的痰液及血性分泌物吸出，使患儿得救。孩子的父母感动得泣不成声。

"口对口吸痰"，我们听说后都觉得脏。父亲说，有时候没有吸痰器，有时候就算是有，也来不及。我想，在父亲心里，无所谓脏不脏，他在报恩。他在感谢国家，感谢党，感谢部队，感谢人民。心之所念，力之所及。

我合上档案。

我想起，父亲退休之后，最爱看的电视节目就是《新闻联播》。而且，一定要把频道换到央视一套去看。谁要是大声说话，影响他看，他会吹胡子瞪眼。国家大事了然于胸之后，换身衣服，下楼找老战友下棋。

夕阳下，家属院，很快，棋子儿乱响，最后，"啪"的一声，那是"将军"的声音。

《光明日报》（2019 年 09 月 19 日）

精练的要义

——读范希文遗著《爱与友谊》

现在的年轻人，不大喜欢了解老年人的过去。每当老年人回忆往事时，很多人不以为然。原因无外乎两点，首先觉得那些故事过时了，没什么意思；其次，以自我为中心，缺乏虚怀若谷的风范。

对于范希文先生，文学界、出版圈里的人并不陌生。其幼年参加革命，先做新闻，后任百花文艺出版社编审。前几日，杨闻宇先生向我推荐了范希文先生的遗著《爱与友谊》。杨闻宇是本书三位作序者之一，另两位为蒋子龙、马献廷。杨先生认为，本书里"当代文坛上如雷贯耳式的名家近二十位。这么多的名高位重者，除了八十四岁的希文兄，谁也没有法力将他们汇集于只有六万来字的一本小册子里。"

确实，由于工作之便，范希文先生结识了许多社会名流、文坛大家。他与朋友们亦师亦友，其言："我写的这些'段子'都不见经传，是交往中亲身经历，所听所见，可称'外史'。然而，从他们一言一行中呈现其人格和品德，所以，深感弥足珍贵！"先生之所以书写这样的"杂感式人物写真"，他自诩"不为自己，要为后人"。如此，我这样的后人，便从前辈片段式的回忆中，洞悉了范希文先生所处的时代里文友、战友、同志之间难能可贵的人际关系——物质之间，清淡如水；情感交流，浓郁如酒。

由于文章短小，我用几个小时便读完全书。脑海中不断浮现出范希文笔下的孙犁、汪曾祺、王蒙、谢冕、邵燕祥、铁凝等人的"另一面"。如孙犁，他写"有新官上任，春节来到孙犁家拜年"，来者报上大名，却吃了闭门羹。事后，孙犁对范希文说："他没人格，见他何用！"而范希文辞别时，孙犁送到门外楼梯口，说道："愿意来就来！"范希文到汪曾祺家中做客，饭后，汪曾祺赠画给范希文，附墨"红梅花儿开"，言："你像枝红梅，人都喜欢。"寥寥几句，老一辈文坛领袖的人格操守、情趣神态跃然纸上，可敬、可亲。

短文，似乎正在没落。许多作家热衷于长篇大论，连散文也越写越长，动辄万言。仿佛不如此不足以体现其内涵与功力。越来越多的文学期刊对短文不屑一顾，有人视短文为"报屁股"、副刊"补白"。殊不知，多少人穷其一生，想留给后人一篇千字文，却殊为不易。想当作家，光在"空间"里做文章，行吗？

老作家阎纲对杨闻宇说："捧读范氏外史段子，精彩纷呈，美在精短。他几笔把孙犁等名家写活了，把恩师马献廷写活了……子龙和你的序也把希文写活了，你们一色精短的文字，全都得益于饱含深情的艺术细节，用形象说话，用细节传神，不会速朽。"阎先生又说，散文要想精短，作者就要学会浓缩天地精华、提炼人生的感悟。事实上，凑数字只能凑出"假大空"，腰包是鼓起来了，但也暴露出作者自身的贫乏与浅薄。文风不正，于此为甚。

一叶知秋。见微知著。后辈作家当从传统文学经典中，从文学前辈的短文中汲取营养，把文章写得精短、耐读——一字千钧，简洁扼要，又气象万千。

《光明日报》（2018 年 11 月 16 日）

上北下南

　　有一张照片，是黑白的。上面有四个人：父亲，母亲，我，弟弟。父亲穿着军装，戴着军帽，目光里流露坚毅，母亲充满喜悦，我的头有点歪，弟弟懵懵懂懂。我们背后，是人民英雄纪念碑，很巍峨。那是1975年，我们从兰州的一个县来，在北京中转，目的地是东北。

　　我们不是去东北旅游，那个年代没有旅游。那个年代，人出一趟远门是大事情；举家迁移，是天大的事情。离开家乡的那个下午，亲人来站台送别，母亲抱着外婆哭得稀里哗啦，仿佛此去九死一生。在火车上，我第一次吃了方便面。父亲用搪瓷缸子泡面，但只泡了一包。我吃了两口面，喝了两口汤，就让给弟弟。面真好吃，汤真好喝，这种记忆让我一辈子对方便面心存好感。我们从北京站又坐了几天几夜的火车，再换乘部队的汽车进入大兴安岭林区。在阿荣旗，部队有一座农场，农场没有医生，作为军医的父亲被派驻到此处工作。农场在一个叫得力其尔的村子给我们找了落脚的地方。

　　那个季节，树绿极了，叶子密极了；到处都是鸟叫，真好听；还有蝴蝶，在绚丽的阳光里飞舞。只是，当我们进入村庄的时候，一缕悲伤的气息从某个角落悄然弥漫，村里人告诉父亲，葛家的女人快不行了，棺材都准备好了。三拐两拐，我们迅速来到葛家。见到头顶着五角星帽徽的军医，一院子的啜泣停止了。女人正躺在炕上，面如死灰，气若游丝。父亲取出听诊器，听了听她的心跳；掰开她的嘴，看了看她的舌苔；翻开她的眼皮，瞅了瞅她的瞳孔……若干年后，我问父亲，葛姨得的是什么病？父亲说，她的症状是发热、腹痛、腹泻、里急后重，大便带有脓血，是痢疾。痢疾是肠道传染病。确诊之后，父亲开了药方，让老葛的儿子去镇上买药。工夫不大，人带着青霉素回来了。一针见效。葛姨气色好转，呼吸均匀，睁开眼睛，第一眼看到解放军，泪水顺着眼角小溪似的流淌。老葛的三个儿子齐刷刷地跪在院子里，朝屋里磕头。父亲冲出来，冲老葛使劲摆手，说，赶快让孩子们起来，把棺材搬走！

村子里有一所小学，叫得力其尔小学。1978年，我上一年级。教室的墙是用土坯垒成的；一块比课本略宽的长条木板，下面钉四根木棍，插在地里，立起来，是课桌；用两块方方正正的泥块垒起来的，是椅子。教室里弥漫着泥土的气息。下课时，同学们打打闹闹，灰尘飞舞，很呛人。孩子们在那样一所学校接受启蒙教育，学习第一个拼音字母、第一个汉字。前几天，我问葛姨的侄子小学还在不在，他说，十几年前合并到乡中心校，今年，几所学校又合并为得力其尔民族学校，九年一贯制，新楼矗立，绿树成荫，书声琅琅，鸟语花香。

在那十年里，父亲每年回乡探一次亲，母亲和我们则像被固定在原地，一动不动。我们都知道山高路远，道阻且长。

那个年代，轻易不出门。出远门一趟，像外公说的，就不容易回来。

大约十年前，偶然的一次机会，让我决定去南方。不是一个人去，和当年父亲一样，我要带一家人去。我的决定让母亲忧心忡忡。见我态度坚决，母亲一边唉声叹气，一边为我们准备行李。夏天的行李简单，衣物少。我告诉母亲，不用带很多吃的喝的，火车上都有，火车每到一站，站台上也都有。我满不在乎的样子让母亲很生气，她瞪了我一眼，说，火车上的东西贵，站台上的也不便宜，我给你们煮上十个鸡蛋，买上几包方便面，带上几包瓜子，还有花生，你们路上够吃，就不用买了。钱要装好，小心贼惦记，钱我给你缝在裤衩里……母亲声音哽咽，泪眼婆娑。

我们是从兰州出发的，父亲和母亲没来送我们，他们住在小城，往返兰州，几十公里的路，来去不方便。他们也知道，我们此次迁徙，与30年前他们的那次迁徙，境况不同。那次迁徙，路程总长2500多公里，北京中转，前后用了7天7夜。那是蒸汽机车的时代。此次迁徙，路程总长也是2500多公里，但列车是直达，总计30多个小时，是内燃机车。当年，坐的是硬座。此次，坐的是硬卧。当年车里没空调，如今车里舒爽宜人。

夜幕中，列车启动了，从兰州站驶出。女儿很兴奋，像我当年一样，爬上爬下，在卧铺间玩耍。车轮与钢轨接头处的撞击声"况且——况且——况且"连绵不断。30分钟后，列车驶过家乡的夏官营站。在列车飞驰而过的瞬间，我仿佛听到30年前自己的哭声。似乎也看到了万家灯火的故乡，父亲和母亲正站在阳台上，看着表，估摸我们这时候刚好经过夏官营。

一路，吃鸡蛋，吃方便面。北方人吃面离不开醋，妻带了凉州熏醋。车到西安站，我下车买了肉夹馍。到郑州站，我下车买了烧鸡。还喝了崂山啤酒。

终点站是广州。到达后我们没有出站，在换乘处买票，半小时后，登上一列"子弹头"。车厢里凉气袭人，与户外的炎热比真是冰火两重天。她们母女的脸，如薄雾笼罩，润泽如玉。我们兴奋地打量车厢里的人，听着我们一点也听不懂的粤语。

"子弹头"风驰电掣。很快，到了终点。

——深圳，中国改革开放的最前沿。

来深圳的人，有的是旅游。而我，是来工作的。像父亲当年带我们迁徙一样，为了一个自己设定的目标，或者，某种事业。

单位待人很好，给我们提供宾馆住，让我们休息好，再去找房子。我们在深圳东部的罗湖区租了房子，两居室，客厅很大，光线好，不临街。住的地方与上班的地方极近，午间与晚间下班，我步行回家，一路是鬈曲的榕树、大叶的芭蕉、飘香的桂树。不大工夫，到家，妻已做好饭菜。妻每天要去附近的菜市场，南方的蔬菜瓜果新鲜，价格还不贵，还有各样的海鲜，我们以前没见过。我们核计过，在这样一座朝气蓬勃的都市，若自己采购食材，自己动手烹饪，一个月花不了多少，六七百、八九百就可以，若预算一千，能吃得很好。

半年后，女儿上小学一年级。校园里杜鹃正红，桂花飘香。学校附近有动漫城、图书馆、少年宫、体育馆、美术馆。一日放学，女儿说，她在教室里看了电影《功夫熊猫》。我好生羡慕。

一晃，春节到了，我们要返乡探亲。

早上，我还和母亲通电话来着。下午，我们就到了家门口。我敲门，母亲开门——一时间，母亲愣怔，喊："天哪！"

我们是飞回来的。从深圳到兰州，飞了三个半小时。

依然山高路远，道却不阻。

既不阻，来去便自由——倏然而来，择一城工作，创业；忽焉而去，择一城生活，终老。

人，都如南来北往的雁。

《光明日报》（2018 年 09 月 21 日）

享 海

我站在阳台上，向远处张望。眼底黑魆魆一片，什么都看不见。我望着天，很久，才发现一颗很淡很淡的星。听到了水声，又混杂了扶摇直上的人的嬉戏与嘈杂，时有时无。我确信，前面是苍茫一片，浩浩荡荡——因为，那是海，是惠东的海，双月湾的海。

人的睡眠，大概随着年龄的增长而呈衰退之势。夜里，在我半梦半醒时，又听到水声——"哗……哗……"当我竖起耳朵，凝神想听得更真切时，它又遁去。然后，我应该是枕着海声，又睡着了。海声能够安眠。

醒来的时候，不知道是几点。我去拉窗帘，帘布很厚很重，像被风扯着。刚开一条缝——猝不及防，海声，像是在阳台潜伏了一夜，瞬间涌进来，灌满我的耳朵，灌满整个房间，在各个角落哗哗地起伏，冲刷，翻卷，隐退，周而复始——而此时，阳台外面，仍黑魆魆一片。夜，还没有醒来。

我坐在阳台上，海声由远及近，越来越清晰，似有千军万马齐齐冲来，不断撞击黎明的门。我使劲分辨着天。微弱的蒙蒙的亮，让天的轮廓显现，却惟恍惟惚，似有似无。但能够辨别出云的影子，很浓，很沉，如烟，如墨。墨的边际无限外延，如莽莽的林海，林海之中，有树高耸着，密密匝匝，仿佛从海上生，突兀地，倔强地，撑着整个天。

东方既白。蓝色的天幕渐渐开启。

天边，先是出现了几朵瘦云，纤纤袅袅，又纹丝不动，静止在蓝色的幕里。渐渐地，天更亮了些，云，层层叠叠，白里裹着黄，裹着红。林海，已经消失，撑着天的那些树，都被浮云取代。那浮云，像烧了几个世纪的岩石，有的浅红，有的深红。正前方，一大朵云正在行走，浓墨重彩，缓缓散开；然后，第二朵，第三朵，一朵接一朵——云腾挪开的天空呈现一片蔚蓝。我看见了整个海。极远处，水天相接的地方，海与火烧岩一般的云浑然一体；之后，海浪起伏，由远及近，向我冲来，海声四处弥漫，像要把我淹没和吞噬。

　　海面和海上的天空更加明朗。此时，准确地说，天不是蔚蓝的了，是淡淡的蓝和淡淡的白相混合，清雅，隽永，像一篇沾着晨露的美文。面朝大海，我的眼睛没有死角，整个海，以 180 度的宽容，为我呈现。

　　海的咸咸的气息，带着一缕与生俱来的潮气。

　　前方的云，突然猛烈地红了起来，像正在燃烧的炭火。而后，整个天上的云都红了。只是，它们仍是纹丝不动的，是静止的。海浪却更加激烈地涌动，哗哗的，我的意识，仿佛已经置换为公元前六世纪的战场，千军万马在冲锋，在陷阵，在咆哮。我闭上眼睛——大海威严地列队，演绎雄壮的乐章，如奔驰的列车带起的风声，如仪仗队的齐鸣，如排兵布阵的呐喊。那巨大的声音令人眩晕，令人紧张，令人兴奋，令人压力重重。此时，人类的世界仍是静止的，一切的声音，都来自海，它是海的啸叫，海的鼓点，海的分崩离析，海的爱恨情仇。

　　沧海桑田，惊心动魄。

　　突然，海声逝去了，无影无踪。

　　万籁俱寂。

　　半空的云层，褪去红晕，不再像火烧的岩石，而是如洁白的羊毛，如白色的锦缎。

所有的红，都集聚在我的正前方，我的下方，离海最近的地方。红藏在一片云之后，云已经豁开一个口子；红，像熊熊燃烧的炭——呀，火苗蹿出来了，刺眼的火苗在舞动，在摇曳；接着，半圆出来了；接着，大半个圆出来了。这时，是早上5：48。接着，整个的圆出现在东方。

不可思议，海刚才所做的这一切，竟是为了一轮红日的升起；刚才片刻的宁静，竟是为了欢迎日出而蓄足了势的一场隆重的礼。

鲜亮与柔软的红日很快地离开了海面，喷薄而出的暖意，仿佛一个巨大的鹅蛋黄，融着黎明的清凉。一缕朝霞，打在海面上，打出一束光影。光影浮在海上，悠闲，恬淡。

一名渔夫，挑着担子，沿着海，沿着沙滩，由北而南，昂首挺胸地走着。

红日映照着他的身，剪出一个健壮的影子。

我在享海。他也在享海。

《光明日报》（2018 年 06 月 22 日）

端州的水

端州有水。端州还有一座星湖。端州是出端砚的地方。包拯当过端州的知府。

这样一说，你就知道端州了。

那一天，我和母亲沿着星湖，慢慢地走。算是山路，有点坡。路两边草木丛生，不知名的各色小花儿因为风，因为人声，因为蝉鸣而微微地颤动，散发着朴素的香。母亲说，这花真好看。

到了开阔处，星湖完全进入了我们的眼睛。你一定想不到一座城市竟会有这样一片水域，远可眺望，近可触摸。湖依着山，山又不远；湖映山，山映湖。没有落霞，也非秋水，孤鹜不孤，水天一色。尤其是，湖水近城，城中有水，水中有城。我刚才给母亲指的那些楼群，不是空荡荡、冷冰冰的建筑，不是只能遥望的风景，是风景中的生活，朴实而日复一日的生活。

下了山路，便离湖近了。倚着栏杆，能看见湖里的鱼。不是一条鱼，是鱼群，一堆儿一堆儿，一簇一簇，你扬一下手，手影刚漂到湖面，鱼儿就扎堆儿齐刷刷地冲你扬起带着白边的小嘴巴，好可爱。可我们没有带鱼食。

孩子们跳着小脚丫逗鱼，有的撒鱼食，有的想把手里的香蕉、苹果扔给鱼——那些庞然大物若是落到水面，鱼不被吓破胆才怪。幸好，他们只是虚晃一枪做了个动作，没有付诸行动。这些顽皮的孩子。

我们看了半天鱼。只有到了南方才能随心所欲地看鱼。黄土地上的人见鱼稀奇。周围没有卖鱼食的，若有，该让母亲喂喂鱼。

湖边有了一些风，风起云涌，湖水喧哗起来。风里夹杂着一股股凉气。孩子们才不管呢，他们蘸着肥皂水，舞着彩棍，一连串彩色的或大或小的泡泡在风里飞旋，在我们的头顶、脸上飞过、迸裂。我们并不气恼。孩子们一路咯咯咯地笑着，母亲有时也咯咯咯地笑着。

阳光晴好。母亲望着湖，任由风吹乱她黑白夹杂的发丝。我知道她心里在想什么。我曾动员母亲留下，这么好的风景，想看，经常能看，随时能看。说不定以后我们也能住在水边，过上像端州人一样恬静的生活。

母亲很高兴，说，这里到处都是绿茵茵的，水汪汪的，风景真好。她拍着腿——我明年还来！母亲鱼尾纹里的阳光珠子似的一抖，洒向湖面。

我望着湖。站在这个位置，湖面更加辽阔，深远而幽隐。阴雨天时，我是来过星湖的，如鲁莽者闯入仙境，竟辨不清方向。其实星湖一年四季水汽氤氲，一年四季，山影伴着光影，光影伴着楼影，楼影伴着人影，或隐或现，依稀朦胧。端州人的生活，便纯粹得如一池湖水。

你得羡慕端州的人，"偏安一隅"，活得滋润；又不偏得离谱，又一列城轨静卧于星湖一岸，用不着朝发夕至，半顿饭的工夫，端州人已经融入繁华的都市。

真是极为诗意而美好的生活——端州的男男女女，母亲这样的老人，孩子，整日栖息于水岸，闻水汽，听水声，看水波。波光潋滟，水鸟萦回，山不转水转，水不转人转。

《光明日报》(2017 年 08 月 04 日)

两个北方

通常，人只有一个故乡，我却有两个，都在北方，一个在西北，一个在东北。

5岁的时候，我从西北来到东北。那是我第一次走出故乡，第一次从一个村庄进入另一个村庄。

记得长途跋涉之后，我们终于在那个村庄的某一个院子里歇了脚。我惊讶地发现，院墙不是土垒的，而是一排排的树，树皮是白色的，树干直直地插入地里。一个角落里码着高高的原木。院子里还有一口井，伸出一个铁脑袋瓜，往下压水，冰凉的地下水哗啦啦地往外涌。我的小眼睛睁得很大，对周遭的一切都感到新奇。我从白桦树干的间隙溜了出去，溜上长满树的山。

那时刚到夏天，我看惯了黄土的眼睛被绿蒙住了。绿堵得人喘不过气，绿得那么密，蔓延到天上。到处都能听到风，呜呜的。我进入丛林，看到一种叫榛子的东西，砸开绿色的皮，皮冒着绿汁，能渗入皮肤。我贪吃，手被染成绿色，甩起来像两把小蒲扇。榛子的果实嚼起来有点像杏仁，却没杏仁阴险，吃多少都行，可以放心地吃饱。我在丛林中奔跑，很快又进入黄花遍地的田野，鼻子里满是花香。母亲的呼唤顺着风飘来，我知道该回家了，于是站起身，拍拍土，一溜小跑跑进院子。我身上没有多少土，东北的土沉，上不了身。

母亲不需要再上山，山上没她的作物。母亲养猪，养得膘肥

218

体壮；种菜，种得满园飘香；她还在部队的苗圃里种树。我想，母亲种树时肯定会想起故乡，土黄的山，土黄的路，她一定在想，这树要是能种到那山上该多好。后来有一年，我和同学们收集了很多树种，寄到我的故乡。我想象着一棵棵树渐渐长高，长大，长密，等我回去，我一定要爬上树，迎着风，望着山，使劲地喊。

只是，若干年后，当我和母亲回到故乡时，山还是那山，路还是那路，树依旧少得可怜。还是少雨，少水，除了庄稼地，一眼的黄。阳光很凶，似乎要从我们身上刮下些什么。母亲和我都望着山，我隐约看到母亲在山上劳作的影子——我想起那些艰难的岁月。

故乡与故乡，是不同的。

此时，我已成为一个城里人，我却非常想在阳台上种一棵树。我在故乡找过树，杨树、柳树，大的移不过来，小的与母体连着根。我也知道，树是执拗且倔强的，它是那么不情愿上楼，钢筋混凝土无法让它惬意地生长，暖气令它窒息。即使上楼，它也一定会萎靡、奄奄一息。几番蠢蠢欲动，我终究也没能在阳台上种上一棵树。

站在阳台上，我会想一想老家，黄的土，光秃秃的山，鼻翼中依稀还有干粪的气味；想一想另一个故乡，黑的土，葱郁的山，鼻翼中满是清香——两个北方，让我见了原始的山，喝了原始的水，闻了原始的香，听了原始的风，都以它们的怀抱接纳了我。而生活的磨难，生于北方，又逝于北方。

念想，就挂在心头的树上。

《光明日报》（2016 年 10 月 07 日）

南方的花

　　母亲刚到南方时，看到我们养了很多花，似乎是不经意地说，你怎么会喜欢花？她是一个北方女人，可能不太善于表达，言外之意，一个男人喜欢花是性格柔弱的表现——她哪里知道，在南方，花与生活简直密不可分！

　　其实我在北方时也是喜欢花的。当你的生活中有了花花草草，你每天看着它们，给它们浇水、洗尘、修剪枝叶；清晨或者黄昏，当一缕阳光从窗外流泻而至，你会感到温暖与幸福。而北方的冬季，花花草草注定要经历苦难，你不可能把每一盆花都挪到温暖如春的室内，它们在与寒冷仅一窗之隔的阳台上承受着严冬的冷酷，有时你会于心不忍，可是你只能默默地为它们祈祷，因为那是它们的栖息之地。我曾经掘了很多土带回家，只为那些花花草草有一个温暖的环境，可是被母亲一顿"训斥"——糟蹋了这么好的房子。要知道，在一座有商品属性的房子里堆上厚厚的廉价的土，在那样的年代那样的城市，并不会博得很多人的认可与赞许。

　　南方环境温湿，在北方十分珍贵的花木，到了南方，也不过是街头的一般景物。有时，我们路过卷曲飘拂的榕树，路过"一点芭蕉一点愁"的芭蕉，路过"暗淡轻黄体性柔，情疏迹远只香留"的桂树，禁不住要贪婪地端详，贪婪地嗅，就会想起某一年在北方为得到这些花木而处心积虑、盘算荷包的情景。

我们就笑了。

此时，我们的笑就在花市飘摇。

南方的花市似乎专为年节而来。岁末年初，大大小小的城市、宽宽窄窄的街道，若缺了花市，就像缺了主心骨与精气神，整个城市与整条街道都落魄与静寂起来。可是，爱花的南方人怎么会拂了一年一度的兴致！那么多的花，那么多的树，一股脑儿扎到一起，的确是令人眼花缭乱、目不暇接的。

我在一株海棠花前蹲了下来。目光没有被鲜艳的红所侵扰，而是望向那憨态可掬的蜂，它一丁点儿都没有意识到我的存在，在花瓣间、花蕾间、叶子间嗡嗡地弹跳与翻跶，黑黄相间的身子与圆鼓鼓的眼可爱而迷人。我与它近在咫尺，我不怕它耍脾气冲到我的头顶，它也不怕我一口气吹散它的雅致与怡然自得。我们本属于两个世界，但在这一刻，我们都是花的守护者，都沉醉在自然的芳香里。

有了花，便有了蜂，有了蝶，鸟儿也不该缺席。可是喧嚣的人声让鸟儿胆怯，鸟儿都在不远处的草坪上飞旋与萦回，它们或许也试探着过来凑热闹，思忖许久，又作罢。鸟儿在空中看人捧着金橘，端着桃花，举着栀子花，一路芳香洋溢，于是更加兴奋，唧啾唧啾地欢快地唱着。偶尔有胆大的鸟儿一路俯冲，试探着落在高大的樱花树、艳丽的杜鹃花、紫盈盈的风信子上——事态并没有它们想象得那么凶险，年节里的人，满眼的柔情，甚至冲它们笑笑，或者孩子般晃一下脑袋，瞪一下眼珠子，逗它们一下，便急着把好兆头和春天搬回家。

花市开门迎客时，便是南方春天到来的时候。你走入花市，便是提前拾得一个春天。我知道，此时我的家乡以及更广袤的北方还是一片白茫茫的大地，甚至在这之后的冗长时日里，风霜仍是季节的主流。因此，对花市我比地道的南方人更为贪恋。我一路细致地查看、欣赏，我在叫不出名儿的花花草草前如懵懂的孩子似的迷醉与喜悦。在姹紫嫣红的花海里，我自愿沉沦其中，我裹挟着花香由南至北，从东到西，极为愿意做一个招蜂引蝶之人。

花市里也不全是花。藤不是花吧，你见过藤编的花吗？在佛山南海的千灯湖畔，我见到了编花的人，一个从十二岁开始，编了半个世纪花的老人，一个像我母亲那样的母亲。各色的细细的柔韧的藤在她手里飞舞、缀合、编织，我的眼前很快就呈现出一朵艳丽的玫瑰或金色的菊。我没有闻到花的芳香，那是另一种朴实的香——水草的香，山梁的香，泥土的香，母亲的汗香，不会与现代工业制造出的气味相混淆的香。不光是花，她还编了一头洁白温柔的小羊、一只灵动的猴子、一个精致玲珑的篮子、一把摇曳生姿的蒲扇。我想起劳作一生的母亲——一样在春天的风里舞动的银色的发丝，满是褶皱的手，饱经岁月风霜的脸，除了不许我在家"耕种"的斥责之外，总是充满着关切的目光和对生活的怡然。

广州的花市更是广州人可餐的秀色，花市中有土生土长的广州人，也有我这样的"新人"，还有到此一游的旅人，谁要是过花市而不入，那说明他还不了解这座城市的风情。广州的花市无一例外会是摩肩接踵、人山人海、人声鼎沸的。入了花市，图的自然不是耳根子清净，眼里空明，但无一例外，人们的心是坦然的，喜庆的，惬意的。一年的劳碌被花香稀释，进而被一股脑儿替代，一张张喜洋洋的脸掩映于花瓣间、芳草间，穿着唐装的极为俊俏与乖巧的小女孩举着风车，笑声一路飘洒，渗入温情洋溢的街道，那是叫"映日"的路，叫"宝岗"的路，叫"滨江"的路、叫"荔湾"的路、叫"西湖"的路……你不必知道那路居于何处，只消闻着逐渐馥郁的花香，随着人流徜徉与漫步，到了，就到了。你要把自己当成春的使者，春的嫁娘，你所有对于春的倾慕都会在绚丽的花瓣间勃发。

花市就如春天的一片薄岚，在花城人的眼里萦纡，又如清溪漾绕心头。

你应感到稀奇的是，在花团锦簇间，在嚣嚣竞逐间，那花香该是混杂的，扑朔迷离的——可是偏不。那些或者寻常的或者奇异的花花草草，各有各的香，即便它们贴得很近，甚至依偎在一起，在你还没靠近时，已能辨别出它们各自的味道——不必费解，花草像极了人的脾性，知道春天的美好，不管娅妍脏瘦，均要摒弃荏弱，活出旷达飘逸的个性——我们何尝不是春天里的行者，在春天启程，走进生活，经历风风雨雨，一路泥迹斑斑，希冀在收获人生的充实与富足时，将各自的香气留在世间。

《光明日报》（2016 年 03 月 03 日）

外婆的"双城记"

　　外婆是个有意思的老太太，九十多岁了，很精神；一双小脚，对于小辈们来说是个谜，没谁有胆子试图揭开那一层层裹着的布看一看，想都不敢想，甚至也不敢看。

　　小脚外婆自然走不快，很少出门，更难得去趟城里。她可以去两座城，一座是县城，一座是省城，这便是外婆的"双城"。县城不远，坐"招手停"只要十几二十分钟。乡下没有直达省城的车，从县城到省城得一个多小时。

　　县城她一年能去几回，六七十岁时自己可以随便去，上车、买票、下车，一路"点"到谁家就是谁家。儿子在城里，女儿也在城里，都住着楼房，日子过得还好，见老太太来了，一家子都高兴，儿孙满堂，凑齐了有十几口。老太太东瞅瞅、西看看，吃点这个，尝点那个，倒不贪心，吃饱就行。在儿子家老太太不说什么，儿子日子过得好，老娘一百个高兴，尤其见着孙子，更是喜不自禁，稳稳地从怀里掏出"私房钱"塞给孙子，孙子一把抓过去，连句感谢话都没有，这老太太也高兴，那是孙子呐。可在女儿家，老太太的心思就不对了，她掀开床上的褥子，见铺得厚，心里有想法，嘴上嘟囔，福烧得！她牵挂的是在乡下过得不好的儿子，恨不得把厚褥子马上铺到儿子床上去。女儿心里一本账，老娘偏心眼！可不要说老娘都这个岁数了，自己也六十多岁的人了，哪能再和老娘计较这个。老娘该吃吃，该喝喝，伺候几日，不用她撵，老太太早就归心似箭了。说走就走，女儿把娘送到车站，人家上车、买票，利落得很。

八九十岁的时候，老太太还能自己到县城转，但孩子们不放心，要转，就联系车接车送。小辈们越长越大，好几个都有车，只要有时间，把老太太一拉，油门一踩，一眨巴眼就到了县城。

到省城就不太容易了。老太太一个人上省城是没可能的，她不识字，不认路，耳朵越来越背，平时跟她说话，孩子们都要俯在她耳边大声喊，有时还听不清。她就看你的嘴型，有时能猜出四五成。有时给你选择题，比如问你挣多少钱，一千、两千、三千……直到你点头，她就知道了，若她说到四五千你还不点头，她扑哧就笑了，我的娃，一个月挣这么多，可比你叔（舅）强多了，娃是谁呢？就是老太太儿子们的侄子或者外甥。老太太不是惦记小辈挣多少钱，有没有本事，而是时刻牵挂她的儿子挣钱少。要是把她一个人放到省城的大街上，准出事。一定要有人陪着，坐班车，或坐小车。她亲妹妹在省城，看来是她们这个家族有长寿基因，她妹妹也七八十了，面色红润，走路风风火火，哪里像个老年人。老太太基本上一年要去个一次半次，姐妹俩见面，有说有笑，尽管听不清楚，但一个说一个听，或者两人都说，一个慢，一个快，或者各说各的，挺有意思。妹妹日子过得也不错，不管怎么说都是城里人，住的是楼房，喝的是自来水，楼下有超市，附近有菜市场，孙子们上学也不远，总归比乡下便利。

但外婆这个人到哪儿都住不长，一两天，三五日，最长不过半月，就一定要回了，说什么都没用。你要是硬不让回，她提了包拉开防盗门在楼梯上嚷嚷着就走，你就没辙了，赶紧送。

外婆久居乡下，有个挺大的院子，种着梨树和苹果树，一到夏天，满枝头挂着果子，远远地就闻到了香气。那些果子从不打农药，长得不太好看，但味道真好，如今的城里人是吃不到那样的果子了，有钱也没地方买。有时一场大雨打落了果子，雨过天晴时，外婆踮着小脚俯身拾一个梨子或者果子，用手揩一揩上面的泥水便吃了起来，看似不讲究的外婆从没得过什么病，连感冒也极少，这让讲究的城里人想不通。

　　每到年节时，院子里便兜满了欢声笑语，子孙们从八十里外的省城或二十里外的县城赶过来，一时间其乐融融。有趣的是，外孙们给老太太的钱，老太太边推辞边揣到兜里，眉眼间笑意盈盈——然后在适当的机会塞给孙子。大家也都装作没看见，各尽各的心，给谁不给谁，那是老太太的自由。

　　都想让老太太好好活下去，那是一个家族的乐子。八十里之内所有的牵连都系在老太太身上。

《光明日报》（2014 年 09 月 12 日）

湖水从何而来

南方的雨水是充沛的，也可以用丰富、丰盈这样的词语来比喻，所以草木均生长得健硕、丰茂。那种绿意萌动的生机是无孔不入的。城市的阳台都由砖石构成，本无草木生长的土壤，谁能想到砖石与排水管的缝隙里也能长出树来——那自是一棵细巧的树，龙须面那样的枝，绿豆芽那样的叶子，我蹲下身子细细观察，愈觉得真是乖戾极了，又可爱极了。我当然不忍斩草除根，草木亦有生命。但由着她的性子长下去不行，那执拗的性格岂是塑料水管能对付得了？要怨就怨她生不逢"时"。我将她挪走了。我在想，这棵树的种子从何而来？风吹来，小鸟衔来，楼上住家飘落？都有可能。南方就是如此，空气水灵得像小姑娘的脸蛋，光溜溜的大头蒜搁到窗台上都会发出细密的芽儿，冒出嫩绿的苗儿。

说到水汽，北方自是逊色得多了，尤其是西北那地儿干得如压缩饼干，掘地三尺有时竟无一点潮气。日头猛得，若夏日正午时分你在中川镇兰州机场的泊车场站上那么一会儿，就一会儿，保准你头上冒油，嗓子眼里冒烟。树木其实远比人顽强和伟岸，不惧风沙雨雪，极想活，想得不得了。但西北总是多风沙，缺雨雪，这对于南方和北方的树木而言是不公平的，但正如人之初生，均是命中注定——人都无选择的机会，不能言不能语的树木花草何来抉择的可能？

秦王川亦是不能例外的。秦王川在兰州城五十公里外。"川"

像流水之形，有水似乎才配得叫这个"川"字。但秦王川古称"晴望川"，有人曰，顾名思义，视野开阔，一马平川。我却猜测，是晴日里眼巴巴盼水之意——秦王川的人盼水盼得望眼欲穿，哪个西北人不盼水？西北的农家以前多喝的是涝坝里的水。我写过那水："是一个低于路面的坑，如一口炒菜的大锅。锅里的水，是老天的眼泪。老天高兴时，没有水，锅就干了。老天悲哀时，就有了水，锅就盈了。当然，一般都如蜻蜓点水似的，刚好盖住底儿。那锅没有盖子。天就是盖子。……不远处看去，那水是浑浊的，偶尔漂浮着什么东西。到了跟前，低下头，就清晰地看见了水里的微生物，活跃的，动态的。用一个水瓢，如划桨似的摆动，试图让水清澈起来。水就真的有些清澈了，微生物被打乱了，它们重新有了秩序，但水的本质是不会发生变化的。"如今秦王川人不喝涝坝水，他们盼来了引大入秦——从大通河引到秦王川盆地的水。这是个天大的福分。

雨水也似乎盼来了。这一个夏季有时竟是连天的雨，或细雨霏霏，或淅淅沥沥，或霎时间乌云密布，狂风大作，雨像瀑布（用这个词竟觉得十分奢侈与不适应）一样泻下来，这时的地上才算是川流不息起来，那些干得冒火的浮尘、黄土、枯叶像没文化的爷们见了学识渊博的大儒似的躲藏起来。

有了这许多的雨，湖泽自会活泛起来。哪里来的湖泽？天然的湖泽在兰州自是极难寻到的，人工湖倒很有几处，小西湖的湖，芳草园的湖——秦王川的湖。

这些年在行走间，是见过一些湖的，西湖、瘦西湖、洞庭湖。有的大气、有的隽秀、有的浩渺，各有各的情状与品位。但我只是个行者，来此一游，内心起伏的波澜来得快消逝得也快，那旖旎的湖光山色，逶迤的鸟鸣与翩跹的蝶本就不属于我这样的访客。我的内心，唯有家乡的山山水水才最亲切。因此，当我猛地见到

228

秦王川的湖时，我的心竟久违地一颤。

那湖面是阔气的，在我的老家，阔是一个褒义词。在四面土山环绕的秦王川有这么一座湖，不是阔气是什么。正是晨曦微现之时，头顶的天空如我的电脑屏幕的背景蓝得洁净。但晨曦周围的天却是棉絮一样的白，而大朵的云仿佛水墨渲染般，有浓、有淡、有重、有轻，试图阻碍晨曦的穿越。湖面是浅淡的，或者带了点微微的绿，却纯粹。湖水虽寂静无声，却使微冷的空气透着一丝湿润。湖水还在梦里，湖里的鱼，微小的虫都在梦里。我是个不受欢迎的访客。但这是我的家乡，我没有受到冷落后的尴尬与难堪，怨气与懊恼。我静静地等待她从梦中醒来，像等待贪睡的女儿忽地闪动睫毛。就开始有了鸟叫，那是调皮的麻雀向清晨的问候，向湖水的问候。鸟的叫声在湖泊周围的树枝间此起彼伏，嗓音像喝了泉水般细腻、清脆。此时，晨曦终于穿透了云的阻挠，那温暖的光芒让整个湖面生动与绚丽起来。一时间，水天一色，树影绰绰，碧水微澜，鱼儿醒来，开始细碎地游弋，吐气，波纹一圈儿紧着一圈儿，像美丽的少女在冰上舞蹈。湖畔的花花草草醒来，妩媚地摇曳，湖周围的风醒来，拂过青草，拂过枝梢，拂过湖面，拂过远处一个个工地……

其实，秦王川已成为历史了——秦王川本就是历史中的一粒尘埃，如果不是兰州新区这个名字，它会随着历史的烟云更久远更沧桑地淡去。更何谈这阔气的湖，郁郁葱葱的油松、紫丁香、白蜡，鲜艳的牡丹花，绿茵如毯的青草。即便那些看似卑微的麻雀想必也看不上这土得掉渣的荒漠。苦的是这片土地上日出而作日落而息的农人，那是我的父老乡亲，兄弟姐妹。如今，兰州新区催醒了这里的一切，他俨然一位浑身充满力气的耕者，一位学识渊博的智者，一位运筹帷幄的战者，让干裂的地苏醒，让秃山野岭苏醒，让经与纬苏醒，让经济苏醒。

我知道，一马平川的秦王川古为征战之地，我脚下的土地曾经战马嘶鸣，战鼓震耳。此时，如果说正在进行另一场战斗，却是一场理智的筑城之战。这个名为"2号生态湖"的"水系"便是"战利品"。你该是忽地明白，为什么秦王川的雨水多了起来，为什么你身在其中甚至会有"赛江南"的梦中之感，为什么酷热的夏日也会过得惬意与舒适。阔气的生态湖像一位好街坊，她的友善浸染了邻里、村庄，以至整个大地与天空。

　　远处山岭的剪影像古代的城堡连绵起伏。城堡之内正在崛起的建筑群传来咚咚、当当的声音，似乎使整个湖更有了生机与活力。竟有了音乐，很响的音乐，我听清了，是一首关于"爱"的歌。从某个工地传出，从农民工的手机或MP3里传出。音乐奔波而来时，湖水与鸟，与树，与花，与草，与鱼，与虫，与我，与湖畔的全部的人，都静止下来，伫立，聆听。用心。

　　的确是要唏嘘一番的，在兰州有这湖真的不易，像善良且勤劳的母亲呵护一个孩子的成长般艰难。我不知湖水从何而来，但她们定是历经颠簸才到此安营，扎寨，栖息，生养。她们如此的随遇而安，渗入泥土，并将某种气息植入自己的生命，然后深深地爱上这里，她们的情绪浸染了天空，那些雨毫无隔膜地与她们融为一体。如同秦王川人的祖先以耕者的姿态遥遥迁徙于此开垦庄园，繁衍生息。如同我的目光所及之处的那些树、那些花、那些草，那十足的水汽使林木散发的香，令人迷醉。

　　我内心的喜悦与这湖，湖里的生灵，湖畔的树，与花，与鸟，定是产生共鸣了——由家乡这片土地觉醒而产生的力量所滋生。

《光明日报》（2013 年 11 月 01 日）

村姑胡月玲

　　儿子在城里混得不错，让胡月玲在村里很有面子。村里上下几十年没出过几个城里人。所谓城里人，有城里的房子，城里的媳妇，城里的工作。进城打工的崽子们不算，一身汗腥儿出去，一身汗腥儿回来，累得连抱媳妇的力气都没有。

　　胡月玲的儿子还是个什么官儿。股级。管不了几个人，没专车，但待遇好，一个月好几千块。媳妇待遇也好，两口子一个月收入赶得上村里壮劳力一年。差距大得很哩。

　　村里没什么资源，铁矿、煤矿什么的兴许有，但地下几千米，谁挖得出？旅游？光秃秃的山梁，稀稀拉拉的树，人要是被骗来得跳着脚骂娘。远离马路。不说与世隔绝，但班车通到镇上，从镇上走到村里，一个来钟头。不过车轱辘跑起来，却是十几分钟的事儿。

　　儿子每次回家都有车送到门口。有时是出租车，有时看不出是哪里的车。胡月玲进城看儿子，也都是车接车送。起初，儿子说要叫出租车时，胡月玲死活不同意，来回一百多块钱，能买几十斤鸡蛋，走路去搭班车，来回 10 块钱不到。第一回儿子叫的车到了村里，胡月玲死活不坐，让司机开回去，司机不太高兴，说，你就是不坐，你儿子也得掏钱，路我是已经跑下了。

　　胡月玲自小就属于"玲珑剔透"那种，老了显得更"精致"，却是个倔脾气，不坐就不坐，你回去吧，告诉我儿子，我腿脚还好使，能走。儿子没辙，打电话给大伯，让大伯赶过去劝了半天，胡月玲这才一万个不情愿地上了车。凑巧，刚到半路，倾盆大雨泼到汽车玻璃上，司机不得不把车停到路边，等雨过去。司机戏谑道，大婶，你要是走到半路上，遇上这大雨，咋办呢？

胡月玲鼻子一哼，没言语。

司机瞧着胡月玲态度有所好转，道，儿子混得好，老娘坐个车，也没啥大不了的，再说，你坐上车了，儿子不更有面子？人这面子，得互相衬。

胡月玲觉得这话有一点理儿，但过惯了乡下素淡的日子，胡月玲总是从内心里抵触年轻人的消费观念。

儿子要给胡月玲买一个足部按摩器，说人老先老脚，脚的经脉活络了，整个人有精神。胡月玲瞪着眼，我有手，脚也好好的，摩什么摩。儿子说，那玩意儿也不贵，才两千多块。胡月玲忽地从炕上站起，头差一点顶到灯罩上，才两千多块！你大伯种一年地才挣多少钱？我给你说，你要买了，我不用，放烂了我都不用。儿子没理会胡月玲，没几天就让销售员送货上门了。胡月玲态度很坚决，放就放着，摆设。后来儿媳妇回来，连哄带骗算是把胡月玲的鞋脱了，连袜子带脚，塞进了按摩器——妈，您准备好，我开开关了——咯噔一声，按摩器通了电，按摩轮扭捏、旋转，胡月玲的嘴不由自主地张得老大，哎哟，哎哟几声，似乎浑身的骨头都散了，那享受，神仙也不换。

用上几次，新鲜劲过去，胡月玲的脚乏了、困了，往沙发上一坐，俩脚丫子往按摩器里一塞，闭着眼睛看电视。电视是早就有了，可胡月玲看不懂，花花绿绿，男男女女，哭哭唧唧，不好看。有时转到新闻频道，看图像能明白，哪里发生车祸了，哪里地震了，哪里水淹了……可普通话她听不懂。习惯了乡村，连语言，都只认那一口。习惯了。

儿子还要给胡月玲装太阳能。儿子要干的任何事，胡月玲都一口回绝，条件反射似的。胡月玲问，我天天见太阳，还能什么能！儿子说，太阳能就是把太阳的能量弄到锅台上，卫生间，这样你用的水就是热乎的。胡月玲说，想用热乎水，我自己烧不就得了。儿子笑道，自己烧不是费人费柴火吗？胡月玲问，你这太阳什么能不费钱？儿子小心翼翼地说，没多少钱，好一点的三千多。胡月玲脱口而出，你个败家子，三千多块，还什么太阳能，三千多块，别说烧水，把我自己烧了都够了！你要是敢买，我就——

儿子没管那么多，趁胡月玲回娘家时，带着安装工一鼓作气把太阳能装上去了，闪着银光的不锈钢管通到了厨房、卫生间，水龙头也全套不锈钢，往左拧是凉水，往右拧是热水，村里正料峭春寒，日头照得些微，中午时，日头能像探照灯似的亮那么一阵子，水管里就有了温乎水，胡月玲洗菜、淘米、洗衣服，就不那么激得慌。胡月玲一个人生活，不愿意进城，儿子这是想着法子孝顺老娘。

胡月玲回来一见，天塌下来一般，居然大哭大闹起来。悲痛欲绝，号啕顿足。与男人去世时一个神情。儿子一下子慌了神，懵了，没想到老娘有这么激烈的反应，想赶紧拆了，别等老娘再哭过去，回不来。

小院子很快挤满了人。院墙上坐满了看热闹的孩子。这婆姨、那叔伯劝来劝去，不管用。最后村主任来了，一瞪眼，嚎什么嚎，人家孩子一片孝心，你不知足，还上墙揭瓦咋的——你要是不用，给我，我装上，我洗澡，全村人都来看，电视上都这么演——一院子人鸡飞蛋打一般愉快。

村主任走时，对胡月玲说，你放心，就你那身子骨，洗澡没人看！

胡月玲臊得脸没处搁了。

儿子走后，胡月玲关了院门，拴了狗，反锁了卫生间的门，真的洗了个澡。她在儿子家洗过澡。但在乡村，听着哗哗的水声，用热水洗澡，还是觉得跟进入梦境似的。

胡月玲窃笑，今天要不是演这么一出，大家怎么知道儿子、儿媳妇孝顺我！

《光明日报》（2013 年 03 月 29 日）

小小说的忧患表达

　　我在大学里工作。有年寒假，和女儿一起读书、写作（字）、看电视、看电影，也去了某地的一个游乐场。

　　游乐场不大，有动物表演，有猪，鳄鱼，马，孔雀。我惊异地发现，动物正按照人的意志做它们想做、乐意做或不愿意做的事。而且，越来越多的动物加盟到这个"链条"之中。

　　这是人的"伟大"。

　　人是善于且乐于改造自然并统领世界的。人定胜天——何止？我看到游乐场中的猪学会了短跑，鳄鱼变得"温文尔雅"。而且我能确定，动物们熟悉这个过程、深谙这个技巧不能时间太长，人等不及——这个过程甚至异常迅速，往往不是通过自然的"法则"，而是速成。

　　放眼世界，都是速成。

　　归来，我的心久久不能平静，借助小小说这种文学样式表达"忧患"的念头顿时充斥了我的头脑。

　　小小说表达忧患意识，是比较"容易"的——因为小小说篇幅短，千把字，写起来"容易"，船小好调头；还因为如今小小说已经越来越受到人们喜爱，包括很多报纸副刊都开辟有小小说版面或栏目，使得小小说作家、作者对社会的敏感反应可以快速出击，或褒、或贬、或歌、或叹，嬉笑怒骂皆成文章。

　　小小说所表达的应是生活的浪花、思想的奇葩、人心的晴雨、人性的 CT。

小小说作家（或写过小小说的作家）中，有着忧患意识和忧患表达的作家。老一辈作家汪曾祺的多篇小小说作品是，滕刚的《异乡人》系列小小说是，刘心武从事小小说创作乐此不疲达 40 余年，佳作不断。"耿耿不寐，如有隐忧"——忧患未必就是针尖对麦芒，就是歇斯底里的呐喊。作家的境界、文字水平、阅历决定其小小说的忧患表达是润物无声，或者惊涛骇浪。

如今，越来越多的文字都是速成与肤浅的，很多报刊与图书，一张张，一期期，一本本，花里胡哨，无病呻吟——有的文字也许很美，柔肠百转，但不知所语，不知所喻，在一心一意地玩所谓的技巧，或者生僻得牙碜。纵是一些名报名刊的副刊、园地里发表的若干文章中，好读的，关注社会现实的，"快意恩仇"的，有些思想的，有些批判意识的，文字富有个性魅力的，也越来越少了。——毋庸置疑，很多所谓的作家正在自己的卧室里"独舞"，在自己的书房里"漫步"，在史料中猎奇，在男女身体的欲望中迷醉，正把写作或文字当做一种把戏或社交介质。而真正用心的写作，必然要把目光丢进集市，人群，街巷，底层。没有人不在底层落脚，站在地上，人才会说话，才有人聆听，才能感受到"地流"。

作家的忧患意识，其实是来自骨子里的，来自长久的对社会的思考，对人性的批判。忧患是盐粒，不是糖。

当然，忧患表达决不只适用于小小说。我想说的是，小小说如果承载了忧患表达，也许会更有"骨感"。而"骨感"，是一种厚度、态度、深度。

任何所谓作家者，对社会的表达唯有依靠文字，不靠虚名、哗众取宠、炒作；而正视、关注社会现实的文字，无论何时都受读者欢迎。小小说以其短小精悍的"外形"非常适合我这样的文字工作者在忙碌的工作之余"信手拈来"、自由灵活地表达。尽管有时看来，限于篇幅，她所传递的信息非常有限，艺术的展示较为"拘谨"，剖析的横断面过于狭窄——打个比喻，把长篇小说比成大炮，中篇小说比成机关枪，短篇小说比成冲锋枪的话，小小说无疑就是手枪。但手枪者，快速、便捷、犀利者也。再说，一只豹子和一只麻雀，孰优孰劣？

"忧患"的写作者必定是憔悴的。

我知道，我的忧患不起什么作用。

但我忧患过。

我忧患，女儿这一代孩子和我周围的那些学生便少忧患。

《光明日报》（2012 年 05 月 08 日）

作家的缺陷

　　人非圣贤，孰能无过？作家如此，名作家也如此。但向名人发难，给名人挑刺，甚至将名人驳得体无完肤、面红耳赤，不但需要勇气，也需要实力；不但需要胆识，也需要修养。因为，名人头顶的光环有时是可以遮挡一切的，至少轻易地拉不下脸来。向名人发难的人已经不少，成书的也不是个别，但如果在心平气和中完成对名作家的批判，所言又让作家们无话可说，或心里不舒服但仔细一想还真是那么回事，我想，此举已成功一半。

　　《与魔鬼下棋——五作家批判书》便是对文坛5位名作家迟莉、王安忆、莫言、贾平凹、二月河的"透视"，既是透视，当然是从基本的文字和语法说起。也许，众多的读者在研读以上作家的著作时，偶尔也会对其中的各类错误心存芥蒂，但大都大度地容忍了。因为读者读书的主要目的不是挑错，而是满足精神的需求。但倘若真的发现有如此多的"笔误"一股脑往外冒时，那种心情自然是不妙，乃至产生"愤恨"。本书中所列举的错误有语法、病句、修辞等等错误或不妥之处，如果所有的图书在目前仍然有"教化"功能的话，那无疑是对读者、尤其是爱好文学的孩子的误导或"犯罪"了。

　　这不是危言耸听。语言文字首先是严肃的，其次是多元的，如果一个孩子发现他读到的文学"名著"中的语法与教科书上不一致时，老师该如何回答他的疑问？

当然，文学既称之为人学、人性学，传递平等、博爱、人文、苦难，表面的差错或者不伤根基，或者可以非常大度地一笔带过，可是如作者所言，目前作家中出现了不好的倾向，比如脏话连篇，"国骂"不绝，美其名曰真实；比如淫秽色情，不少作品"暴露无余"却美其名曰回归人性；比如颓废、消极的思想，让人既不知主题，又使人精神萎靡，但却被冠以时尚化写作，紧跟时代步伐等。而文学应有的关注弱者、关注苦难、关注人性本质的思想却被越来越多的作家忽视、放弃、躲避。一些作家热衷的是畅销书写作，热衷的是什么来钱写什么。不受物质的利诱，潜心真正写作者本身就很伟大。

文学是苦难史。苦难未必全是丑陋和隐晦。社会、时代、弱者、平民、和平等概念下的苦难是文学需要着力表现的，而有些作家作品中所存在的"媚俗化倾向、伪平民立场、伪艺术手法、'唯皇史观'"等严重问题又何尝不是作家故步自封和消极协作的表现？

《光明日报》（2004 年 05 月 13 日）

到大苏山去

恍惚之间，记得是两年前去过大苏山，但因一瓯清茗，延续了我的记忆，至今那山之气息仍在我心间拂之不去。

大苏山在河南信阳光山县。山上有寺，名曰净居寺。产茶，为信阳毛尖。那日傍晚，于净居寺品茶，一品，清香萦绕；二品，绿满青山；再品，苍然暮色；如一日经历三季，格外澄澈、旷达。

从此，我便开始"追茶"，快递往返间，一次五小罐，走到哪儿带到哪儿。清晨，于无色玻璃杯间，以沸水沏茶，茶香释发，氤氲鼻翼，虽行坐城市一隅，忽觉又返大苏山。

寺与文人多有联系。想必，只因一个"寂"字，或再加一个"禅"字。寂者，心灵之洁；禅者，心灵之慧。洁与慧，文人最喜。

苏轼曾去大苏山。宋神宗元丰二年，苏轼被判流贬黄州，次年正月初一由汴京（今开封）启程，经数十日颠簸抵此，净居寺几成其心灵寄托之所。

在山中，在寺里，在溪畔，苏轼依僧，读书，品茗。曾身未老心已死，今情寄于山水间，舒散无拘，或攀援而登，或箕踞而遨，心凝形释，天人合一，如遁隐之老庄。

山为自然之杰作。仁者乐山，智者乐水。山有势，有魂，有魄，有德。黄庭坚也曾来大苏山，意不在山水之间，是专程来看望苏轼。

苏于黄，亦师亦友。

黄庭坚的到来，让苏轼格外欣喜。

苏山之秋，草木葱茏，蝉鸣斯斯。于苏轼寓居净居寺读书之处"东坡读书台"，文士高僧坐酌，碧叶，嫩芽，山泉，看煎，浮游，色翠，香幽，盈怀，溽暑，清风，优哉游哉。

彼时，苏山之茶，为僧徒辟荒躬耕所种。此等美好，想必唯有寺院所藏明前茶可以烘托。

几日里，苏轼、黄庭坚游苏山崖、油盐罐、苏仙洞、紫云塔、北齐摩崖石刻。这些地方，我也曾到访过。只是，我非诗人，又才情功力不及，只能看一看，想一想，也就作罢。

黄庭坚却诗兴大发，连续写了几首诗，借景抒怀，安慰苏轼。

及至黄州，苏轼仍不得"签书公事"，流寓之日，过得散淡，近乎赋闲。苏轼从黄州到大苏山虽不足两百公里，但其时交通不便，往返并非易事，况且，山川多矣，非得去大苏山，只因其属"吾家"——"岁晚将焉归"，那山，或许能使一颗忧郁、迷茫、受伤之心得以置放、抚慰。

苏轼时四十有七，但已满头华发。四年流寓催人老，唯有苏山寄情仇。只是，自始至终，苏轼未曾和诗，也未有和诗之意。

黄庭坚心知，苏轼的心结仍未解开。何时可解？天知地知。

我的心结也未解开。

苏山清净，远离尘寰，故而生茶，生好茶。

我还想去大苏山，在山色送青之中寻 900 多年前的那盏明前茶。

《人民日报海外版》（2021 年 07 月 08 日）

三水新城

一座城市，水多，自然活泛。三水，有"三"水。

三水是广东佛山的一个区，很早以前叫三水县。

我在佛山工作过近 10 年。那时我在位于南海狮山镇的一所大学上班，狮山毗邻三水，从此地到彼地，开车十几分钟即到，但我很少去。几年前的一天，我和妻子送上大学的女儿去肇庆，返回时又路过三水。我瞥了一眼这座城，高楼大厦鳞次栉比，三江之水交汇贯通，颇有城市气象。我脑子一热，方向盘一偏，驶离高速，从三水出口下来。

没成想，这一偏，就把自己变成了"新三水人"。我们在佛山工作了这么多年，一直没买房，而这个地方离上班的地方也不算远，就在这里安了家。当然，我还存有"私心"，父亲去世了，母亲年岁已大，我得把她接到身边，也算是先给她老人家安个窝儿。

那一年，为了欢迎母亲过来过年，我买了很多花花草草，把房子装点得春意盎然。有一棵桂树，很高，往平台上一"栽"，"院子"立马就有了气势。没多久，房前屋后，开始弥漫花香。很快，美丽的蝴蝶飞来了，机灵的小鸟也飞来了。午后，我坐在太阳伞下，喝茶、看书，自娱自乐。

母亲从兰州出发，经过几十个小时的长途旅行，抵达广州火车站。我接上她，稍事休息，换乘广佛肇轻轨，一会儿工夫，到家了。

那个年，母亲过得很开心。

我陪着母亲在户外散步，在周边游走，让她认识、熟悉这座城。附近有一座广场，商品琳琅满目。徜徉其中，能够感受到城市的消费气息。还有一条河，叫西南涌，河面宽阔，波光粼粼，水鸟自由自在地翱翔。我又指了指依稀可见的三水北站，说，那就是您来的车站。

三水新城依三水北站而建，北站两侧，方圆数里，楼盘、购物中心、新地标、幼儿园、小学、中学、长途汽车枢纽、医院、图书馆，如硕大的机翼，渐次展开。绿地、公园、湖泊夹杂其中。错落有致，动静相宜。

其实，三水还有两个火车站。一个高铁站，从三水南到广州南，二十几分钟；一个老火车站，跑绿皮火车。到白云机场坐飞机也方便，在家门口上高速，开车单程不到1个小时。

我还陪母亲去了三水荷花世界、森林公园，所到之处，青山绿水，草木繁盛，空气温润，对于刚从北风呼啸、冰天雪地的大西北过来的母亲而言，自然满心的欣喜。我还告诉她，三水是"中国长寿之乡"。我希望母亲在三水颐养天年，健康长寿。

由于母亲居住在这里，我和三水便不再是萍水相逢然后江湖不再见，而是常来常往、常住常新。即便后来我又回到广州工作，周末时，全程高速，一个半小时的时间，也到家了。

渐渐，便认识了很多三水人。有时候，大家聚在一起，天马行空，谈天说地。有时候，寻一处"世外桃源"之地，吃三水的鱼、三水的鸡，醉意朦胧之际，也读读诗，听听歌。人家坦诚相待，不排斥我这个外地人，我也尽己所能，用自己的方式力所能及地融入这座城。

开发建设中的三水新城，呈现"前江后湖"的美丽景观。

三水为古城。秦朝时期属南海郡。明朝嘉靖五年,建置三水县。如今,一条广三高速公路,把城区分为老城和新城。世世代代栖息于此的三水人,民务稼穑,衣食滋殖。夜晚,星光璀璨,颇有新都市的气象。

既是三江汇流之地,我便去寻过根,那个地方叫江根村。

江根,江之根也。

登高望远。雾霭低沉,浮云萦绕。水面,三江——北江、西江、绥江,在方圆几公里的范围里,形成汇流,三江六岸,仿佛集水之大成,景观罕有。

亘古至今,由三江冲击而成平原,而成小三角洲,而成大三角洲,而成城市,而成城市群,而成大湾区。"海上生明月,天涯共此时",三水,必将成为粤港澳大湾区美丽夜晚中的一颗新星。

《人民日报海外版 》(2021 年 02 月 25 日)

黄埔古荔献英雄

这个季节，广州黄埔的荔枝红了。

岭南荔枝有"三杰"：笔岗糯米糍、萝岗桂味、增城挂绿。黄埔独占其二。笔岗是广州黄埔的一个村子；萝岗以前是广州的一个行政区，现在归到了黄埔。

"糯米糍"，字字有"米"，即便不见荔枝，也觉得好。据说古代称之为"水晶丸"，指的是剥开皮之后，瓤像水晶一般，晶莹剔透又小巧玲珑，想想就会流口水。

糯米糍荔枝较其他外形略大，去皮之后，肉很厚，核又小。入口，果肉嫩滑清甜，水分极足；鼻翼间弥散着糯米的清香，好吃得不得了。

桂味也不错。桂者，桂花。有桂花香的荔枝，闻着香，吃着也香。糯米糍、桂味，都是天地之精华。

黄埔有近1万亩荔枝树，这万亩树聚在一起，便是广东最大的古荔枝群落聚集地之一。

你若有幸能吃到百年荔枝树之果，那是福气。那果儿，味儿厚、浓、甜，让人回味无穷，余味悠长。

荔枝，一定要吃新鲜的，就如同吃菜要吃"起地鲜"。我小时候，母亲从地里割一把韭菜，洗干净；从鸡笼里摸出两个热乎乎的鸡蛋，炒一盘韭菜鸡蛋，那叫一个香。

吃荔枝，如果能边摘边吃，那真是惬意。它有皮，不用洗。

但你不能乱揪，乱扯。每棵树都有主人，主人同意，你才能摘；你对一棵树的态度便是对主人的态度——岭南人世世代代与荔枝相伴，这树是他们的"衣食父母"。

年近半百，我知道了，人对食物的尊重，是修养，也是文化。

夏季，来黄埔，寻一处田园，一边是山，一边是水，山水之间，是古老的荔枝林。你摘一篮荔枝，慢慢地剥，轻轻地咬，细细地品，轻风细雨之中，无丝竹之乱耳，无案牍之劳形。

若能站在一棵百年之木下，听风，看云，吃果子，要心生感动与崇敬，那是穿越风雨沧桑之后的一次相见，是大自然给予的隆重礼遇。

将荔枝作为赠品的历史传统，最远可以追溯到2000年前的汉代。彼时，番禺（萝岗原属番禺）产荔枝、龙眼，岁岁进贡，长途跋涉远运长安。唐代中叶，荔枝更是远销国外。更不用说，唐代诗人杜牧的"一骑红尘妃子笑，无人知是荔枝来"让岭南荔枝名扬天下。

最甜的荔枝，要献给最可爱的人。今年最可爱的人，是战疫英雄。

前不久，2020年"荔久弥新"黄埔荔枝文化季之致敬英雄专场分享会在广州市黄埔区贤江公园举行。在一棵棵芳香四溢的古荔枝树下，来自黄埔的战疫英雄，分享战疫故事，品尝百年古荔。

英雄们的故事，为古老的荔枝林作了新的注解。

《人民日报海外版》（2020 年 07 月 09 日）

阆中识张飞

小时候，我特别喜欢看《三国演义》。大部头的原著看不懂，看连环画。我们这群孩子中就传唱——"一吕二赵三典韦四关五马六张飞……"不知是谁排的名，挺押韵，就记下了，再也没忘。

几十年后，我给大学生上《中国传统文化》课程，讲到"三国"，先给同学们背了由几十个三国英雄组成的排行榜，同学们听得兴致勃勃，我也洋洋得意。

去年暑假，自家乡返程时，我和妻子特意在四川阆中逗留，便是想看看"张飞"。

想当年，刘备封张飞做巴西太守，驻守阆中长达7年。7年，在历史长河中，如白驹过隙。但对于一座城或者那时城里的百姓而言，遇到什么样的"父母官"，便有什么样的生活。

你想不到，张飞"一介武夫"，于7年中，修筑汉城、兴修水利、轻徭役减赋税、支持奖励农桑产业发展……实施亲民、爱民、惠民的政策，深得百姓爱戴和拥护。

于是，今天的阆中仍是张飞的天下——张飞大道、张飞树、张飞牛肉。沿街一个个店铺，卖保宁醋，也卖白糖蒸馍，但卖牛肉者，其店铺之名无不叫"张飞牛肉"，或者不离这四字左右。

我们买了一袋，打开，牛肉之香扑面而来，尝之，其肉略干，但不硬，又润，亦不软，断面，外黑内红——若将其放大，便如张飞的脸和心。我细细咀嚼，如同品读张飞的一生。

不觉中，进了汉桓侯祠，即张飞庙。这是全国重点文物保护单位，迄今已 1700 余年。那建筑，庄严厚重，匠心独运；主体建筑沿中轴线"串起"，山门、敌万楼、大殿和墓冢，拾级而上。

大殿之中，立着张飞的像。

张飞的"相"，天下尽知：身长八尺，豹头环眼，燕颔虎须，声若巨雷，势如奔马——手握一根丈八蛇矛驰骋沙场。只是，我看到的却是一尊"文身像"，塑像高达 4.5 米，张飞身穿蟒袍，头戴冕旒，手持玉笏，气宇轩昂。生前，张飞未享受过此等殊荣，正如关羽，身后，才走向神坛。

这尊张飞文身帝王塑像发现于 2001 年，塑于何年，现无法考证。

其实，清嘉庆二十年，民间有人提议，被朝廷最终采纳，张飞被列入国家春秋祀典，此后，在阆中的民间，张飞便被称为"桓侯大帝"或"阆中王"。

民心和口碑，决定为官者青史留名或遗臭万年。张飞，这个粗中有细的汉子，显然是得了民心，赢了口碑。只是，张飞暴躁的性格也为自己招来杀身之祸。

公元 221 年，张飞闻关羽被害，悲痛至极，急令兵士紧急置办白盔白甲，要与刘备大军会合伐吴。因时间太紧，两个部将请求宽限些时日，被张飞绑在树上各鞭五十。张飞好酒，每酒必醉，晚上，被两将刺杀，年仅 55 岁。正如历史中所记载的那样，关羽善待卒伍而骄于士大夫，张飞爱敬君子而不恤小人。

痛哉，惜哉！一切已成历史烟云。但如今的阆中，因张飞而名扬天下。这座位于四川东北部的国家历史文化名城，山围四面，水绕三方。古城中，古街、古院、古屋、古瓦、古树，星罗棋布，纵横交错，置身其中，恍如跨越时空，回到古代。

那晚，我们坐在江边，一杯冰镇张飞啤酒，几样菜蔬鱼肉，大快朵颐。

　　江中，船，缓缓地游；岸边，女子，款款地走。

　　岁月的美好，如一缕江风，拂过我们的心。

《人民日报海外版》（2020 年 04 月 30 日）

粤北秘境平远城

广东平远有山，叫南台山。山上有佛，是一尊卧佛。刚入平远境内，回头蓦见，山脉连绵间，卧佛横贯山岭。

佛大，只可远观。入石龙寨，登高望远，祥云瑞彩下，佛身仰卧，神态安详，俨然超然物外。佛头、佛身在广东，佛足探入江西，是谓"世界第一天然卧佛"。

平远，地处粤闽赣三省交界。山岭逶迤间，正是平远县城。

俯瞰小城，山清水秀。山清水秀的地方，出酒。

当地人讲，1500 多年前，客家先贤南迁此地，发现南台山红岩石缝中流淌出的水清冽甘甜，便以此水和此地出产的大米做原料，用中原的酿酒工艺，酿制出第一杯客家米酒。到明代万历年间，南台酒坊酿造的酒成为宫廷用酒，民间更有"一两黄金一樽酒"的说法。

如今，南台山下，"酒坊"仍在。

进入一家酒窖，里面灯光昏暗，凉气袭人。窖内石壁上，布满厚厚的酒菌子，懂行的人说，非百年以上不能形成。数不清的硕大酒坛子整整齐齐地排列，我看见一坛酒的密封处贴有标签：2010 年 1 月 5 日。

酒越陈越香，酒在这里存放 1 年，相当于在普通酒窖存放 5 年。我在酒坛子间穿梭，酒香馥郁扑鼻，若再逗留，怕是要醉。

我看见，工人师傅在用双手拌曲；炉膛里，柴火正在燃烧；

炉膛外，堆着干柴。

酒坊有一条生产线，但是没用。酒坊的人说，以前没用，以后也不用，绿水青山，就是金山银山。"原粮、原曲、原浆、原窖、原工艺、原生态"。如此，风雨沧桑，世事更迭，但青山常在，绿水长流。

五指石，自然像五指。但看五指石，要登山。

五指石峰在平远差干镇，属于"丹霞地貌"，以红色沉积岩层为主。"一线天"为必经之路，由两座山峰夹缝形成，岩层岫衍，洞曲崖深，极为逼仄、陡峭，状如刀切斧劈。仰望峭壁，植物横生斜长，遮天蔽日。岩层断面，处处有泉水渗出，或者汩汩而流，又被枝叶、藤蔓瓦解、离析，自上而下，洋洋洒洒，真是五月生寒，如雪如冰。

不必刻意躲避，天降清泉，正好洗去一身尘埃。行走间，我伸展两手，指尖各触岩层，其状如沙、如砾、如泥。岩层上下，小红花、小黄花、小蓝花，清雅秀丽，孤傲绽放。

栈道环山，由一块块石板搭建而成。上不着天，下不着地，在山腰间生生插出一条路，难。匠人登上山巅，抛下绳索，悬在半空，先在峭壁上凿洞，打入第一根支撑体，然后是第二根，第三根……铺出一段路，一侧依山，一侧无栏，匠人推着板车，在高空行走，间或，两板车交错，一车紧贴山体，一车倾斜让路，既惊又险。如此复杂的高空作业，自始至终，无人落崖。

五指石，其形如伸展的五指，拔地而起，直冲云天。各有其名，拇指为宝鼎石，食指为罗汉石，中指为天竺石，无名指为降龙石，末指为宝盖石。叫什么名不重要，奇山异景，自然所赐，心生敬畏，地久天长。

旅游是差干镇的主业。差干镇有 7 个村，有 300 多人直接从事旅游服务，带动 2000 多人就业。五指石景区的门票收入，当地百姓可得 3%。

晚上，我到差干镇上的广场散步。一家百货店内，有两人正在聊天。一人叫谢红光，一问得知，他是加丰村村委会副主任。说起"3%"，他说有这事儿。另一人也姓谢，叫谢火星，今年55岁，在镇上开着一家饭馆。我说去看看，他骑着摩托车一溜烟先跑去开门。小镇，到晚上10点多，游人已倦鸟归巢，饭馆也已打烊。老谢在门口等我，进了饭馆，我吃了一惊，规模不小，整洁干净。他说，有一天他接了一个大单，40多桌，一天进账1万多。

山乡的夜，蛙声起伏。不知何时，薄雾渐起。我站在窗口，深呼吸，随着湿漉漉的空气，山上芳草鲜美的气息直入肺腑。

如水一般的弯月，悬在山顶，像天地间一盏不灭的灯，亘古至今，辉映着这个僻远的小镇。

《人民日报海外版》（2020 年 03 月 12 日）

电白的海

居于南方多年，见过很多海，却没有见过电白的海。初到广东茂名市电白区，友人说一定要带我去看一探究竟。

车在城区绕来绕去，终于绕到了"第一滩"。

时值冬季，北方大雪飘飞，即便是南方，也该料峭春寒，但海滩之上却是阳光普照。偌大的海滩，空旷辽远，绵沙饱蘸暖阳，赤脚踩上去，一点都不凉，反而，融融的暖意自足下生，盈盈漾漾，扶摇直上，传遍全身。

我走向大海。风陡然增大，涛声四起，宛如千军万马在咆哮，耳膜瞬间被覆盖，一切尘世之声仿佛都被海声所淹没。海浪由远及近，白色的浪花层层叠叠，时而卷成一个粗壮的银筒，时而状如密布的雪山之尖。

海滩之上，游人不多，如我一样，面朝大海，作注目沉思状。孩子们则觅到了无限的乐趣，买一只画着"孙悟空"的风筝，来不及奔跑，风筝刚一脱手，便带着劲儿，像极了孙猴子的急性子，狠狠地拽着线，在半空跳着筋斗，窜来窜去，飞至蔚蓝的高空，才情绪稳定，时而翩翩，时而摇曳，时而又一个"倒插葱"……

恍然间，风起云涌，阳光突然消逝，整个天空被浓云遮蔽。此时，天空变成灰的，海也变成灰的，海浪宛如一道墨色的长城，横亘于大海与海滩之间，连绵无际，水天一色，壮阔雄浑。

在海滩徜徉间，友人解了我心中"第一滩"之谜。这里的林带是全国第一条营造成功的最长的沿海防护林带，全长80多公里，国画大师关山月创作的巨幅之作《绿色长城》就取材于此；距岸8海里的放鸡岛是全国第一个潜水旅游基地，放鸡岛周围海水的透明度为中国第一，能见度达10米；这里的海滩长达12公里，宽约300米，可同时容纳近10万人畅游和观光。

港是海的家。渔港，是渔民的家。

我站在刚刚开通的博贺湾大桥上，望着博贺渔港。

远处，淡蓝的天空与湛蓝的海水相接，既泾渭分明，又浑然一体。我的目力所及之处，看见出海打鱼的船正从容有序地归来，宛如游子还乡。

桥下，一艘艘渔船列阵停放，黑色的船身，白色的船舱，与变成了碧绿的海水相映，宁静淡然。而船头，无一例外地悬挂着中华人民共和国国旗，国旗在风中轻舞，鲜艳夺目。间或，一艘艘机动小船，在渔船之间"滑行"，渔民望着船舱里活蹦乱跳的鱼，虽看不清他们的脸，但我知道，他们一定满目含笑，怡然自得。

鱼与渔，是很多电白人的日常。亘古至今，电白人以鱼为生，以渔为业。友人告诉我，每到开船之时，博贺渔港汽笛长鸣，百舸入海，千帆进发，景象蔚为大观。而开渔之时，渔船归航靠岸，船舱满载大鱼小虾，渔民个个喜上眉梢。岸上，货车、摩托车、三轮车、自行车穿梭往返，无休无止。整个渔港内，汽笛之声、笑声、吆喝之声、讨价还价之声不绝于耳。

我望着港，望着海，心潮起伏。我仿佛看到了丰收的喜悦在电白的大街小巷流淌，如海水奔流不息。

我便知道，电白的海，是电白人的富海，也是电白人的福海。

《人民日报海外版》（2020年02月13日）

后 记

　　早就想出这样的集子——"一报一本"。

　　从事业余文学创作几十年来，我的主攻阵地是报纸副刊。曾有人建议，创作应始自期刊，然后报纸——借文学期刊打名气，在报纸副刊赚影响、拿稿费。二十世纪八九十年代，文学期刊仍拥有一纸风行的美好时光，我也投过稿，比如《飞天》杂志，那是我家乡兰州的一家老牌杂志，还是全国中文核心期刊。我疯狂地爱着文学，想加入甘肃省作家协会，人家有规定，要在省级报刊发表文学作品8篇以上。甘肃的省级报刊，只有两家——《甘肃日报》和《飞天》。其实，那时报纸也是一纸风行，要想在《甘肃日报》"百花"副刊发表作品，仍然比登天还难。本着尽快入会的目的，我连续在《飞天》发表了几篇散文、小说，还有一篇报告文学。散文很短，每篇不到两千字，小说也短，属于小小说，报告文学稍长，不到一万字。感谢《飞天》，让我实现了入会的梦想。

　　只是，为杂志写作，需要耐性，我等不及。我那时已经从事专业新闻工作，每日里忙忙碌碌，采访、摄影、写作、编辑、校对、出版……不得不说，新闻工作真的适合年轻人，因为年轻，故而有活力、有激情、富于创新、敢于冒险，再铁肩担道义，胸怀惩恶扬善的理想，便是人生成长的绝配。

　　于日甚一日的紧张之中，文学写作便只能是夹缝中的一种调剂。放，放不下；拾，也拾不起。而报纸副刊所载文章形式之短小，出版周期之密集，见报之快捷，影响之广大，让我爱之弥深。

写得多，发得多，有人曾问，你写那么多干什么？——不得不说，这件事，让人上瘾。

在《人民日报》副刊发表作品之前，我已经"占领"了非常多的阵地，倘若读者有兴趣有机会翻阅2000年前后国内有影响力的报纸，不时会看到我的名字；我也曾"剪报"，只是太多，又搬了几次家，终于被"败家子"了。但时至今日，我对那些报纸仍然充满敬意和感恩，有的报纸或许已经停办了，但在我心里，她们是永生的，天南海北，省市地州，她们曾给了我希望、动力、美好，甚至，在我为稻粱谋的时候，一张加一张的稿费单给了我生活的支撑。

那个时代，《人民日报》是写作者心灵的殿堂，神圣而伟大。虽然"一篇成名""一鸣惊人"的时代一去而不返，但能在《人民日报》发表散文、诗歌、杂文、评论，仍是非常了不起的事情，当时的甘肃，多少年来也仅不多人实现。因此，我是幸运的，我不屈不挠地投稿，精神"感天动地"，也感动了编者，某年某月某日，第一版下方出现了"许锋"，我所写的言论发表于"今日谈"栏目；某年某月某日，"大地"副刊下方出现了"许锋"，那是我写的一篇散文。逐渐，我的名字不再"拘泥"于版面中下方，乃至后来，经常出现在头条；篇幅从一两千字到五六千字，于一张报纸而言，已经是顶破天了。

感谢《人民日报》历任编辑在稿件取舍上的一视同仁，感谢他们和她们对我的稿子不厌其烦地修改乃至雕琢，感谢"大地"，让我在从青年走向中年的时光里一路播种和收获。

《光明日报》副刊也是我无比向往的芳草园。在作者眼里，作品能上《光明日报》也是比登天还难的事情。我很幸运，她没有嫌弃我，她发表了我写的书评，文艺谈，散文，小小说，报告文学。其中一篇散文获得甘肃黄河文学奖，一篇小小说获得天津梁斌小说奖。因为发表,所以获奖——发表的阵地层次高,获奖的几率就大,这是毋庸置疑的。

我的业余文学创作,多有贵人相助。认识或不认识,见过或没见过,但为编辑者,无不谦逊、质朴、真诚,这是中国新闻人优良的传统和品格,君子上达,仁智一体。

我的武汉大学同学、班长李长兴,是一位年轻有为的企业家,叱咤商海多年,经营风生水起,还在惠州双月湾滨海旅游度假区独享一片海域,我曾在他的"享海1777"短暂居留两日,望海,看日出,并"盗用"其名,写出《享海》。我很自信,此文为"海上看日出"的突出之作,如同我的《兴隆红叶情》,因为她们都来自作者的生命体验,是汩汩流淌的最真实的心灵之音。

文学是寂寞而伟大的事业。一位中国人民大学的作家教师曾言,文学本身的门槛其实不高,可缘何很多人还徘徊在大门之外?是你经常移情别恋,你爱得不够深,你心里还有其他念头,你想利用文学赚钱。打着文学的旗号,做着与文学不相干的事情,任何时代任何人,文学如何会对我们青睐有加?

文学于我,始终是业余的事情,我没有当过一天专业作家。为了生存,适应社会,我需要把有限的大脑容量分为几个区:一个区,属于新闻和泛新闻,一个区,属于文化和泛文化,剩下的一个区,属于文学。只留给文学三分之一,文学却回馈我希望和收获。

"一报一本"是我的愿望,愿望很美好,现实很骨感。有没有"第二本"很难说——第一本,是一个很好的开端。

写到最后,还要感谢他们——

这本书,广州市黄埔区文联提供了莫大的支持,感谢庄汉山主席,赵绪奎调研员。

感谢著名作家杨闻宇先生,他是我文学写作道路上的老师。

与所有热爱文学的人共勉。

许 锋

2021 年 8 月 30 日

图书在版编目（CIP）数据

享海 / 许锋著． -- 武汉：崇文书局，2021.12
（香雪文学系列丛书）
ISBN 978-7-5403-6616-2

Ⅰ．①享… Ⅱ．①许… Ⅲ．①散文集－中国－当代②
报告文学－作品集－中国－当代 Ⅳ．① I217.2

中国版本图书馆 CIP 数据核字（2021）第 275122 号

特约编辑：戴建国
责任编辑：程　欣
责任校对：董　颖
责任印制：李佳超

享海
XIANG HAI

出版发行：　长江出版传媒　崇文书局
地　　址：武汉市雄楚大街 268 号 C 座 11 层
电　　话：(027)87677133　邮政编码　430070
印　　刷：武汉市楚风印刷有限公司
开　　本：880mm×1230mm　1/32
印　　张：8.75
字　　数：175 千字
版　　次：2021 年 12 月第 1 版
印　　次：2021 年 12 月第 1 次印刷
定　　价：45.00 元